人体

Il corpo umano

Paolo Giordano
保罗·乔尔达诺 _ 著

魏怡 _ 译

上海译文出版社

这部小说诞生于作者的想象，曾经和依旧真实存在的事件和人物都经过作者的改编。另外，这里涉及的任何真实存在的人物和事件都应该认为是巧合。

目　录

人体

献给在卡希纳度过的焦虑年代

青年时代的风景即使重现，我们再也不知如何消受。

埃里希·玛利亚·雷马克

《西线无战事》

在任务完成后的几年里，这些年轻人中的每一个都努力让自己的生命变得无法辨认。对于另外一段生命，也就是以往那段生活的记忆，也因此染上了一层不真实的、人为的色彩。甚至连他们自己也不能确定那些事真的发生过，或者至少不能确定它们就发生在自己身上。

就连埃吉托中尉也竭尽全力要忘却过去。他调换了服役的部队，去了其他城市，也改变了胡子的长度和饮食习惯；他解决了以往的一些私人纠纷，也学会不去想那些与他无关的事情。这种改变是他从来没有过的。这到底是出于某种规划，还是无意间发展成了这个样子，他不甚明了，也并不关心。从一开始，对于他来说最为重要的，就是在过去和现在之间挖掘一条壕沟，一个连记忆也无法逾越的避难所。

尽管如此，在他得以摆脱的物品清单上，唯独缺少了一样东西，而这样东西明显地将他带回在山谷里度过的那些日子：在任务完成十三个月后，埃吉托身上仍旧穿着军官制服。绣在胸口正中央的两颗星星清晰可见，毫无疑问是要与心脏相呼应。有很多次，中尉都想要躲到老百姓的行列中去。然而，军装已经与他的身体一寸寸黏在了一起，布料上的图案因为汗水而褪去，印在了下面的皮肤上。现在，假如他脱去军装，皮肤无疑也会跟着被剥掉，他会觉得自己被暴露在众人面前，这是他所不能容忍的，而他这个人单单不穿衣服都会觉得不自在。另外，又为什么要那样做呢？士兵永远都是士兵。三十一岁的年纪使中尉妥协了。他把这身军装看作一个无法避免的事故，一种命里注定的慢性病，显而易见却并不痛苦。最终，他生命中最大的矛盾也就变成了唯一持续的东西。

那是四月初一个明媚的早晨，阅兵式上的士兵每走一步，脚上擦亮的皮靴就会闪闪发光。埃吉托还没有适应贝卢诺像今天这样晴朗的天空。从阿尔卑斯山吹来的风带走了冰川的寒冷。不过，当风停下来，不再吹动那些旌旗的时候，人们发现，相对于一年中的这个时候来说，这样高的温度不太正常。在军营里，人们针对是否戴围巾展开了激烈的争论，最终决定不戴。随后，一个尖利的声音把这个决定在走廊上和不同的楼层间传开。老百姓迟迟不能决定把大衣怎么办：是披在肩上呢，还是搭在胳膊上？

埃吉托摘下帽子，用手指理了理被汗水浸湿的头发。站在他左边的巴莱西奥上校转过身："真恶心，中尉！抖抖上衣。上面又沾满了那种东西。"接着，就像中尉自己没有办法做到似的，上校伸手帮他拍打了一下后背。"真是糟透了！"他嘟囔道。

下达了休息的命令。能够在台阶上找到位置的人，都像他们一样坐了下来。埃吉托终于可以把袜子卷在脚踝那里。发痒的感觉已经缓解了，不过只有几秒钟。

“听听看我家发生了什么，”巴莱西奥开始说，“有一天，我的小女儿在客厅里行军。她对我说：‘看呀爸爸，看看我，我也是上校。’她身上穿着学校的罩衣，头戴一顶贝雷帽。哎，您知道我做了什么吗？”

“不知道，先生。”

“我狠狠地打了她的屁股。真的。然后我对她吼着说，我永远不愿意看见她扮成士兵的滑稽相。反正不会有人招她入伍，因为她有扁平足。她哭了，可怜的孩子。我甚至不知道该怎么向她解释我为什么如此生气。我真的气昏了头，相信我，完全失去了理智。说实话，中尉，在您看来，我是不是太累了啊？”

埃吉托已经学会不相信上校这些坦诚的请求，他回答：“也许您只是想保护她。”

巴莱西奥扮了个鬼脸，好像中尉说的是蠢话。“可能吧，最好是这样。 最近这段日子，我害怕自己会发疯。不知道这样说是不是清楚。”他伸直了腿，然后不太雅观地隔着裤子整理了一下内裤的松紧带，“人们总是提起那些脑袋突然坏掉的家伙。 您认为我应该看看神经科吗，中尉？比如做个脑电图，或者某种类似的东西？”

“我看不出为什么要这样做，先生。”

“也许您可以给我检查检查，看看瞳孔什么的。”

“我是整形医生，上校。”

“可是他们应该也教了您点儿别的什么吧？”

“您要是愿意的话，我可以把一个同行的名字给您。”

巴莱西奥嘟囔了几句，嘴边那两道很深的纹路使他的面孔看上去就像一条鱼。埃吉托刚认识他的时候，他还没有这么憔悴。

“您的吹毛求疵传染了我，中尉。我没有告诉过您吗？您之所以成为现在这个样子，应该就是因为这个。放松点儿，顺其自然吧。要么就找点儿事消遣。您没有考虑过生几个孩子吗？”

“什么？”

“孩子，中尉。孩子。”

“不，先生。”

“嗯，我不知道您还在等什么。有个孩子可以帮您清除脑子里的某些想法。我看得出来，您知道吗？您总是在那里冥思苦想。看看那个连队多么训练有素，他们就像公山羊！”

埃吉托顺着巴莱西奥的视线望过去，看见乐队的旗帜，然后是更远处的草地。站在人群中的一个人吸引了他的注意力。那人肩膀上骑着一个孩子，他挺着胸，摆出一种奇怪的军人姿势。中尉感到一种模糊的恐惧，对他越来越有种熟悉的感觉。突然，埃吉托感到不安。当那人把一只拳头放在嘴前面咳嗽的时候，他认出了雷内准尉。“那边那个不就是……”他住了口。

“谁？什么？”上校说。

“没什么，对不起。”

安东尼奥·雷内。最后一天，他们在机场客套地握手告别。从那以后，埃吉托再也没有想起过他，或者至少没有很明确地想起过他。在埃吉托的记忆中，那次任务首先是一次集体行动。

中尉对阅兵式失去了兴趣，决定从远处观察准尉。准尉并没有往人群里面钻，以便站到最前面的几排，所以，从他所在的地方可能看不到什么东西。骑在他肩上的孩子用手指着士兵、军旗和手里拿着工具的人们，同时还把他的头发抓在手里作为缰绳。对，头发。在山谷里的时候，准尉剃了平头，现在他的头发几乎可以遮住耳朵了。栗色的，微微有些波浪。雷内是另一个逃离他记忆的人。他的面目也已经变得模糊，无法辨认。

巴莱西奥正在说什么心动过速的事，不过，他肯定没有这个问题。埃吉托心不在焉地回答："下午到我那儿去，我给您开点镇静剂。"

"镇静剂？您完全疯了。那东西会使人软弱无力！"

三架没有携带炸弹的歼击轰炸机从广场上空掠过，然后突然拉升了高度，在天空中勾勒出彩色的轨迹。它们翻转过来，飞行线路交织在一起。雷内肩上的孩子吃惊不已。像他一样，几百个脑袋同时抬起，向上望去。队列中的士兵则不然，他们仍旧严肃地望着仅仅呈现在他们眼前的东西。

仪式结束后，埃吉托重新穿过人群。一些家庭留在广场上，迟迟不肯离去，他只能躲开他们。对于试图叫住他的人，埃吉托会简单握个手。他仍然盯着准尉。有片刻工夫，他觉得准尉好像要转身离开，随后却又留下了。埃吉托向准尉走过去。走到准尉面前时，埃吉托摘下了帽子。"雷内，"他说。

"您好，医生。"

准尉把孩子放到了地上。一个女人走上前来，牵住孩子的手。埃吉托点点头向她打招呼，不过她没有回应，而是紧闭着嘴唇向后退了退。雷内紧张地在大衣口袋里翻找着，拿出一盒香烟，点燃了一支。这一点没有变，他还在抽那种细长的白色女士香烟。

“您好吗，准尉？”

“还好，”雷内匆匆回答。随后，他又重复了一遍，不过没有那么突然，“还好，我尽量自食其力。”

“这是对的，每个人都应该自食其力。”

“您呢，医生？”

埃吉托笑了笑。“我也还凑合。”

“这么说，他们没有因为那件事给您找太多麻烦？”这句话像是耗费了他很多力气。不过，他好像并不在乎。

“一个纪律处分，停职四个月，还有几次没有结果的听证会。真正的惩罚就是这些。军队里是怎么回事，您是知道的。”

“这样对您很好。”

“是呀，这样对我很好。可是您却决定放弃。”

他可以换一种表达方式，或者用另外一个动词，比如改变、辞职，而不是放弃。放弃就意味着屈服。不过，雷内好像没有注意到这一点。

“我在一家餐厅工作。就在奥德尔佐。我是大堂经理。”

“总之还是领头儿的呗。”

雷内叹了口气。“是领头儿的。对。”

“其他小伙子呢？”

雷内用脚轻柔地触碰着石子路面缝隙里长出来的一丛小草。“我已经很久没有见到他们了。”

此时，女人挽起他的一只胳膊，好像想把他带走，把他从埃吉托的军装以及他们共同的记忆中救出来。她用闪烁而怨恨的目光望着准尉，后者却在躲避她的目光。不过，有片刻工夫，雷内的眼睛紧紧盯着他帽子上颤抖的黑色羽毛，埃吉托好像在他身上觉察到一丝思念的迹象。

一片云彩遮住了太阳，光线突然黯淡下来。中尉和前准尉沉默了。他们两个曾经共同度过了生命中最重要的时刻，就像现在一样站在一起，不过，那是在沙漠里，在装甲车中间。怎么可能他们彼此再也没有话可说了呢?

“咱们回家吧，”女人低声在雷内耳边说。

“当然。我不想再留你们了。祝您好运，准尉。”

孩子向雷内伸出双手，哭闹着想重新骑到他肩膀上去，雷内却好像没有看见。“您可以到餐厅来找我，”他说，“是个好地方。相当好。”

“除非您把我当贵宾招待。”

“是个好地方，”雷内又说道，不过他心不在焉。

“我一定去，”埃吉托肯定地说。不过，两个人都明白，这句话就像那些数不清的诺言一样，永远不会兑现。

第一部分

沙漠里的经历

三个承诺

首先是马谢罗上尉讲话。他要讲授一些基本课程，也就是三十六小时实习课。在课堂上，士兵们能够学到关于中东的一些粗浅知识，军事冲突中一些复杂战略的技术对比，也无可避免地谈到阿富汗西部种植大麻的广阔地区。不过，他们尤其能够听到曾经在那块土地上服过役的战友们的叙述。如今，他们慷慨地向即将出发的人们提供建议。

一等兵耶特里刚刚做完第四组胸肌训练，正低着脑袋坐在倾斜的长凳上。他倾听着两名老兵的对话，越来越感兴趣。那两个人正在谈论赫拉特省基地上的某个玛丽卡。最后，他终于忍不住插了一句："当真有这些女人吗？"

两名老兵交换了一个充满默契的眼神，就等着耶特里上钩呢。"随你挑，老伙计，"其中一个说，"她们不是我们这里习惯的那种女孩。"

"噢，不，在那儿她们才不在乎呢。"

"她们离家那么远，因为无聊什么都肯做。"

“什么都肯，请相信我。”

“在任何一个该死的夏令营都不会像执行任务的时候那样做爱。”

“而且还有美国女人。”

“噢，美国女人！”

接着，他们开始讲上校女秘书的故事。她把三名士官带进帐篷，又在黎明时分把他们赶出来。那三个人的表情惊慌失措。不，不是我们，要是我们敢情好。是另一个连队的。不过，整个营地都知道这件事。耶特里的目光在两个人之间游移，血液从脚底涌上大脑，使他像喝醉了一样飘飘然。从健身房回来时，在夏夜天鹅绒般的空气中，他的脑袋里充满了信马由缰的幻想。

很有可能是他自己让某些谣言在三排的小伙子中间流转开的。在兜了一个大圈子之后，这些谣言又传回他的耳朵里，这让他比任何人都更加坚信不疑。对于死亡将信将疑的恐惧和对奇遇的渴望交织在一起，后者占了上风。耶特里想象着即将在阿富汗遇到的那些女人，以及早上集合时狡黠的微笑。那些外国女人的曲线在召唤着他。

即使在马谢罗上尉的课堂上，他也在不停地在想象中给那些女人脱衣服和穿衣服。

“一等兵耶特里！”

在想象中，他把那些女人叫做珍妮弗。他也不知道怎么会想到这个名字。珍妮弗，噢，珍妮弗……

“一等兵耶特里！”

“到！”

“请您重复一下我的话。”

“当然，上尉。您是说……部落……我觉得。”

“您是说种族吗？”

“是的，先生。”

“确切地说，我是在说哪个种族？”

“我觉得好像是……我不知道，先生。”

“一等兵，立刻从这个教室里出去。”

棘手的是，耶特里从来没有和一个女人在一起过，以他定义为完全的那种方式。他那个排里没有人知道这件事。假如他们发现了，那将是个灾难。知道的就只有切德尔纳。一天晚上，耶特里在一家酒吧里亲口告诉了他。当时他们两个都喝高了，想要互诉衷肠。

“完全？就是说你从来都没有做过爱？”

“你别喊啊！”

“你的情况糟透了，老伙计。天哪，真的很糟。”

“我知道。”

“你多大了？”

“二十岁。”

“该死！你已经错过了最好的年华。现在你好好听我说，这很重要。下面那个可是一支自带弹药库的步枪。一支有金属枪托带激光准星的五五六。”切德尔纳就像是抱着一只隐形的武器，用它瞄准他的朋友。“要是你不经常为你的枪上油，最后它就会卡壳儿。”

耶特里低头看着啤酒瓶。他喝了一大口，咳嗽起来。他卡壳儿了。他是一个卡壳儿的小伙子。

“就连米特拉诺都能偶尔来那么一下，” 切德尔纳说。

“他花钱。”

“你也可以这么做。”

耶特里摇了摇头。付钱给一个女人，他做不到。

“所以，咱们从头再来。” 切德尔纳模仿着马谢罗上尉的口吻，“这种事情并不容易，一等兵。你认真听我说。遇到一个喜欢的女人，前凸后翘，比如在下我吧，我就喜欢这两样都很大的女人。不过，就有一些堕落的家伙喜欢那种干巴巴的。然后，你就靠上前去，给她讲几句蠢话，最后客气地问她愿不愿意离开。”

“愿不愿意离开？”

“不一定。这要看情况。”

“你瞧，我知道该怎么做。我只是没有找到那个对的人。”

切德尔纳用拳头在桌子上捶了一下。他们刚吃了炸薯条，空盘子里的餐具都跳了起来，引起了其他桌上人的注意。“问题就在这儿！不存在一个对的女人。所有女人都是对的。因为所有女人都有……”为了明确那个器官，他用手指比划了一个菱形，“无论如何，一旦开始，你就会发现有多么容易。”

切德尔纳的腔调有点让他讨厌。他不希望别人同情，不过朋友的话令他安心。他在气愤和感激之间摇摆。他想问问朋友是从什么年龄开始的，不过很怕听到他的回答。切德尔纳太聪明了，而且也太帅：他额头宽阔，微笑时露出的牙齿非常洁白，而且坏透了。

“你胖得像恐龙，女人都会怕你的。真是难以相信。”

“你别叫啊！”

“要我说是因为你母亲。”

“我母亲和这个有什么关系？”耶特里把餐巾纸攥在手里。裹在里面的一包蛋黄酱在他手里爆裂了。

切德尔纳假装啜泣起来：“妈妈，妈妈，那些女人想要我怎么办呀？”

“别再说了！所有人都听着呢。”耶特里不敢向朋友要餐巾纸。他在椅子腿上擦了擦，一个手指触到了下面某种黏糊糊的东西。

切德尔纳抱着肩，很满足，耶特里的脸色却越来越阴沉。他用潮湿的酒杯底儿在桌子上画着圈。

“现在不要摆出这副面孔。”

“什么面孔？”

“看着吧，你会找到一个傻瓜为你张开大腿。或早或晚。”

“我无所谓。”

“过不了多久，咱们就要出发执行任务。他们说，再没有哪里比那个地方更好了。那些美国女人非常放纵……”

出发前，小伙子们得到了一个周末的假期。几乎所有人都是和自己的女朋友在一起。有些女孩想到一些古怪的主意，比如在湖边野餐，或者一部接一部地看浪漫电影，而士兵们的兴趣却主要是在性方面为未来几个月的禁欲做好准备。

耶特里的母亲坐夜车从托雷马焦雷赶到贝卢诺。他们一起急急忙忙去市中心办了一些事，然后又一道回到部队。耶特里睡在一个窄小的八人间里，那个房间凌乱而又炎热。母亲责备说：“都怪你选的工作。像你这么聪明，有很多事情可以做的。”

由于紧张，一等兵不得不出了门。他找了个理由，躲到广场的一个角落里抽烟。回到军营之后，他看到母亲紧紧地把他宣誓时拍的照片贴在胸前。“你看我还没死呢，”他说。

女人睁大眼睛，在他脸上打了一记响亮的耳光。“永远不要说这些话，倒霉鬼。”

她无论如何都要自己来整理那些背包（“妈妈，知道吗？你总是把什么都忘记了。”）。耶特里一边打着盹儿，一边看着她虔诚地把衣服放在床上。他不时会走神，想起那些美国女人。他自顾自地陷入刺激的昏睡当中，口水流到了枕头上。

“旁边的口袋里有润肤霜和小肥皂，一块是薰衣草的，另一块是中性的。洗脸用中性的，因为你是敏感皮肤。我还在那里放了口香糖，是为你不能刷牙的时候准备的。”

夜里，他们一起躺在双人床上，在一家冷清的公寓里。耶特里并不因为在母亲身边睡觉感到尴尬，尽管现在他已经是一个男人了，而且已经离家这么长时间，这一点令他感到吃惊。即使母亲将他的头拉过去，放在睡衣下面柔软的乳房上，就这样让它留在那上面，让他听着她心脏有力的跳动，直到睡着为止，他也不觉得奇怪。

晚饭后，突然下起了大雨，房间不时被雷阵雨的闪电照亮。母亲的身体在雷声中惊跳起来，仿佛她在睡梦中被吓到了。当耶特里从被单里钻出来的时候，已经十一点多了。黑暗中，他掏空了背包的口袋，把所有东西都倒进了垃圾桶。他把那些东西放在最下面，以免被发现。然后，他把藏在上衣和替换用的军靴里的各种式样的避孕套塞满了那个口袋，足够全排人一个月不停做那些龌龊事。

回到床上，耶特里想了想，又爬起来，把手伸进垃圾里，摸黑找那些口香糖：很难说，有可能他会距离一个渴望的美国女人的嘴巴很近，却没有刷过牙。在这种时候，口香糖就会对他有用了。

珍妮弗，噢，珍妮弗！

此时，切德尔纳和他的女朋友刚好走进他们近一年来同住的公寓。他们在路上遭遇了雷阵雨，不过，他们是那么兴高采烈，甚至都没有找个地方避一避。两个人在大雨中摇摇晃晃，还不时停下来长时间舌吻。

晚上过得不错，尽管一开始并不怎么好。一段时间以来，阿涅西迷上了各种异域特色的饭馆。恰恰是在切德尔纳仅仅想和她乐一乐，出发前简单吃顿饭庆祝一下的这个晚上，她却一定要去一家日本餐厅，她大学里的朋友去过那里。“会很特别的，”她说。

可是，切德尔纳并不想要任何特别的东西。“我不喜欢那种亚洲的东西。”

“可你从来都没有尝过。”

“我尝过。只有一次。”

“才没有。你的行为就像个小孩儿。”

“嘿，小心你说的话。”

当他明白他们可能会真的争吵起来时，就让步了。他说，好吧，就去那家该死的寿司酒吧。反正到了这个地步，晚上的约会已经毁了一半了。

在餐厅的时候，他什么也没吃，而是拿餐厅的女服务员开玩笑。她总是在鞠躬，而且穿着毛巾质地的短袜和拖鞋。阿涅西教他如何拿筷子。很明显，她非常喜欢扮演他的小老师。切德尔纳只尝试了一次，结果把筷子伸到了鼻孔里，然后就开始像一个大脑迟钝的人一样说话。

“你就不能试试吗？”阿涅西嘟囔着说。

“做什么？”

“一个文明人。”

切德尔纳向她那边靠了靠说：“我特别文明。是这些人弄错了地方。看看外边，看看。你觉得这里是日本吗？”

晚饭结束前，他们彼此再也没有说过话：他固执地什么也不尝，尽管那些裹了面糊的油炸蔬菜看上去并没有那么糟。阿涅西努力把所有东西都吃完，仅仅为了向他证明她有多么勇敢和开放。不过，最糟糕的是后来结账的时候。“我把一切都搞糟了，” 切德尔纳睁大了眼睛说。

“我来付，只是你别再表演了。”

切德尔纳冷冷地对她说：“我不会让我的女人掏钱请我吃晚餐。”他把信用卡丢到女服务员身上，后者又一次弯下腰，把它捡起来。

“什么他妈的破地方！”当他们走出门之后，他说，“把我最后一个自由的晚上也毁了。真感谢。”

阿涅西于是揉着眼睛抽泣起来。看到她这样，切德尔纳闷闷不乐。他试图去抱她，可是她把他推开了。

“你是个动物，这就是你。”

“得啦，小不点儿。不要这样。”

“别碰我！”她歇斯底里地叫着。

不过，她并没有坚持很久。最后，他小声对她咬耳朵：“那个该死的东西叫什么来着？Yadori？Yudori？”她终于露出一点笑容，对他坦白：“那个东西真的很难吃。对不起，亲爱的。太对不起了。”

“Yuuuori！Yuuuuuudori！”

他们笑了起来，即使大雨倾盆也没有让他们止住笑声。

现在，他们两个都坐在小小的门厅的地板上，身上湿淋淋的，不停地大笑，尽管已经没有先前那么激动了。在长时间开怀大笑之后，切德尔纳的心中升起一种空虚和忧伤的感觉。他伤心是因为会有好几个星期见不到她。

阿涅西靠着他，脑袋放在他的腿上。

“不要死在那里，好吗？”

“我会尽力。”

“也不要受伤。至少不要受重伤。也不要截肢或者留下很明显的伤疤。”

“就受点皮外伤，我保证。”

“不要背叛我。”

“不会。”

“要是你背叛我，我会给你弄点伤出来。”

“唔！”

“什么唔？我是严肃的。”

“唔！”

“我毕业的时候你会回来吗？”

“我会回来的，我都跟你说了，雷内保证给我假。也就是说，之后我们会有很长时间见不到。”

“那我就做一个年轻而又失业的女大学毕业生，等着她的丈夫从前线回来。”

“我不是你丈夫。”

“我就那么说说。”

“这是什么，一个建议？”

“谁知道呢？”

“关键是，在此期间，年轻的失业女大学毕业生不要到别的什么人那里寻求安慰。”

“到时候谁也安慰不了我。”

“这就好。”

“没人能够安慰。我发誓。”

在一个更大的公寓里，推拉式落地窗面朝一个停车场。雷内准尉睡醒了，望着外面。夜还很深。雷阵雨使柏油路上的暑热升腾了起来，城市里散发着臭鸡蛋的味道。

对于准尉来说，问题只是选一个女人来陪他在友好的领土上度过最后一夜。不过，实际情况是他哪个也不太想要。首先，那些都是他的客户。她们肯定不愿意在他的飞机起飞十二个小时之前倾听他的担忧。当他喋喋不休的时候，女人们就想立刻转身做点什么，比如点燃一根香烟，穿上衣服，或者洗个淋浴。他不能训斥她们。她们中的任何一个都不明白指挥军队，以及手中握着二十七条人命意味着什么。她们中也没有一个人爱他。

雷内脱掉上衣，用手指抚摸着胸前，忧心忡忡：健壮的胸肌，写着出生日期和血型（A型）的小牌儿，三条清晰的腹肌。也许等他从阿富汗回来就停止这种约会。这并不是因为他不喜欢这项活动，况且多出来的钱也为他提供了一些方便（比如上个月，他为本田摩托车添置了侧面的旅行箱。现在，他透过窗户骄傲地看着自己的车，它就罩在防雨布里面）。那样做主要是出于道德考虑。假如说刚到贝卢诺的时候，那些脱衣服务是一种需要的话，如今，他已经是一个职业军人了，完全可以停止这项活动，花时间在一项更加成熟的规划上。不过，他还不知道那会是怎样的规划。很难想象自己变成另一个样子。

半夜里，这种犹豫不决也使得晚饭变为不可能。他咯吱咯吱地啃了两包饼干。现在并不饿。作为庆祝来说，这有点寒酸。他应该让父母从塞尼加利亚到这里来看他。突然，他感到难过。电视机的插头已经拔掉了，电视机用一块白色的床单罩着，为了避免灰尘。雷内已经关掉了煤气总阀门，还把垃圾收集在一个袋子里。家里已经准备好不再有人住。

他躺在沙发上，开始打盹，却收到了罗萨娜·维塔莱的短信："你想不辞而别吗？到我这儿来，我要跟你谈谈。"几分钟后，又来了一条信息："带点喝的。"

雷内慢悠悠地准备着。他一边洗澡一边刮胡子，然后慢慢地自慰，以便对快感具有免疫力。他在高速公路的超市里买了干汽酒。出了商店，他又转身回去，买了一瓶伏特加和两板黑巧克力。对于罗萨娜，他心存某种感激，因为她在最后一个没有惊喜的夜晚拯救了他，所以他想让她得到应有的回报。通常情况下，他都是和比他年轻的女人上床，其中大部分都是想在结婚成为妻子之前制造一点特别的回忆。罗萨娜已经四十多岁了，不过，她身上有种他喜欢的东西。在性方面，她既有经验又出奇的自由。有时候，完事之后，雷内会留下来吃饭或者看个电影。他坐在沙发上，她坐在距离他远一点的椅子上。或许他们还会做爱。当然，这第二次是由她提议的。假如他想走，她也不会挽留。

“你迷路啦？”罗萨娜站在门口等他。

雷内经过她身边进了屋，在她腮上吻了一下，闻到一种与平常不同的香水味儿，或者是通常那种香水下面的一种不同的味道，不过他什么也没说。

女人检查了一下酒瓶。她把汽酒放进冰箱，又把另一瓶打开。酒杯已经在桌子上。“想听点儿音乐吗？今天晚上安静得让我神经质。”

雷内没有理由反对。无论是音乐还是其他消遣方式，对他来说都无所谓。他坐到了餐桌旁。从前，他去过两次黎巴嫩，一次科索沃，他明白老百姓很难理解他们为什么要去执行任务。

“所以，你明天出发。”

“是。”

“这次任务要多长时间？”

“六个月。上下差不了几天。”

罗萨娜点了点头。她已经喝完了第一杯酒，又倒上了一杯。雷内却在小口地品尝，完全控制着自己的情绪。

“你高兴吗？”

“这不是去旅行。”

“当然。不过你高兴吗？”

雷内的手指不停在木头桌子上敲着。“是，当然高兴。”

“好。这很重要。”

音乐使他们不得不提高了声调，雷内觉得很烦。要是罗萨娜把声音关小一点，他们会更舒服。很多事情他已经注意到了，别人却没有觉察。从某种意义上讲，这一点令他很失望。另外，今天晚上罗萨娜好像心不在焉，而且有意在上床之前把自己灌晕。醉酒的女人身体更加柔软，动作也是重复性的，他不得不拼尽全力才能使她们达到高潮。他忍不住指着酒杯说：“少喝点儿。”

罗萨娜向雷内投去愤怒的目光。雷内并不是在和他的士兵说话。正相反，付钱的是她，所以也应该由她来决定。不过，她后来低下了头，好像是向他道歉。雷内把她的神经质解释为替他担心，这使他内心感到柔软。“我不会冒任何风险，”他说。

“这一点我能肯定。”

“这次任务更多是去驻防。”

“是。”

“假如你看看那些调查数字，死在这种任务中的比例低得可笑。在楼下过马路冒的风险其实更大。我不是在开玩笑。至少我们意大利人是这样。有的人果真是去打仗的，对于他们来说就不同了。比如那些美国人，他们……”

“我怀孕了。”

房间在闪闪发亮的酒瓶周围微微摇晃。“你说什么？”

“你听见了。”

雷内用手在脸上抹了一把。他没出汗。“没有，我觉得我没听见。”

“我怀孕了。”

“能劳驾你把音乐关掉吗？我没有办法集中精力。”

罗萨娜朝音响快步走去，把它关上，然后又回来坐下。现在，房间里又出现了其他声音：暖气的嗡嗡声，楼上还有人弹着蹩脚的吉他。她又倒了第三杯伏特加，完全不顾他的警告。

“你明确跟我说过……”雷内说，同时努力控制自己的情绪。

“我知道。那是不可能发生的。不知道有多少分之一的可能。大概百万分之一。”

“你对我说你已经进入更年期了。”雷内的声音并没有攻击性，他本人好像也很平静，仅仅有一点苍白。

“我是进入了更年期，可以了吧？可我怀孕了。事情就是这样。”

“你曾经说过不会这样。”

“的确如此。这是奇迹，可以吗？”

雷内问自己有没有必要确认孩子是否就是自己的，不过这无疑是多余的。他思考了一下奇迹这个词，觉得它跟这件事没有关系。

“咱们这就把事情说清楚：责任在我，”她接着说，“百分之百在我。所以，我觉得应该由你来决定。还有时间，一个半月，或者稍微早一点。你现在出发，慢慢考虑这件事，然后告诉我你的决定。其余的我来负责。”

她一口气说完了这些话，然后把酒杯靠近嘴唇。不过，她并没有把酒喝下去，而是把杯子放在那里，专心致志地用嘴唇在酒杯的边缘摩挲。她的眼角有抹不去的皱纹，不过并不难看。在他的秘密职业中，雷内了解到成熟女人会在完全凋谢之前最后一次绽放，而那个阶段的女人最美。他感到自己的身体变得虚无缥缈，这种感觉令他愤怒：“你要是怀孕就不应该喝酒。”

“在这个时候，一杯伏特加好像是最没有必要担心的事情。”

“无论如何你不该喝酒。”

他们沉默了。雷内在脑海里一点点回忆他们的对话。其余的我来负责。很难弄清楚这句话背后的意思。

“你还想做爱吗？”

罗萨娜如此问他，好像这是一件十分正常的事。她怀孕了，可是还喝酒，而且想跟他上床。雷内迷惑了。他几乎要冲着她的脸骂她疯了。随后，他又觉得那样做好像能够使这个夜晚变得完整：做爱，然后从房门走出去，感觉是完成了别人期待他做的事情，别无其他。“为什么不呢？”他说。

他们走进卧室里，背对背脱了衣服，然后缓缓地、温柔地开始。接着，雷内要求罗萨娜转过身去，肚子冲下。在他的心里，这等于是一个小小的惩罚。罗萨娜进入了高潮，而他也还不错。他提前一点退了出来，好像那会改变什么，她也没有责怪。

“你可以留在这儿睡觉，”她说，“明天早上我不上班。我陪你去取东西，然后去机场。”

“不用了。”

“我们可以在一起待几个小时。”

罗萨娜站起身，急忙把一件家居服穿在身上。她在口袋里找钱包，然后把钱递给雷内。

雷内望着那只拿着钱的手。他不能接受一个怀着自己孩子的女人给的钱，不过罗萨娜没有把胳膊缩回去，也没有说什么。也许打个折？不，那会显得虚伪。他想，她只不过是一个客户，一个像其他女人一样的客户。发生了一件意外，不过不是他的错。

他拿过钱，还不到十分钟就已经准备好离开。

“那么，你会告诉我吧？”罗萨娜在门口问道。

“是，我会告诉你的。”

早上炎热难耐，天空中覆盖着一层亮灰色，令人头疼。一些老百姓在机场大厅里转悠，为军人们那种不同寻常的专注感到好奇。大厅外面的烟灰缸里塞满了烟蒂。耶特里是和母亲一起坐公共汽车来的。他用目光寻找自己的同伴，其中一些在远处跟他打招呼。米特拉诺的家属最多，坐在轮椅上的奶奶是他们那群人中唯一不制造噪音的一个。她背对着孙子，眼睛直直地望着前方，仿佛看到了什么可怕的东西。不过，耶特里认为她可能有点痴呆。安福西的父母总是在看手表，切德尔纳则不停地吻着女朋友，还厚着脸皮把两只手放在她的臀部；赞皮耶里抱着的孩子正在扯她的头发玩儿，一边还不停地把肩章的尼龙搭扣撕开再粘上，粘上再撕开。她一开始还任凭他那样做，随后突然把他放到了地上。孩子啜泣起来。雷内坐在那里打电话，头垂得低低的。

耶特里觉得自己的右手被握住了。他还没来得及反抗，母亲已经把一个小管儿里的膏体挤到了他手上。

“你在干什么？”

“闭嘴。看看裂成什么样子了。这些呢？”母亲把他的手抬到他的眼前。

“它们怎么啦？”

“到洗手间里来。我给你剪剪。幸好我带了剪刀。”

“妈妈！”

“要是现在不剪，还没到晚上就都黑了。”

经过长时间的讨价还价，耶特里让了步，不过至少可以自己剪指甲。他垂头丧气地向洗手间走去。

耶特里刚刚剪完了一只手，就听见其中的一间里传来一声响屁。

“长命百岁！”一等兵说，随后听见一声嘟囔。

过了一会儿，巴莱西奥上校走了出来。他一边向镜子这边走来，一边系着纽扣，身后飘着一股难闻的味道。

耶特里连忙立正，上校满意地冲着一等兵微笑。随后，他注视着洗手池里残留的指甲，脸上的表情也变了：“士兵，有些事情要在自己家里做好。”

“您说得对，长官。对不起，长官。”

耶特里打开了水龙头。指甲的碎渣堵在下水口，全都积在了那里。他拿起塞子，用手指把它们推下去。巴莱西奥冷冷地注视着他。“第一次执行任务吗，小伙子？”

“是的，先生。”

“等你回来，就会觉得这些卫生间不一样了，就像医院的一样干净。还有水龙头。等你再看到这样的水龙头，你会想去舔它们。”

耶特里点了点头。他的心在狂跳。

“无论如何，会很快过去的。刚回来的时候，好像一切都是那么神奇，然后一切就又和从前一样了。一钱不值。”

巴莱西奥向下拉着卷起的毛巾，可是毛巾卷卡住了。他骂了一句，然后把潮湿的手掌在裤子上蹭了蹭。他动了动脑袋，算是指着一等兵，“我不会用剪刀剪指甲，”他说，“我妻子给我买了指甲钳。不过，用指甲钳会留下一些角儿。”

回到大厅的时候，耶特里很气愤。他在上校面前显得像个笨蛋，而这全都怪他母亲。

她伸长脖子检查他的手指。“为什么你就剪了一只手？我跟你说应该由我来剪，倔头。用左手你不会。来，咱们一起去。”

耶特里推开她。“让我安静一会儿。”

女人严肃地看着他，摇了摇头，接着就在口袋里翻找起来。“拿着。把这个吃了。你的口气不好闻。”

“他妈的，你有完没完？”一等兵咆哮着，打了她的手。糖块掉在地上，他用军靴在上面踩了踩。绿色的糖块碎了。“你现在满意了？”

迪·萨尔沃和他的家人转身望着他们。耶特里用眼角的余光瞥见切德尔纳也把目光转向他们这边。

他不知道自己到底是怎么啦。

两大滴眼泪从母亲的眼睛里流出来。她张着嘴，下嘴唇有点抽搐，上下唇之间有一丝顽强的唾液。“对不起，”女人说。

之前她从来没有向他道过歉。耶特里非常矛盾，他一方面想当着她的面骂她是个傻瓜，另一方面又想俯下身把地上的碎糖块一一捡起来，拼在一起。他感觉到同伴们的目光都落在他的身上，对他品头论足。

我已经是一个男人了，我现在要去打仗。

后来，他也不记得是真的说了这句话，还是仅仅这样想了想。他抓起背包，把它丢到肩上。然后，他吻了母亲的面颊，仅仅一下，而且非常简短。“我很快会回来，”他说。

安全地带

埃吉托中尉的小壁橱是上了锁的，不过钥匙就插在锁孔里。壁橱里有一些个人收藏的药品，是医务室里唯一没有登记在储备物资登记簿里的。除了一些治疗短时间不适的非处方药，和完全没有效果的治疗脱皮的药膏，有三瓶黄蓝两色助消化的胶囊非常醒目。瓶子上没有标签，其中一瓶几乎空了。晚上到食堂去之前，埃吉托会吞下六十毫克度洛西汀。这个习惯是在任务开始之后的最初几个星期里养成的，也就是在几个月之前。通过这种方法，大部分他不希望出现的效果都在睡眠的时候消化掉了。首先是困倦，它就像巨石一股脑儿压在他的身上，使他很少能坚持到十点钟之后睡觉。在那些日子里，他几乎体验了治疗抑郁症的药物说明书上标明的所有副作用，从剧烈的头疼到食欲减退，从腹胀到间歇性的恶心。这些反应中最奇怪的就是腋窝处严重麻木，那感觉就像一个人打哈欠时间过久。无论如何，所有这一切都过去了。开始吞服这些胶囊时的那种不安已经无影无踪。当时，他感觉自己是一个失败者，一个吸毒者。同样是因为这种不安，他起初把胶囊外面气泡式的塑料壳剥掉，然后把药倒进没有标签的瓶子里。一段时间以来，埃吉托已经接受了自己的失败。他感觉到内心深处隐藏着一种巨大而柔软的快感。

血清素完全起到了它应有的作用，也就是使患者远离忧虑和激动。父亲去世之后那段时间的焦虑与混乱——包括说明书上一般表明为自杀倾向的所谓身心反应，以及阴郁而又诱人的想法——悬在他头上的某个地方，就像是被墙壁一样的堤坝截出的人工湖。中尉对于自己目前的平和心态非常满意，无论如何都不会愿意将它改变。有时候，他还会感到口干舌燥，耳朵里突然响起尖锐的鸣叫，随后是一阵轰鸣，久久不散。当然，还有另外那种不便：他已经几个月没有勃起了，很少的几次勃起也没有被他派上用场，哪怕仅仅为了自己。住在沙漠中央一个几乎只有男性的军事基地里，性又关他什么事呢？

他来到阿富汗已经一百九十一天了，在ICE基地也住了几乎有四个月。这里位于古利斯坦山谷北口，距离赫尔曼德省不远。那里的美国部队每天都在战斗，以便把叛乱分子从村里清理出去。他们在一个战略区域里修建了几乎占地四公顷的前哨，并且对周围一些村庄——其中就包括古清真寺，那里有一个集市——进行土壤改良之后，海军陆战队员认为古利斯坦的工作结束了。事实上，与冲突开始时的所有行动一样，对于那个地区的清理也只是局部的：安全区域辐射的仅仅是基地以外两公里左右的区域。基地内部还残留着一些极具威胁的游击队队员，外面则是地狱。

曾经有一段时间，基地被格鲁吉亚人占领。随后，这片区域转而由意大利控制。五月中旬，一支由九十辆运输车组成的队伍从赫拉特出发，沿着环城路向南行驶，一直开到法拉，转而向东。塔利班部队措手不及，徒劳地在后面追赶。埃吉托中尉作为医疗部门的负责人和唯一成员参加了这次行动。

呈现在他们眼前的营地情况非常糟糕：很少的几间破房子四处漏风，地上有一些起双重用途的深坑，垃圾，凌乱的有刺铁丝网，到处都是残缺不全的车辆；淋浴设备是用穿了洞、挂在钩子上的尼龙袋子围成的，这些袋子都排列在露天处，中间也没有用东西隔开。卫生间连个影儿都没有。唯一条件像样的地方是军械库，这一点也充分说明他们的前任对这个场所的重视。埃吉托所在的部队就把这里作为他们的指挥部。最初几个星期的工作主要是为营地添置最低限度的生活设施，并筑起一段长而弯曲的防御工事，以加强主要入口处的防卫。

埃吉托把医务室设在距离指挥部不远的一个帐篷里。他在其中的一半空间里摆了一张床和一张桌子，它们背后是两个放满药品的架子和一个冰箱，里面存放着那些容易腐烂的东西；另外一半是他的私人空间，用一块迷彩帆布隔开。候诊室就在医务室外面，是一条由金属网折叠而成的长凳。

自从这个帐篷在他看来完全可以接受之后，埃吉托无疑放慢了工作节奏。如今，他其实可以对医务室做一些改善，比如在墙上挂几张解剖图，做点什么以便病人在候诊时能享受一点阴凉，腾空最后几个大箱子，并研究一下如何更好地摆放那些手术器材。不过，他没有做的心情，还为此浪费了很多时间责备自己。如今，这些已经不再重要，因为他就快回家了。六个月的任务已经到期，他这支部队里的其他人已经离开了前哨。一些同事已经回到意大利，正在疯狂地享受二十五天的假期，把那些亲密的关系重新建立起来。在此之前，距离使这些关系变成了纯粹的幻想。

最后一个离开的是卡拉乔洛上校。登上直升飞机的时候，他注视着荒芜的风景，说了一句意味深长的话："又是一个讨厌而且我不会怀念的地方。"巴莱西奥上校那支自信而且休息充足的部队已经适应了这里的环境，他们要在这里度过很多的时日，随后这个基地才会重新归政府所有。到时候正好要进行新一轮的换防。

埃吉托坐在写字台前，正在打瞌睡。毫无疑问，一段时间以来这是他最拿手的事。此时，一个士兵探进来。

"医生？"

埃吉托吓了一跳。"请说。"

"上校要我告诉您，医疗救援者后天到。一架直升机会把您带到赫拉特。"

男孩的身体一半在帐篷里，另一半在外面。他的面孔隐藏在阴影中，无法辨认。

"安塞尔莫中士已经好了吗？"

"谁？"

"安塞尔莫中士。奉命来接替我的就是他。"

据他得到的消息，安塞尔莫中士患上了流感，而且出现了呼吸系统并发症。直到几天前，他还在赫拉特营地的医院里接受治疗，脸上戴着吸氧用的柔软面罩。

士兵举起双手，他是被吓住了。"我不知道，先生。他们只是叫我告诉您，医疗救援者要到了，直升机把您……"

"会把我带到赫拉特，是，我明白了。"

“正是如此，先生。后天。”

“谢谢你。”

士兵在门口迟疑着。

“还有什么事吗？”

“祝贺您，中尉。”

“为什么？”

“您要回家了。”

士兵从帐篷门口消失了，帐篷的门晃悠了片刻，外面强烈的光线若隐若现。埃吉托把额头放在小臂上，试着重新进入睡眠。假如一切像预期的那样进行，一个星期之后他就到都灵了。想到这里，他突然感到窒息。

觉是睡不成了，他决定起身到外面去。中尉沿着东边的栅栏，穿过工程部队所在的区域。那里的帐篷一个挨着一个，从中间穿过去都要缩着肩膀。中尉爬上靠在防御工事上的一架梯子。卫兵向他问好，然后就闪到了一边，给他让出位置。

“您就是医生？”

“是的，是我。”

埃吉托把手放在额头上，以便遮挡阳光。

“您想用一下我的望远镜吗？”

“没关系，这样就可以了。”

“不，把我的望远镜拿去，那样能看得更清楚。”小伙子把仪器从脖子上摘下来。他非常年轻，而且非常希望能够帮上忙。“这台望远镜是手动的。需要转动这个轮子。等一下，我来帮您调好。”

埃吉托由他去做，然后借助望远镜缓缓地巡视午后阳光照射下的平原地带。远处，光线制造出一些奇异的景象，仿佛是雨后变幻莫测的小水洼。山峦被染红，仿佛拿定了主意要不惜一切代价展示自己的无辜：很难想象在那里面隐藏着无数的山洞和峡谷，敌人正在里面不停地窥视着基地的每一次行动，即使在这一刻也是如此。不过，埃吉托对此了如指掌，所以不会被欺骗，也不会忘记。

埃吉托把望远镜对准阿富汗卡车司机营地的方向，发现那些司机就蜷缩在一辆辆汽车之间扯起的防雨布的阴影里，背靠车轮，膝盖抵着胸口。他们能够保持这个姿势几个小时之久，一边还喝着热腾腾的茶。这些司机把物资从赫拉特运到了基地，现在却因为害怕报复而不敢原路返回。他们被迫待在这个唯一感觉安全的空间里，既不能离开，也不能永远待在那里。据中尉所知，他们从来都没有洗漱过，每天只靠很少的几桶水为生。这些水只够他们解渴。他们接受食堂提供的食物，并不表示感谢，甚至看上去对此也不抱奢望。

“也没有什么了不起的风景，对吧，医生？”

“有点儿单调，”埃吉托说，虽然他并不这么想。山脉每时每刻都在改变形状，同样的黄色中有无数种微妙的差别，但要学会辨认它们。这是一幅充满敌意的风景，而之前他却轻而易举地对它产生了好感。

“我不这么认为，”小伙子说，好像感到遗憾。

埃吉托从防御工事上下来，开始打起电话，尽管可以打的电话并不多。他没有必要也不愿意把要回去的消息告诉每个人。埃吉托决定给马里安娜打个电话。他拨了电话卡上的号码，一个录音告诉他剩余的话费，并且请他稍等片刻。

“喂？”

接电话的时候，马里安娜的语气总是有点生硬，好像她正在做的事需要非常专心，结果却被打断了。不过，一旦听出电话里的声音，她的声调就变得柔和起来，好像最初的神经质都是他们之间的距离造成的。

“我是亚历山德罗。”

“终于。”

“你怎么样？”

“头疼，而且没有好转的迹象。你呢？所有人都走了，就留下你一个？”

“新来了一个团。很奇怪，我被当成了一个年老的智者。”

“他们不知道这样做犯了一个多大的错误。”

“是呀，他们很快就会发现的。”

一阵停顿。埃吉托听着姐姐轻轻的呼吸声。

“昨天我回家了。”

上一次他们是一起回去的。当时，埃内斯托刚刚去世几天，他们就已经在各个房间里转悠，那目光就像是在选择自己想要留下的家具。在前厅的梳妆台前，姐姐问可不可以把那个拿走。他回答说：“把你想拿的都拿走吧，我不感兴趣。”马里安娜非常生气，说：“为什么你要这样说，嗯？为什么你要说‘把你想拿的都拿走吧’，让我有负罪感，好像你并不感兴趣，而我却是一个爱占便宜的可恶家伙。”

“家里怎么样？”

“你认为能怎么样？空荡荡的，满是灰尘。让人伤心。我无法相信自己曾经在这样的地方住过。你想想看，我还在洗衣机里面看到没洗完的衣服。他们甚至连看都没有看。衣服都粘在一起了。我拿了一个垃圾袋，把它们都扔掉了。后来，我又打开衣柜，把剩下的所有东西也都扔了。所有触手可及的东西我都扔了。”

“你不应该这样。”

“为什么我不应该这样？”

埃吉托不知道为什么。他知道不应该这样做，暂时还不应该。“可能还会有用，”他说。

“给谁用？给你？那些东西非常可怕。另外，想想我是一个人在这里。你能不能行行好，不对我说什么我应该做，什么我不应该做。”

“你说得对。对不起。”

“我接触了两家房地产公司。他们说房子要收拾一下，不过不需要大的变动。最重要的是我们要尽快把它打扫出来。”

埃吉托想告诉马里安娜，卖房子也可以等一等，不过他没有说。

马里安娜紧接着问他：“你什么时候回来？”

“很快，我想。”

“他们通知你一个日期了吗？”

“不。还没有。”

“可能我真的应该打那个电话。我能肯定会有人关心这件事的。”

对于他生活中的事，马里安娜总是这么急躁，好像对于他的生活有优先决定权。最近一段时间里，她有好几次都威胁要给国防部的参谋部提出抗议。到目前为止，埃吉托都说服了她。“他们会报复我的。我已经跟你解释过了。”

“我在想，你怎么可能在那种条件下生活，不知道一个星期或者一个月后自己会怎么样。总是任由某个人任性地摆布。”

“这是我工作的一部分。”

“这是一个愚蠢的工作，你是知道的。”

“有可能。”

“你置身于一个跟你毫无关系的地方，一点关系也没有。你把自己藏在一群狂热分子中间。不要试图告诉我他们不是这样的。我完全知道他们是什么样子。”

“马里安娜……”

“这是一件非常愚蠢的事。”

“马里安娜，现在我要跟你说再见了。”

“当然，我能想象。听着，亚历山德罗，真的要马上卖掉那套房子。那个地区房价上涨的势头令人恐怖。只有他们能够使那个地方成为奇迹。你记得吗，埃内斯托确信自己在投资方面是个行家。他相信自己在一切方面都是行家。实际上，那套房子本身已经一钱不值。我真的非常担心。”

“我跟你说过了，我来负责。”

“亚历山德罗，你要快点把它卖了。”

“好的。再见，马里安娜。”

埃吉托不能肯定巴莱西奥上校那种沉思的表情后面到底隐藏着多少智慧。他猜不会有太多。能够肯定的是，巴莱西奥上校有一些嗜好。比如，他在帐篷里挂了很多小树形状的空气清新剂，使空气中充满了口香糖的味道。

“马罗科中尉，请进！”

“我叫埃吉托，上校先生。”

巴莱西奥向前探着身，以便阅读上衣上的名字。“好吧，区别不大，不是吗？稍息，中尉，稍息。请坐这里。您都看到了，这个帐篷里能让人舒适的东西并不多。卡拉乔洛是个斯巴达式的家伙。直说吧，这只是因为他年轻，而我已经开始喜欢舒适的生活，”他惬意地抚摸着肚子说，“顺便说一句，我想弄个冰箱，里面放点啤酒。我看见您的医务室里有一个。您真的需要它吗？”

“里面有一些疫苗。还有肾上腺素。”

“肾上腺素，对呀，它很重要。不过我可以保管它们。这样我可以腾点儿地方放啤酒。反正我的帐篷敞开着，所以无论白天还是晚上，任何时间我都欢迎人来。我没有很多秘密需要保守。另外，过不了多久您就走了，对吗？”

埃吉托低下了头。

“无论如何，请考虑一下。也许这不是一个好主意。我不知道您的习惯，可是我始终喜欢啤酒，热的也可以。”上校用拇指和食指捏着嘴唇，朝没人的地方点了点头。“好吧，好吧，”他嘟囔着，然后又说了一遍，“好吧，好吧。”

写字台上放着一本《小王子》。两名军人的目光汇集在封面上那个消瘦的孩子身上。

“我妻子，”巴莱西奥说，好像是为自己辩护，“是她跟我说的。她说我应该跟我们的孩子交流。我不太清楚这本书想说什么。您看过吗？”

“很久之前看的。”

“要我说这是同性恋的玩意儿。我看的时候睡着了两回。”

埃吉托尴尬地点点头。他不太知道自己为什么要到指挥官的帐篷里来。在从布料透进来的绿色光线中，“小王子”显得比平常更加迷惑。

“您有什么特别的事要对我说吗，中尉？”

“我想延长在这里的时间，上校。”在把整句话说出来之前，他还不太明白这句话的意思。

巴莱西奥皱起了眉头。“真的吗？”

“是的，先生。”

“留在阿富汗，还是古利斯坦这个鬼地方？”

“留在基地，指挥官。”

“您知道吗，我已经想离开这儿了。再过三个月就是滑雪的季节了。您不想回去滑雪吗，中尉？不要对我说您是那种从来都没有把滑雪板套在过脚上的南方人。”

“不，我会滑雪。”

“这样对您最好。当然，我们并不是针对南方人。他们中有一些好人。不过，把他们叫做山地狙击兵就是另外一回事了。对于他们来说，待在这可恶的沙漠里没有关系。他们习惯了。要是能回到山里去，整个冬天都在那里滑雪，我宁愿丢掉一只胳膊。啊！每一次我都对自己说，今年冬天我要找时间去滑雪，可是总会发生什么事。去年，我妻子在人行道上绊倒了，结果我要给她当护士。那是一段令人沮丧的经历。我从窗户里看着白色的托法内滑雪场，真想爬上去，哪怕滑一次也好啊。我会屁股坐在地上滑下来。今年我连雪都看不到了。浪费时间，浪费生命。尤其是在您这个年纪。无论如何，您真的肯定愿意留下？”

“我肯定，指挥官。”

“我希望您不是为着某种传教士精神。您知道吗，他们跟我说了您救那个孩子的事？那个吸鸦片的孩子。一个感人的故事。”他嘴里嘟囔着，做着咀嚼的动作，“不过，我们不是传教士，请记住这一点。我们这些人头脑发热。我们喜欢玩儿枪，最好是能使用它们。”

“是为了钱，”埃吉托撒谎说。

上校用力挠着下巴，若有所思：“钱总是一个好理由。”

那些有魔力的树在空调吹出的风中疯狂地飞舞，喷出阵阵香气。埃吉托感到一阵恶心。

巴莱西奥指着他说：“您脸上的那个东西，它会掉吗？”

埃吉托在椅子上坐直了身子。脸上长出一块斑。它每天都在发生变化，仿佛是大气扰动，而中尉就像观察员一样注意着它。如今，他明白了每个区域的活动：面颊治愈得很快，嘴唇四周会感觉疼痛，如同鱼鳞般的睫毛会令人焦虑，耳朵是个灾难。“有时候会好一点。一点点。比如有太阳的时候。”

“我觉得不像。您好像遇到了麻烦。我这么说可不是要冒犯您。”

埃吉托伸手抓住腰带。突然，他感觉非常热。

“我有一件麻烦事，”巴莱西奥说。他松了松军装的衣领。“来，看看这儿。这里有一些小点儿，对不对？特别痒。那个东西您觉得痒吗？”

埃吉托转过写字台，以便检查指挥官的皮肤。贴着军装边缘起了一些皮疹。“就是红疹。我有金银花药膏。”

“金银花，那是什么？您没有考的松吗？”

“不需要考的松。”

“对我来说考的松立竿见影。请把考的松给我拿来。您那里也应该试一试，中尉。”

“谢谢您的建议，指挥官。”

他坐回原处，手放在膝盖上。上校整理了一下上衣。

“总之，您会是我们中的一员，”他说，“要是想让我留在这里，非得给我一大笔钱才行。无论如何，这是您的事。一名医生当然对我们有用。您的同行安塞尔莫刚刚接受了伤口缝合。今天我就通知他们您的决定，中尉。”

埃吉托请求告退。

“还有一件事，医生。”

“请说。”

“他们说的关于玫瑰的事是真的吗？”

“他们说什么？”

“说春天的时候山谷里满是玫瑰。”

“我从来都没有见过，上校。”

巴莱西奥叹了口气：“我想就是。当然，为什么玫瑰要长在这样一个可怕的地方？”

尘　土

对于耶特里来说，一切都那么新鲜有趣。他从直升飞机上观察这片外国的土地，发现多石的平原上点缀着翠绿的草地。一处斜坡中间孤独地站着一头骆驼或者单峰驼，他从来都记不住那个关于驼峰的故事。无论如何，他都无法想象野生单峰驼的存在：骆驼只是动物园里的动物。他想把那只动物指给身边的切德尔纳看，不过，朋友对于动物好像并不感兴趣。他或许正从深色的镜片后面盯着直升机上的一个点，也可能是在睡觉。

耶特里摘掉了耳机。恶灵天皇乐队低沉而扭曲的吉他声被螺旋桨发出的类似的喧嚣所取代。他不得不叫喊着问身边的朋友："基地有酒吧吗？"

"没有。"

"健身房呢？"

"也没有。"

"至少有乒乓球？"

"你还没明白，我们现在要去的地方什么他妈的东西也没有。"

切德尔纳说得对。ICE基地里什么也没有，只有尘土。军靴上直到脚踝都陷进又黄又黏的尘土里。假如你把尘土从军装上弹下去，它会在空气中旋转一会儿，然后又回到原来的位置。在古利斯坦的第一个晚上，当耶特里擤鼻子的时候，手绢上留下一道道黑色的印迹。接下来的一天，鼻子里流出了血，里面还掺杂着泥土。这样的情形持续了一个星期，随后血就止住了。身体已经适应了这个地方。年轻的身体能够适应一切。

分给他们排的区域位于基地西北部，旁边是一个钢筋混凝土建筑。这种建筑在基地里并不多见，是海军陆战队留下的。那是一个光秃秃的大房间，只在某些地方刷了灰泥。墙壁上画了一些图案或者文字：一面星条旗，几个黄段子，一只戴着金属扣项圈的愤怒的牛头犬。墙上的几十个孔是被基地里面发射的子弹打穿的。

第一次走进这个建筑时，西蒙切利评价说："这个废墟真令人讨厌。"所以，他们为这个房间取名"废墟"。这里成为了他们的指挥部。

他们很快就发现自己受到了蟑螂的侵扰。它们聚集在角落和缝隙里，不过，偶尔会有一个侦察兵暴露在地板上。它们那栗色的壳闪闪发亮。军靴踩上去，蟑螂会发出碎裂的声响，血喷出半米远。

幸好帕萨拉夸带着杀虫剂，他把药剂沿着墙壁喷在建筑物外面和角落处。"你们知道这种东西的药理吗？"他一边问，一边拍打着罐子的底部，以便把最后一点粉末也倒出来。要是不够的话可就完了，他们将不得不逐个把那些虫子杀死。"药粉散发出一种味道，令蟑螂兴奋。叫做雌急素。"

"是雌激素，白痴。"切德尔纳纠正道。

“雌激素，就是那个。那是雌性兴奋时发出的味道。蟑螂于是忙活起来，去寻找它们。不过，它们找到的不是雌性蟑螂，而是毒药。”

“太强了！”

“掉进毒药里的那些会立刻死掉，然后发出一种特别的味道，令其他蟑螂发狂。”

“发狂？”

“发狂。它们会互相吞噬。”

耶特里想象着一只蟑螂从“废墟”爬出来，钻进帐篷，爬上行军床的床腿，在他睡梦中爬上他的脸。

“想想要是塔利班这样做，”切德尔纳说，“假如他们在基地里喷洒雌麻雀的味道，而不是丢炮弹。我们就会开始自相残杀。”

“我们已经有赞皮耶里在散发雌激素了，”罗韦雷说。

“不，她只是在散发狐臭。”

大家都笑了，只有耶特里皱着眉头。“你认为我们和蟑螂一样吗？”他问。

“什么？”

“你说要是塔利班喷洒雌麻雀的味道，我们就会自相残杀。像蟑螂一样。”

切德尔纳勉强笑了笑。“你可能会逃过这一劫，小处男。你还不了解那种味道。”

分配给查理三排的第一个任务——自从六十六连踏上外国的领土，就开始改用战斗时的称呼——是修建一个有墙的空间来放置洗衣机。有两台已经因为沙子的侵蚀不能使用了，如今和其他废弃物一起，被堆在营地的一个角落里，那里都是些盛满了空易拉罐和废铁的小篮子。

耶特里，迪·萨尔沃，还有村里的四个泥瓦匠已经工作了两个小时。实际上，士兵们仅仅是在监督阿富汗人不要出错。他们不太清楚这些人当中到底谁更有建筑经验。他们负责的项目并不十分精确，图纸上缺少每个边的尺寸。他们用手一拃一拃地测量周长，同时数数图纸上砖头的数量。刚过正午，太阳垂直地照射在裸露的肩膀上。

“有点儿啤酒就好了，”耶特里说。

“对，冰镇的。”

“还要在吸管上插一片柠檬。”

“我喜欢在喝完啤酒之后吸一下柠檬。”

他们正在砌的墙壁好像是直的，至少目测是这样，不过有些东西使它显得奇怪。他们已经砌到了第八层，等一下就需要梯子了。希望不需要押着阿富汗人到仓库里去取。

突然，阿富汗人停止了工作。他们将工具丢在地上，又把几块席子摊开，放在唯一的一块三角形的阴影里，这些席子之前就堆在边上。随后，他们跪了下来。

“他们在他妈干什么？”

“你说呢？”

“他们一定要现在祈祷吗？”

迪·萨尔沃耸了耸肩膀。“穆斯林总是在祈祷。”

耶特里从桶里捞出一些石灰，甩到矮墙上，然后用镘刀把它抹平。他心想："真是疯狂，"然后又转过身望着那些阿富汗人。他们正在做某种体操，先是俯身趴在地上，然后抬起身体，接着又把身体蜷起来，同时还反复哼着某种小调。有片刻工夫，耶特里想要模仿他们。

"去他妈的，"迪·萨尔沃说。

"是，去他妈的，" 耶特里重复道。

他们扔掉了步枪。假如阿富汗人能暂停工作，他们也可以休息一会儿。迪·萨尔沃在裤子侧面的口袋里翻出了香烟，递给他一支。他们倚在矮墙上，那上面的石灰还没有干。

"他们把咱们发配到这里来修洗衣店，"耶特里说，"你觉得这样做对吗？"

"不，一点儿也不对。"

耶特里实在咽不下这口气。他们保证这里有美国女人，可是连个人影儿都没有。他们是在拿他开玩笑（噢，美国女人！）。当然，在赫拉特度过的短短几天里，他隐约见过女人。那是一些扎着马尾辫的女兵，胸部结实，神情就像是要把你在行军床上活剥了一样。然后，他们就把他发配到古利斯坦砌这堵愚蠢的墙，或者说看别人砌墙。他想象不到世界上还有哪个地方比这里距离性的愿望更加遥远。

"想想我们的父母曾经到这里来吸食大麻，" 迪·萨尔沃说。

"什么，大麻？"

"是呀，你知道吗？是在七十年代，那些狗屎嬉皮士。"

"啊，当然，"耶特里说。事实上，他并不十分清楚。他想了一下，然后说："无论如何，我父母从来没有来过这里。他们从来没有去过任何地方。”对于他的母亲，他能够肯定。至于他的父亲，据他所知，可能他到过这里，也就是阿富汗，说不定和塔利班搅在一起，如今正在路上埋简易爆炸装置。他从来都是一个出乎预料的家伙。

“我就这么说说。我父母也没去过任何地方。不过他们属于那一代人。他们滥用毒品， 而且不停地和所有人做爱。”

“美好的人生，”耶特里说。

“是呀，美好的人生。不像现在。现在的女孩都会说‘不，我不喝酒’，‘不，我不抽烟’，‘不，我要保守贞洁’。”

耶特里笑了。迪 · 萨尔沃说得对，现在的女孩都保守贞洁。

“有时候，上床之前你要先和她结婚。不过这也要分地方。”

“怎么，要分地方？”

“比如那些威尼托姑娘，她们立刻就和你上床，”迪 · 萨尔沃打着响指，“不过，在贝卢诺却不行。要再往南走一点，到那些有女大学生的地方。女大学生都是些小猪。有一次，我到帕多瓦去，一个星期就和三个女孩上了床。”

耶特里在脑子里记住了地点和数量。帕多瓦。三次。等回到意大利，他肯定会去那里。

“女大学生会把阴毛剃掉，这个你知道吗？”

“为什么？”

迪 · 萨尔沃在地上吐了口痰，然后用沙子把痰盖住。“这是一种时尚，而且也更卫生。”

耶特里不相信。他从来没有见过哪个女人把阴毛剃掉，包括在互联网看到的视频。当然，还有在海边，那些小女孩。他不能肯定那样他会觉得自在。

那些阿富汗人把脑袋埋进土里，好像要把它种在里面似的。他又一次感觉自己要跪下来，加入到他们中间，看看会有什么感觉。迪·萨尔沃弯下腰，转动脖子，打着哈欠。太阳炙烤着他们。耶特里的背包里有防晒霜，不过他不知道如何涂，也不想去问他的同伴。一个士兵不能在另一个士兵背上涂防晒霜。

“你能想象吗，在没有战争的时候到这里来，自由地走遍这个国家的每个地方，身边还有一个姑娘陪着？”迪·萨尔沃说，“包括抽刚刚从地里采摘的大麻。”

“那会很美。”

“那就太棒了。”

他靠近耶特里问：“你吸毒吗？”

耶特里迷惑地望着手指间夹着的香烟。

“我不是说这个，傻瓜。是大麻。”

耶特里点点头说：“有，我试过几次。”

迪·萨尔沃用胳膊搂着他裸露的肩膀。他的皮肤惊人地凉爽。“你认识阿比比吗？”

“那个翻译？”

“是的。”

“他出售大麻。”

“你怎么知道的？”

“这个你别管。假如你想要，可以跟我一起去。咱们可以付半价。十个欧元他们给你这么大一包，”迪·萨尔沃用手比划了一个球。

“你疯了？要是被他们抓住，咱们就完了。”

“谁会来抓咱们？难道马谢罗上尉会碰巧来闻你呼出的气吗？”

“不会，”耶特里承认。

“这个和你能在我们那里找到的不同。这个是天然的，是……哇噻！”迪·萨尔沃把他的脖子搂得更紧了，而且把嘴靠近他的耳朵，他的气息比空气稍稍热一点。“听着，阿比比的帐篷里有一个木头小雕像，是那些部落雕像中的一个，你见过吗？它长着一个大脑袋，身体是方形的，眼睛巨大。那是他爷爷送给他的某种古老的玩意儿。他把一切都讲给我听了，不过我在抽烟，没有记住。无论如何，那尊雕像用染成黄色的大眼睛注视着你。上一次，我一边抽阿比比给的大麻，一边看着那尊雕像，雕像也注视着我。突然，嘣！我突然明白了，那尊雕像就是死亡。我那时是在面对面注视着死亡。”

“死亡？”

“是的，死亡。不过，不是你想象的那种死亡。不是气哼哼的那种，而是那种安静的死亡，不会让你害怕。好像是……漠不关心。它对我无所谓，只是看着我，仅此而已。”

“你怎么知道它是死亡？是阿比比告诉你的吗？”

“我知道，就是这样。不，我是后来才明白的，在离开他的帐篷之后。我精力充沛，是与所有精力都不同的那种精力。和平常你抽了烟草以后感到的沮丧完全不同。我非常清醒、专注。我面对面见过死亡，不过我很安全。后来呢，听我说，我从旗子前面经过，就是主瞭望塔上的那个，你知道吗？旗子在晃动，因为有点风，我……我不知道怎么给你解释。我感到旗子在晃，ok？我说的不是感觉到风吹动了旗子，而是真正感觉到了旗子。我是风，我是旗子。”

“你是风？”

迪·萨尔沃抽回了他的胳膊。“你以为我在像一个狗屎嬉皮士一样说话吗？”

“不。不，我不这么想，”耶特里说，不过，他感到迷惑。

“总之，忧伤和幸福与此毫不相干。也就是说，那些都是……碎片。都是不完整的。我当时却是在感受一切，所有的一切。旗子和风。一切。”

“我不知道雕像和死亡以及旗子有什么关系。”

“当然有关系，”他抓了抓胡子，“你这么看着我，就好像我在说嬉皮士们的那些鬼话。”

“不，继续说。”

“我说完了。我想说的就是这个，你明白了吗？我心里有什么东西豁然开朗。”

“一个新发现，”耶特里说。

“我不知道是不是一个新发现。”

“是一个新发现，我想。”

“我对你说了，我不知道那是他妈什么东西。就是那个东西。我只是想告诉你阿比比给你的东西与众不同。它让你觉得自己与往常不同，让你感受到一些东西。”迪·萨尔沃突然暴躁起来。“那么，你愿意去吗？”

耶特里对吸毒不太感兴趣，不过也不想让他的同伴失望。“有可能。”

此时，那些阿富汗人把席子卷了起来，又开始工作。他们很少说话。他们说话的时候，耶特里觉得他们是在吵架。他看了看手表：差二十分一点。要是他抓紧时间，或许还来得及在食堂开始排队之前赶到。

三天后，有个机会到基地外边放放风，不过没有轮到他。

“今天我们去看一眼，”早上雷内说，“我想带上切德尔纳，坎波雷西，佩科内和托尔苏。”

同伴们望着被选中的人站在行军床前着装。他们非常郑重，就像是古代的英雄，尽管他们要做的只不过是在村里的市场上例行巡视。

切德尔纳是其中最趾高气扬的一个，也是最为能干的。假如查理三排有一个阿喀琉斯的话，那就是切德尔纳。为此，他叫人把《伊利亚特》第一句文在了后背上，在腰带上面一点点。这句话是文身师从阿涅西的高中课本上抄下来的，是希腊语，有几处不准确。他们在床上的时候，切德尔纳让她一遍遍地读给他听。

他穿着裤子和短袖上衣，站在了米特拉诺床前。后者已经明白了等待他的是什么，于是不情愿地站起来，目光忧郁。

“你父母也有正常的孩子吗？”

“是的先生，是的。”

“他们肯定后悔生了你！你这么丑，就像是现代艺术杰作！你叫什么，死胖子？”

“先生，我叫文琴佐·米特拉诺，先生！”

“你有一个高贵的名字，你是王族吗？”

“不，先生。”

“你在讨好他们吗？”

“不，先生！”

“说谎！你一个个去讨好那些头儿。”

“不是的，先生。”

“我不喜欢米特拉诺这个名字！只有同性恋和海员才叫这个名字！从现在开始，你就叫死胖子！”

“是，先生！”

“你觉得我可爱吗，死胖子？你觉得我可笑吗？”

“不，先生。”

“那就把那该死的笑从你的猪脸上扯下来！”

等等，等等，直到米特拉诺跪在地上，把脖子伸到切德尔纳手边，后者装作要掐死他，而且他确实用了点力，因为米特拉诺的脸已经发紫。马蒂奥利鼓动他不要住手，其他人像疯子一样地笑着，尽管他们看这个表演已经有几十次了。切德尔纳能够逐句背诵电影《全金属外壳》的前四十分钟。米特拉诺是他的士兵“死胖子”，是他指定的扮演受害者的人选，而且米特拉诺就像剧中人物一样，一点也不开心。

演完之后，他回到行军床上，蜷在那里做自己的事。假如他不加入这个游戏的话，同伴就会拼命打他的后颈，甚至使他落枕。

现在，切德尔纳已经吸引了大家的注意，可以继续着装了。优选上等兵的装备包括：TRU-SPEC 战斗恤、意大利迷彩五级战备装甲背心，里面备有整套装武器用的皮具，Kelvar 牌防弹头盔，配有带风扇的护目风镜的小面具、一条裤裆肥大、膝盖处活动灵活的 Vertx 裤子（绝对比任何战术用的裤子都穿着舒适，事实上也更加昂贵）、Quechua 牌袜子和内裤、具备 GTLS 功能的 Nite MX10 石英手表，它在夜里用绿色磷光照亮刻度和表针、一双 Ottegear 防水皮手套、一块阿拉伯头巾、一架 12 * 25 单筒望远镜、一根 T&T 大皮带和同一个牌子的护肘和护膝、极端武力公司出产的昂托斯刀（不锈钢刀锋长 165 毫米）、一个 GLX 投弹筒、一个 Camelbak 军用水壶、大腿上挂的皮套里插着一支 Beretta92FS 手枪、一支冲锋时用的 BerettaSC70/90 步枪、一双 Zephyr GTX Hi TF desert 系列 Lowa 军靴、一个单眼夜用强光胶卷显微阅读机，还有七个弹夹，里面都配备了适用的子弹。除了武器和头盔，其他东西都是从因特网上购置的。在上衣的内口袋里，还有一张阿涅西的照片，是她作为惊喜塞进他背包里的。那是一张快照，她的脸侧着，只露出四分之三。阿涅西腰上遮着一块布，用胳膊勉强护住胸口。她那副诱人的模样，让人看了眼睛都要从眼眶里跳出来。十六公斤两千元的装备：把武器带到身上之后，切德尔纳觉得自己有所不同。更加清醒、轻快、敏捷。也更加厚颜无耻。

“我给你们带榛子，”切德尔纳对同伴们说，然后走了出去。他从穿着短裤、因为嫉妒（也因为鼻子、耳朵和肩膀上太阳的灼伤）而满脸通红的耶特里的行军床边走过，在后者的大腿上清脆地拍了一巴掌。“好好干，小处男。”耶特里冲他竖起了中指。

切德尔纳坐在兰斯装甲车右前方，负责电讯设备。坎波雷西在开车。佩科内和雷内坐在后面，托尔苏则在位于中央的战斗位下面。马谢罗率领由三辆装甲车组成的车队。上尉和准尉关系不太好。切德尔纳知道这一点，而且喜欢时不时借这件事情挑逗雷内。

他不害怕，一点也不。相反，他感到很刺激。要是遇到埋伏，他知道自己给步枪上膛或者抽出手枪瞄准目标的时间只有不到两秒钟。他也知道两秒钟也可能已经太多了，不过这种担心一点儿用也没有。所以，他把这种想法放在一边，尽量往好处想。

什么也没有发生。这些巡逻比郊游还要轻松。车辆停在阿富汗警察的营房附近，那里是市场街最重要的建筑。士兵们在带领下参观营房内部，以便熟悉这个地方。从下个星期开始，他们就要每天像非洲的茅茅军那样到这里训练。从阿富汗警察抱枪的方式，切德尔纳就明白他们没有希望：假如政客们决定撤离军队，把战争交给这些人，阿富汗立刻就会重新落入塔利班手中。他愿意打赌。切德尔纳憎恨政客，他们只想把钱装满口袋，仅此而已。

从营房出来以后，气氛开始变得缓和，巡逻也变成了在大街上散步。装甲车跟在士兵们后面，就像是温顺的动物。阿富汗人从他们凌乱而又阴暗的小房间向外看，注视着军人们列队前进。切德尔纳用他的 SC70/90 一个个瞄准他们，想象着打中他们的脑袋、心脏和膝盖。在一次进修课上，他学会了用肚子呼吸，以便放步枪枪托的肩膀能够保持不动。这是入侵者所使用的技术，也正是切德尔纳希望成为的样子。这次任务结束后，他会申请进入特种部队。

现在，他要做的完全不同：马谢罗上尉把一把把糖果分给士兵们，孩子们像黄蜂一样跟在后面。雷内挥舞着胳膊试图让他们散开。

“安静点儿，准尉，您会看到他们不会把您怎么样。”马谢罗取笑他。

“我们不应该让太多孩子同时靠近，”雷内反驳道。他正在引用规定上的话。

“您认为像今天这样的好天气会有炸弹吗？要是您这样的话，我就不能再让您出来了。您会让我那些年轻的朋友害怕。”上尉对着其中一个孩子弯下腰，用手弄乱他的头发，“知道吗，您还一点都没有了解我们的任务，准尉。”

切德尔纳忍气吞声地看着头儿。他也受不了马谢罗，真想用膝盖在他的胃上来一下。不过，他拍了拍雷内的肩膀，以示安慰，然后开始分发糖果。

一个穿着用碎布做的罩衫、比其他孩子都小的孩子，冒着被压扁的危险站在装甲车前面。切德尔纳把他抱了起来，孩子任由他这样去做，他的眼睛又大又水灵，鼻子上的鼻涕已经结了壳。

“妈妈从来不给你洗澡吗，孩子？”

回答他的是一个微笑，嘴里的牙齿还没有长齐。

“我说的你一点也不明白，嗯？不，你什么也不明白。那么，我可以想说什么就说什么啦。比如说，你是谁？小鸡儿。脏东西。臭东西。你觉得这个好笑？真的？臭东西。臭东西。你让人讨厌。看看你笑得多开心！你想和所有其他人一样得到你的糖果，是这样吗？糖在这儿。噢，噢，慢点儿。不过，你要对我保证，长大了不要做塔利班，说好了？否则，我将不得不把这支枪里的一个子弹射进你的小脑袋里。”他把步枪在孩子面前晃了晃，孩子的目光跟随着它，“托尔苏，嘿，托尔苏，到这儿来。”

同伴慢慢跑过来，后面跟着一群孩子。

“给我照张相，来吧。”

孩子试图把糖纸剥开，却没做到，就整个放进了嘴里。切德尔纳一只手抱着孩子，另一只手握着步枪的弹夹，把它举起来。这是一张硬汉式的照片，他会用它来丰富自己在网络上的自我介绍。

“照得好吗？再来一张，再来一张。”

他把孩子放在地上，然后把口袋里最后一些糖果远远地丢到尘土中。“那儿，到那儿拿去。”

食品补给

食品补给都是从天而降，既没有规律，事先也不会过多通知。尽管基地发出的申请总是非常详细，赫拉特的官僚们还是会按照自己的想法在仓库里翻翻剩货，然后用卫生纸代替军需品，或者在士兵们缺水的时候送去果汁。由于大雾，直升机已经有六天没有在基地上空飞行了。过不了多久，士兵们就要吃K种口粮了。幸好天气情况在最后几个小时好转，天空重新变得蔚蓝清澈，查理三排的小伙子们聚集在基地前面的平地上，等待着空投。

飞机出现在丘陵和山脉中间的水湾上空，寂静而又渺小，就像一只昆虫。小伙子们的眼睛都躲在像镜子一样反光的太阳镜镜片后面，朝那个小黑点的方向望去。不过，没有一个人向前走一步，或者把交叉抱在胸前的双臂分开。飞机降低了高度，已经能够看清楚旋转的螺旋桨勾画出的无形弧线。这是徒劳的：有多少次，他们看见一架C-130飞过来，后面的舱门洞开。一个人坐在飞机里面待了那么多个小时之后，不能不把飞机想象成一只肛门打开的鸟儿。

放置物资用的货盘被一个个快速地扔了下来。飘浮在空中的十来个降落伞的缆绳已经拉直，白色的防雨布在钴蓝色的天空中绽放。飞机转了个弯，片刻间就消失了踪影。悬挂在降落伞下面的一包包物资在空中摇晃着，如同不规则的水母。不过，有些东西出了问题。一阵强风把一个降落伞吹歪了。它围着另外一个降落伞旋转，缆绳因此缠在了上面，就像是要彼此做伴。两个降落伞组成的螺旋越转越快，绳子打成的结一直延伸到最上面，收紧了降落伞。接着，两个缠在一起的降落伞又撞上了下面的两个，于是所有这些降落伞纠缠在了一起。

士兵们屏住呼吸，有些人本能地捂住了脸。缠在一起的那些物资失去了空气的支撑，再加上向下的地心引力，它们以惊人的加速度径直落在了地上。

爆炸激起的烟尘持续了几秒钟才逐渐散去。小伙子们不知道该怎么做。他们用阿拉伯头巾捂着鼻子，一点点走上前。

“真够乱的，”托尔苏说。

“都怪那些傻头傻脑的空军，”西蒙切利说。

他们围着那些货盘砸出的大坑，坑里都是食品。一百盒左右去皮的番茄酱爆裂了，红色液体喷溅得到处都是。另外还有裂开的冷冻火鸡肉，玫瑰色的碎肉飞溅在沙子上，在阳光下闪闪发亮；罐装肉酱和牛奶也从裂缝里流出来。

迪·萨尔沃捡起一把碎饼干说：“有人想吃早饭吗？也可以做个汤。”

“真够乱的，”托尔苏又说。

“是呀，够乱的，”米特拉诺重复道。

牛奶在那堆东西的四周蔓延，和番茄酱混在了一起，舔着士兵们的大皮鞋。一些猛禽已经开始在上空盘旋，而且距离越来越近，因为它们把这里当成了一摊诱人的血泊。干涸的土地吮吸着红色的液体，几秒钟就变成了深色；然而，那颜色随即便消失了。

空投物资里的冻肉能够挽回的非常少，没有沾染上尘土的火鸡肉勉强够四分之一士兵食用。厨师们拒绝把它们切成小块，因为肉块会小得像是儿童餐。由于延迟和误投，士兵们已经有一个多星期没有吃到肉了。在食堂里，当士兵们看到铛上又放着用葵花籽油做的面条，他们甚至想造反。为了安抚他们的情绪（而且他本人也非常想吃牛排），巴莱西奥上校第一次同意士兵违反规定。他允许两辆车到村里的市场上侦查，从阿富汗人那里买点儿肉回来。被选中的士兵三个小时后兴高采烈地回基地报到，迎接他们的是掌声和口哨声，一头奶牛侧卧着被绑在车顶上。

屠宰奶牛的工作是在一块铺开的尼龙布上进行的，就在第一三一团的宿舍后面。晚上，肉就放在常温里晾着以便去腥，第二天便用火烤好了做午餐。餐厅里弥漫着烤肉的烟雾，因为风向对他们不利。然后，烤焦的味道并没有令士兵们反感，反而激起了他们的食欲。士兵们叫喊着想要带血的肉，厨师们也很乐于满足他们的要求。牛排端上桌的时候又厚又漂亮，里面还是粉红色的。叉子一插在上面，淡淡的血就从里面流出来，汇集在塑料盘的底部。肉是硬的，也没有什么味道，但无论如何都比现在已经在垃圾桶里腐烂的冷冻火鸡肉要好吃。小伙子们不停地吃着，直到感觉肚子要爆炸了为止。他们自发地为巴莱西奥上校鼓起掌来。上校从凳子上站起身，举起酒杯说了一句话。从后来的情形来看，这句话将以它的方式成为一句名言：“我以一个上校的名义肯定地对你们说，这将是你们在整个令人厌恶的阿富汗能够吃到的最好的一顿饭！”

午饭之后，三排的小伙子们回到帐篷里休息。托尔苏和很少的几个士兵去了“废墟”。他们想尽办法把这个地方变得舒适：目前，这里有一些正在修缮的桌子，上面悬挂着以太网的网线，以及令人厌恶的灭蝇纸，那上面沾满了死苍蝇。由于父亲从事的职业，米凯洛奇很会做木工。他把几块木板钉在一起，做了一张吧台。反正这样就够了，因为其他帐篷里的人都被吸引到了“废墟”，尤其是在晚上，尽管几乎总是缺少饮料来招待他们。

和大部分同伴一样，初级上等兵安杰洛·托尔苏也在背包的夹层里藏了一些纸质色情资料，不过他还没有用过。自从他开始频繁访问那个虚拟女友，就有了更好的解决方式。为了她，托尔苏租了一个卫星接收器。它价格昂贵，而且引起了其他士兵的嫉妒。不过，只要他愿意就能与她交谈，因此还是值得的。

托尔苏坐在一间大厅的角落里，插上调制解调器，等待着联系人名单中的 Tersicore89 旁边的灯由红转绿。

THOR_SARDEGNA：你在吗？

TERSICORE89：你好，亲爱的。

这就是他的新女友最棒的地方之一：她打招呼的方式会让他脖子上起鸡皮疙瘩。

THOR_SARDEGNA：你在做什么？

TERSICORE89：我在床上……

THOR_SARDEGNA：你那儿至少十点半了！！！

TERSICORE89：今天星期六！而且昨天晚上我睡得很晚。

托尔苏感觉肚子被一阵强烈的嫉妒击中，好像有什么东西在里面移动。

THOR_SARDEGNA：你和谁一起出去的？

TERSICORE89：这跟你没关系。

托尔苏真想关闭笔记本电脑的显示屏，然后把电脑狠狠地盖上。他不喜欢这些小把戏。“母狗！”他写道。

TERSICORE89：和女性朋友看电影＋一杯葡萄酒。满意啦？

THOR_SARDEGNA：我不感兴趣。

TERSICORE89：得啦，别这样。你的任务怎么样，大兵？我想死你啦。我在谷歌地图上面找了你们的位置，而且打印了地图，就挂在床上。

和Tersicore89在一起，托尔苏发现单纯的想象有着毋庸置疑的优点。首先：只要能够快速地在电脑上回复，自慰的时间他想持续多久就持续多久，只要他不需要总是用手。推迟射精使他感到了从未有过的激动，几乎使他感到痛苦。有时候，他觉得自己都要爆炸了；其次：他可以想象一个美丽、性感、高挑到夸张的女人，比他确信配得上的还要美丽、性感和高挑（他并不是在勾勒

Tersicore89 的完整肖像。在目前阶段，想象她身体的一些局部细节对他来说更加容易）。再有：以网络作为媒介，他能够坦白地说出一些私密的、他不敢大声说出口的事。有一个女人的身体在他旁边，她的存在和催促总会使他感到压抑。

不过，一段时间以来，托尔苏想看到 Tersicore89 的样子。不一定就是活生生的，还不需要，不过至少能够在摄像头里看到上半身。这样的愿望是临近出发的时候产生的。她拒绝了，不过他在坚持，即使现在也是如此。

THOR_SARDEGNA：让我看看你。

TERSICORE89：得了吧。

THOR_SARDEGNA：就一下子。

TERSICORE89：你知道吗？还不是时候。

THOR_SARDEGNA：可是已经四个月了。

TERSICORE89：我们才刚刚开始了解对方。

THOR_SARDEGNA：我对你的了解比对睡在我旁边那张行军床上的该死的切德尔纳还要多。

TERSICORE89：要是我让你看见我，以后你就再也不听我对你说的话了，只会想着我是不是足够可爱，想着我的身体、我的乳房，或许你希望它们更大一点。你甚至不会再看这个身体里面是谁。你们男人都是这样，我已经见识过了。谢谢。

THOR_SARDEGNA：我不是这样的人。

他在说谎，这一点他是知道的，她也能感觉到。他最后一次恋爱是和萨布里娜·坎顿，他们是因为她下巴上那颗突出的黑痣结束的。托尔苏无法把目光从那个深色的凸起物上面移开。在最后的几个星期里，那颗黑痣变得如同深渊，要把她整个人吞噬。

TERSICORE89：你们男人都对外表耿耿于怀。

THOR_SARDEGNA：要是我让你看看我呢？

TERSICORE89：你敢！

THOR_SARDEGNA：那么，对外表耿耿于怀的人是你。你害怕发现我不够可爱。

TERSICORE89：不，不是这样。你会使我处于被讹诈的位置。假如你露面，那就好像在说："看，我没什么好隐瞒的。"这就意味着我有需要隐瞒的东西，因为我不肯露面。这就是讹诈。

THOR_SARDEGNA：意味着什么？？？你说话太难懂了！

事实上，吸引他的正是她说话，也就是书写的方式。之前，他并没有想到自己会对一个女人类似的方面感兴趣。是的，托尔苏喜欢和 Tersicore89 聊天。在短短几个月的时间里，他们之间坦白的秘密比与他与其他人分享的秘密都要多。比如，她是唯一一个知道最近他母亲患有局部缺血、吃饭时会把口水流到身上的人。而托尔苏呢，至少她是这样发誓的，只有他读过她夜里写的诗，那些诗写在一个皮面笔记本里。他没弄懂多少，不过有一些句子的确打动了他。

TERSICORE89：你什么时候完成任务回来……也许……

THOR_SARDEGNA：他们今天就可能把我杀了。

TERSICORE89：不许这样说，连开玩笑也不行。

THOR_SARDEGNA：他们有可能正好把一个火箭发射到我现在给你留言的这个帐篷，把我的胳膊腿儿变成碎肉，让我的大脑从耳朵和眼睛里喷出来，弄脏屏幕，那样我就再也不能给你留言了。

TERSICORE89：别再说了。

THOR_SARDEGNA：永远也不能了。

TERSICORE89：我可要下线啦！

THOR_SARDEGNA：好吧，好吧。不过，你的乳房不会真的很小吧？

TERSICORE89：不，它们又大又结实。

THOR_SARDEGNA：描述清楚一点。

TERSICORE89：你想知道什么？

THOR_SARDEGNA：一切，它们是什么样子。你怎么……

“要我说那是个男人。”

一个声音在托尔苏耳边响起。他发出一声恐惧的尖叫，然后猛地关上了电脑。赞皮耶里就站在他身后。

“你他妈要干什么？你在后面站多久了？”

“你能肯定那不是一个男人吗？”

“滚！”

“Tersicore是一个男人的名字。”

“她不是男人！”

“你为什么这么确定？”

赞皮耶里把臀部靠在桌边，两只胳膊抱在胸前，好像要展开一场漫长的讨论。托尔苏的裤子上有最先射出的精液，Tersicore89 还在电脑里面等着他。“你能不能走开？”他一边说，一边控制着自己的情绪。

她并不理睬他说了什么。“网上都是些为了对自己有利而伪装的人。比如男人装成女人。”

“你他妈到底要怎么样？”

“我只是想要保护你。你是我朋友。”

“我不需要任何人的保护。”

赞皮耶里歪着脑袋。她看着自己的指甲，选中了一个，然后啃了起来。

托尔苏说：“无论如何，有些东西男人是不会写的。”

他也不知道为什么自己要试图说服她。

“要是我愿意，我也知道怎么像一个男人那样写，”赞皮耶里反驳道。

“对于这一点，没有人会怀疑。”

“另外，要是她不愿意让人看到，那就意味着有什么东西不对头。”

“你他妈的全都看了？”

“看到了一点。大而结实的乳房，嗯……”

“闭嘴！反正我也不想看到她。”

“为什么？”

“因为就是这样。”

赞皮耶里抚摸着托尔苏的头发和脖颈，他因此颤抖了一下。

“托尔苏，托尔苏……怎么啦，怎么啦？真正的女人让你害怕吗？”

托尔苏用力把赞皮耶里的手拿开，她突然大笑起来。“替我问候你的小男友，”她说着走开了。她有可能会直接去把一切说给所有人听。管他呢。托尔苏重新打开了电脑显示器。

TERSICORE89：你还在吗？

THOR_SARDEGNA：我在这儿。对不起，我掉线了。

他们费了很大力气才恢复了中断的谈话。不过，他们的交谈很快就变成了一种简短的交流，也就是“你为我做这个”，“我为你做那个”。对于初级上等兵来说，气氛已经被破坏了。他不停地回过头去，以确保没有人在监视他。一名少年坐在 Tersicore89 位置上的画面不时在他眼前闪过，令他不安。他一边写着、读着，一边感到一种强烈的恶心袭上心头，肚子也开始痉挛。不适的感觉越来越严重，以至于发展到无法忍受的地步。他被迫向 Tersicore89 保证会尽快上线，就匆匆关上了电脑。

托尔苏在基地里快步走着，尽量回避其他士兵的目光，也不让在小小的瞭望塔四周飞舞的小隼分散他的注意力。他希望仍然存留的激动能够保留到进入卫生间之后。

半路上，他第一次感到头晕目眩。那是来自下腹的一种震动，又很快从脑袋传到了身体上。在短短几秒钟之内，这种刺激越来越强烈，直到迫使他跑了起来。

他来到化学厕所前，拉了一下第一间的把手，不过门是从里面关上的；他拉开第二间，展现在他面前的景象令人毛骨悚然；他又拉开第三间，勉强锁上门，然后脱掉裤子，蜷缩在铝制马桶上面，一下子就把肠子排空了。

“呜！”

他轻轻地舒了口气，心跳声还像锤子一样在耳朵里敲打。又一阵排泄，他吃惊不已，它来得那么突然，比第一次更加猛烈，而且伴随着剧烈的疼痛。他的消化系统在全面反抗。托尔苏眯着眼睛，紧紧抓住门把手，感觉那个洞正在把他向里面吸。他试着不去管溅在裸露的大腿和裤子边缘上的污物。

疼痛平息之后，他把脑袋靠在伸直的胳膊上，就那样一动不动地又待了一分钟。刚刚发生的事情令他筋疲力尽，惊慌失措。一种舒适的感觉侵袭了他的全身，同时伴随着强烈的困倦。他就保持着这个不自然的姿势打了几秒钟的瞌睡。

安杰洛·托尔苏是第一个表现出中毒症状的人。或许这是因为他过分夸张了，向自己的碟子里盛了三次奶牛肉，又或者他的身体从来都没有强壮过。不过，就在他蜷缩在狭窄的厕所里时，两个同伴躲进了旁边的隔间。托尔苏从他们发出的声音听出那种紧急的情况和他的类似。在短短几小时里，金黄色葡萄球菌占据了基地，基地陷入混乱当中。可供使用的卫生间有十八个，而受到感染的人至少上百，两次疼痛之间的间隔只有二十分钟。

下午四点的时候，厕所所在的区域被一群全身颤抖脸色发绿的小伙子占领了。他们手里紧紧握着一卷卫生纸，叫喊着要关在里面的人快点挪窝儿。

在一等兵恩里科·迪·萨尔沃前面排着四个人，其中就包括切德尔纳。迪·萨尔沃正在考虑是不是要朋友把位置让给他，因为他害怕自己坚持不住了。不过，他肯定朋友会对他说不。切德尔纳是一个能干的士兵，要多幽默有多幽默。不过，他还是一个大混蛋。

迪·萨尔沃试着回想什么时候曾经像现在一样痛苦过。十三岁那年，他做了盲肠手术。在之前的几个月里，他都会在半夜醒来，疼痛使他甚至无法站直身体走到父母的房间。他的母亲不相信药物，父亲则怀疑专家开出的账单。他们用柠檬剂对他进行治疗。疼痛并没有过去，母亲却生气地回到了床上："我要你趁热喝，可是你一定要等，所以一点作用也没起。"当救护车来接他的时候，炎症已经发展为腹膜炎。不过，说不定就连当时的那种疼痛也没有现在的这么强烈。"切德尔纳，让我先去吧，"他说。

"想都不要想。"

"求求你，我坚持不住了。"

"那你就拿个袋子，然后拉在里面。"

"我不喜欢在袋子里大便，而且我也没办法走回帐篷。"

"那是你的问题。我们的情况都一样。"

不过，在迪·萨尔沃看来，这不是真的。切德尔纳的脸色一点也不苍白，而且他既没有发出一声呻吟，也没有苦着脸，其他小伙子却都痛苦地喘息着。站在最前面的一个开始猛烈摇晃一个关闭了很长时间的厕所的门把手。如此做法招来的是一声谩骂，他也因此在门上踢了一脚。

不，他的感觉从来没有如此坏过，好像有刀子插在他的脾和肝上面。他在打哆嗦，而且头晕目眩。假如不能在几分钟内到达马桶那里，他就会呕吐，甚至更糟。他有可能昏厥。士兵们吃的东西有毒。

好像并不止这些。午饭后，他还到过阿比比的帐篷里，他们抽了印度大麻。只有一克，碾碎了放在一支狄安娜香烟的烟草里面。阿比比准备香烟的方式非常奇特。他不是用打火机给它加热，而是长时间地用手指揉搓，然后让自己的唾液流在上面。第一次见到他这样做的时候，迪·萨尔沃说他让人讨厌。“什么？”“你让人讨厌。”阿比比用他那狡猾的微笑望着迪·萨尔沃。在基地里和意大利人待了几个月之后，阿比比能够清晰地说一些词，但他总是说英语。“意大利人不懂烟，”他说。

或许是因为阿比比的唾液，他才会比所有人感觉都差。谁知道阿比比把什么恶心的病传染给了他。他和另外两个翻译住在同一个帐篷里，地毯散发着脚丫子的臭味。那是一种不真实的臭味，像是把鼻子放在汗透的袜子上。一开始，迪·萨尔沃不愿意坐下，而如今他正在习惯起来。他只是努力不把脑袋靠上去，即使是在头晕的时候。

迪·萨尔沃感到困惑而又沮丧，他身上冒着冷汗，呼吸困难。他不会再去找阿比比了。在任务完成之前，他不会再碰大麻。迪·萨尔沃在心里向上帝发誓：要是你让我坚持到厕所，要是你把我从那个东西手里拯救出来，我发誓再也不去阿比比那里吸毒了。他甚至要更进一步，承诺即使回家之后也不再这样做了。但是，他又想起坐在里卡迪广场的露天酒吧里，把脚搭在栏杆上面，一边抽着大麻，一边注视着油一般的大海的惬意，于是忍住没有再想下去。作为承诺，六个月不吸毒就足够了。

又一阵痉挛，非常强烈。迪·萨尔沃咳了起来，而且直不起身。有片刻工夫，括约肌失控了，他觉得它突然张开。身上已经脏了，他几乎可以肯定。迪·萨尔沃碰了碰切德尔纳的肩膀。“要是你让我过去，我就付给你十欧元。”

优秀上等兵稍稍侧过头来。“五十欧元。”

“你个混蛋，切德尔纳！所以你确实没有那么难受。”

“五十欧元。”

“去他妈的。我给你二十。”

“四十，我不再减了。”

“三十。你这个杂种。”

“我说过不会降到四十以下。”

迪·萨尔沃感觉到肠子里的那个畜生在造反。肛门有节奏而且不由自主地收缩。那里面有某个活着的东西，有一个完全属于它自己的心脏在跳动。“好吧，我给你，我给你，”他说，“现在你他妈让开。”

切德尔纳用胳膊向他做了个手势，好像在说请他到前面去。他冷笑着。有可能他根本不难受，站在那里只是为了给别人添麻烦。排在最前面的人已经进去了，迪·萨尔沃前面只剩下两个人。不需要很多时间了。他盯着手腕上的表，看着时间一秒钟、一秒钟地缓缓过去。接着，卫生间的门向他敞开，仿佛是来自天堂的邀请。

两侧都有台阶通往厕所中间的走道。迪·萨尔沃急忙走上去。可是，在他进入厕所之前，工程部队的一个军官从另一边的台阶走上来，抢了本该属于他的那个位置。

“从这儿出去！”迪·萨尔沃叫道。

少尉指了指自己军装上的军阶，但是迪·萨尔沃已经忘记了等级这回事。他排了那么长的队，还给了切德尔纳那个恶棍四十欧元。现在，任何人都不能抢他的位置，即使彼得雷乌斯将军本人也不行。

“从这儿出去！”他又说，“在这儿的人都不舒服。”

少尉看起来并不具威胁性，目光中反倒包含着恳求，好像他也是刚刚弄脏了裤子。他是一个脑袋方方正正的小伙子，个头不太高，不过比迪·萨尔沃壮实。他的领章上写着普利西的名字。迪·萨尔沃本能地注意到这些细节。在面对自己的对手之前，士兵首先估计搏击对手具备的条件，比如身高，二头肌的粗细，还有体重。大脑传递给他的肌肉的信息是：可以打。

“我求你啦，”工程兵恳求道，然后把门拉向自己一边，以便把它关上。迪·萨尔沃一脚伸进去挡住门框，用力把门打开。

“想都别想。轮到我了。”他揪住少尉的衣领，把他拉了出来。

“把你的手拿开，士兵！”

“不然呢？”

“别让我生气。我是卡塔尼亚来的，”军官说，好像这与此事有什么关系似的。

“是吗？我是拉美齐亚的，而且会把小便拉在你头上！”

他还没有反应过来，普利西就一拳向他打来。力道并不大，不过直接打在腋窝处，发出“喀”的一声。迪·萨尔沃惊呆了。

几秒钟后，两个人就厮打在仅仅四十厘米宽的过道里，堵住了两个厕所的进口和出口，排队的小伙子们叫喊着（现在队伍已经混乱了）。迪·萨尔沃倒在地上，脸抵着门的格子。下面有一种液体在流，他不想知道那是什么东西。迪·萨尔沃筋疲力尽。他的膝盖被压在少尉的小腿下面，不能动弹，因为后者坐在他身上，抓住了他那只能够自由活动的胳膊，另外一只胳膊被压在身体下面。普利西在用拳头打他的肋骨，力道并不大，但是两拳之间间隔相同，而且总是打在同一个地方，就像会打架的人做的那样。

被打的同时，迪·萨尔沃才慢慢意识到，自己刚刚攻击了一名军官。又或者是他受到了攻击？这并不重要。重要的是他正在跟一个上级打架。这样的行为后果非常严重。禁闭。开除。军事法庭。监狱。

脑袋上意外地挨了一下，有个东西被吐了出去。迪·萨尔沃担心那是一颗牙。他呼吸急促。厕所的那个小隔间是属于他的。他给了切德尔纳四十欧元，那个贪婪的混蛋切德尔纳现在正冲他叫喊什么，不过他听不懂，因为他的一只耳朵挤在格子上，另一只则成为普利西拳头的目标。痉挛放慢了速度，又或者是与拳脚引起的新的疼痛混在了一起。迪·萨尔沃觉得自己绝对要摆脱目前的境地，因为他已经奄奄一息。他的腰猛一用力，把身体弓起来，压在下面的胳膊于是被释放出来。接着，他往少尉的脸上打了一拳。“现在形势变了，该死的杂种！”

迪·萨尔沃怒不可遏，准备对少尉讨回血债，而且要连本带利。然而，少尉站起身，把手从他的身上拿开，然后向后退了退。被打得头晕目眩的迪·萨尔沃从下面望着他。“你是个胆小鬼！”他气愤地叫喊着。迪·萨尔沃很高兴看到自己至少把少尉的鼻子打出了血，而且他的一边眉毛也受了伤。“过来！”

可是，他的对手却看着另一个方向。事实上，所有的士兵都转过身望着别处。迪·萨尔沃也顺着他们目光的方向望过去，于是看见巴莱西奥上校捂着肚子，拨开人群走过来。

“走开，走开，让我过去！”

在昏死过去之前，迪·萨尔沃感觉到指挥官短粗的大腿从他身上跨了过去，然后把自己关在了那个有争议的厕所小隔间里。他听见里面传来野兽般声嘶力竭的叫喊，然后就失去了知觉。

就是在这种躁动的气氛下，埃吉托第一次见到了查理三排的小伙子们。中毒事件让他忙了整整一个下午：易蒙停每次要发两片，肠道抗生素的剂量足够治疗美洲野牛了。现在，药已经不多了，他不得不把药片掰成两半。埃吉托时常巡视卫生间，那里每一分钟的情况都证明了病情的严重程度。此时，有三间厕所已经因为卫生状况不能使用，其中一个是因为被一个湿纸巾球堵住，另一个被手电卡在了排水的地方（那个手电奇迹般地亮着，不时发出一闪一闪的光亮，照着金属墙壁和洗手池）。

在三排的帐篷里，空气炎热而又难闻，不过中尉并没有在意，就好像同样没有注意到这种不真实的平静。走进这个帐篷，和走进任何一个他参观过的帐篷没有什么两样。营地都彼此相像，士兵们亦然，因为对他们的教育就是要他们彼此相像，而现在他们正在经受着同样的腹痛和脱水。没有什么暗示中尉他的命运很快会以一种特殊的方式与这个排联系在一起。后来，当他回想起当时的情景时，才感到那种漠不关心有些不祥。

“这儿谁是负责人？”他问。

一个赤裸着上身，浑身汗水淋淋的士兵从行军床上站起来。“雷内准尉，指挥官。”

“坐下吧，”中尉命令道。他让那些表现出葡萄球菌感染症状的士兵把手举起来，然后开始数数。接着，他问唯一健康的那一个：“您叫什么名字？”

“萨尔瓦托雷·坎波雷西。”

“您没有吃肉吗？”

坎波雷西耸了耸肩膀说：“我吃了，不过没事。我吃了满满两份。”

中尉命令他到指挥部去，因为需要有人值夜。

“可是我昨天放过哨了，”坎波雷西抗议道。

中尉也耸耸肩回敬他，“我不知道该对您说什么。这是紧急情况。”

“坎波，愿你度过一个美好的夜晚，”一个士兵无礼地说，“要是你看到流星，就替我许个愿，宝贝儿。”

坎波雷西大声说，愿他的同伴淹死在自己的大粪里，然后就蹬上靴子，摇摇晃晃地向门口走去，其他士兵则把用背心团成的小团儿、脏手绢和塑料勺冲着他丢过去。

埃吉托准备好注射器，小伙子们也摆好姿势：他们侧身躺着，内裤退到臀部中间。有人会不小心放个屁，或者是有意这样做的，但无论如何都会获得一阵掌声。他们完全是自由的，这种自由几乎有些污秽。对于任何一个人来说，别人的身体都和自己的一样熟悉。这群人中唯一一名女性也是一样，她也漫不经心地露出了身体的一侧。

其中一名士兵情况尤其严重。埃吉托在笔记本上做了记录，以便晚些时候向指挥官汇报：安杰洛·托尔苏，初级上等兵。他躺在睡袋里，身下还有四层垫子。他的牙齿在打战。埃吉托为他测了体温：三十八度九。

“之前是四十度，”雷内说。

埃吉托感觉到准尉的目光停留在自己身上。他是一个细心又会照顾人的排长，这一点从他的脸上就能看得出。雷内把自己的行军床安排在帐篷中间，以便所有士兵都在他的控制之下。

“他走不了路。最后一次，他不得不在这里解决。”

他说话的方式里没有责备，其他人也没有评论。那个遭受痛苦的身体也属于他们，所以，他们对它表示尊重。埃吉托想，应该是有人帮助他在一个小袋子里解决，然后把袋子封好丢到垃圾里去。要是轮到他做这种事，他宁愿叫一个护士。反感一个正在痛苦的病人是什么他妈的医生？有哪个儿子会拒绝照料自己父亲的身体？

“多少次？”他问那个士兵。

托尔苏目光迷离地望着中尉。“嗯？”他低声说。

“你大便了几次？”

“我不知道。十次……或者更多。”他的口气中有一股腐烂的味道，两片嘴唇粘在了一起。“我怎么啦，医生？”埃吉托数了一下他喉咙处脉搏的跳动。这些跳动变弱了，不过不需要担心。“不严重，”他向病人保证。

“他神志不清，”雷内插话说。

埃吉托把这个士兵应该吃的药物，以及要发给其他士兵的含乳酸酵素的药水交给准尉，嘱咐他用浸湿的海绵湿润托尔苏的嘴唇，每个小时测量他的体温，并且在情况恶化的时候去通知他。埃吉托保证早晨会再来。他对所有的几个排都做过这个承诺，当然，他不可能去探望他们所有人。

“医生，我可以跟您谈谈吗？”雷内说。

“当然。”

“私下里。”

埃吉托合上急救用的背包，跟着准尉来到帐篷外面。雷内点燃了一支香烟。有半秒钟时间，他的脸被打火机的光照亮。“是为了我们排的一个小伙子，”他说，“他做了一件麻烦事。”准尉的声音有些颤抖，可能是因为冷，又可能是有某种东西在折磨着他。“您知道，和女人有关。”

“一种病？”中尉开始猜测。

“不。是别的事。”

“是传染？”

“他让她怀了孕。不过，那也不是他的错。”

“我是否可以知道，您这是什么意思？”

“那个女人已经到了一定的年龄。原则上这种事不应该发生在她身上。”

雷内的香烟顶端在燃烧。埃吉托跟随着那唯一一个亮点儿，因为除此之外什么也看不见。他心里想，黑暗中的声音更加具有性格，所以他不会轻易忘了准尉的声音。的确，他不会忘记这个声音。“我明白，”他说，“您肯定知道，有办法解决。”

“我也是这么跟他说的。有办法解决。不过，他想知道他们会对他做什么，也就是那个孩子。”

“您的意思是说终止妊娠？”

“流产。”

“通常是用一个非常细的管子把胚胎吸出去。”

“然后呢？”

“然后就结束了。”

雷内吐了一个长长的烟圈。“他们会把他放在哪里？”

“我想会被……处理掉。我们所说的是一个非常微小的东西，几乎不存在。”

“不存在？”

“它非常小，就像一只蚊子。”他对雷内说的仅仅是事实的一部分。

“您看他会感觉到吗？”

“是母亲还是胚胎？”

“那个孩子。”

“我认为不会。”

“您认为还是您肯定？”

埃吉托正在失去耐心。“我肯定，”他说，以便中断这个话题。

“我是天主教徒，医生，”雷内坦白道。他没有觉察到这已经把自己出卖了。

“这样事情会变得复杂。或者使它变得非常简单。”

“我不是那种去教堂的天主教徒。我当然相信上帝，不过是以我的方式。我有我的信仰。我是说，教士是像我和您一样的人，对吗？他们不可能什么都知道。”

“我想是这样。”

“在我看来，每个人都相信他感觉到的东西。”

“准尉，我不是讨论这些的合适人选。可能您最好去跟神父谈谈。”

雷内的香烟才燃烧到一半，可是，他用手指把它扯碎了。燃烧的烟头掉在地上，仍然在闪闪发亮。随后，它的光亮渐渐减弱，像另一部分那样变成黑色。雷内把烟蒂丢到了垃圾箱里。埃吉托想，这是一个喜欢秩序的人，就像一个士兵应该做的那样。

“需要多长时间？”

“做什么，准尉？”

“用吸管把孩子吸出来。”

“现在还不是一个孩子。”

“需要多长时间？”

“很短。五分钟，甚至更短。”

“无论如何，他不会痛苦。”

“我认为不会。”

即使在黑暗中，埃吉托也明白准尉想再问他一次，他是不是肯定。假如不了解行动的目标、后勤方面的细节，以及坐标，又怎么能做出某些决定呢？一名士兵希望能够明确，一名士兵喜欢计划。

“处在那个小伙子的位置，您会怎么做？”

“我不知道，准尉。我很抱歉。”

然后，他独自穿过广场，手电的蓝光为他照亮脚下的路。埃吉托想着是否应该去影响准尉，引导他做出正确的选择。可是，他又怎么能知道哪个选择才是正确的？他没有干涉他人人生轨迹的习惯。亚历山德罗·埃吉托最擅长做的就是待在一边。

有人擅长行动，作为主角。他只是一个观众，小心而谨慎。他永远是次子。

叹 息

她总是最受疼爱的那个。我很早就注意到了这一点，当时我还小，所以我父母以为只要装得好就可以掩饰他们的偏向。他们的目光总是不由自主地落在马里安娜身上，然后，好像突然觉得少了点儿什么，才会转过头来望望我。他们向我投来一个夸张的微笑，好像为了补偿我。从他们来讲，这样做并非是为了遵循我们来到世上的先后顺序，或者由于懒惰或粗心。也不是因为马里安娜个子更高，所以他们才会首先注意到她，就像有一段时间里我对自己说的那样。是那个坐在桌前的小姑娘，那个在写字台上低头写作业的时候用小皮筋束起刘海儿、将它隐藏在泡沫般蓬松的头发里的小姑娘，令他们神魂颠倒。每次看到她的时候，我的父母都惊喜万分。他们同时睁大双眼，瞳孔中迸发出满足与惊喜。当他们颤抖地看到马里安娜奇迹般降生的时候，那种感觉应该也如此强烈吧。当时，马里安娜突然降生，她弯曲着膝盖，身体因此变得很小，他们异口同声地叫道："她出来啦！"然后，他们注意到我，于是说："……还有亚历山德罗。"他们的声音在最后一个音节变弱。三年之后，当我出生的时候（采用了紧急剖腹产），妮妮睡着了，埃内斯托注视着手术室里同事的动作。对于他们来说，这不过是我姐姐已经得到的关注的重复，这种关注已经不够完整和专心。

比如我知道，对于她来说，父亲的汽车有一个名字，穆佐纳，它每天早上送她上学的时候都会和她说话。在沿河公路的车流中，当斑斑驳驳的梧桐树干将清晨八点的阳光有规律地打碎的时候，穆佐纳就获得了生命，如同一只动物：后视镜变成了耳朵，方向盘变成了肚脐，而车轮则是沉重的爪子。埃内斯托的声音做了伪装，加上了虚假浓重的鼻音。他把嘴藏在风衣领后面，故作庄重地说："今天我可以把您送到哪里去呢，小姐？"

"去学校，谢谢，"马里安娜说，表情如同女王。

"要是咱们去公园您看怎么样？"

"不行，穆佐纳。我得去学校！"

"噢，学校多无聊呀！"

数年之后，我想要收集自己出生前那段幸福生活的点点滴滴。埃内斯托时常会回忆起一些片段，目的是能够有片刻工夫重温以往对女儿的那种亲情，而如今，这份情感业已逝去。在这些激动的时刻，他表现出的对往昔的怀念，使我面前呈现出一幅幅其乐融融而又一去不复返的幸福景象，这一切在我来到这个世界之后就神秘地消失了。还有几次，我想这只是我父亲炫耀他那丰富的想象力的诸多方式之一。事实上，他好像更希望回忆起自己作为父亲的种种举止，而不是为了再现我姐姐昔日的那种快乐。

"咱们看看马里安娜还记不记得柯罗马①的名字，"他说。

---

① Croma，意大利菲亚特汽车公司旗下品牌。

“穆佐纳，”马里安娜把元音拖得长长的，然后缓缓垂下眼帘。她早已厌倦了这个游戏。

“穆佐纳！”埃内斯托满意地大声叫道。

“对了，是穆佐纳，”妮妮缓缓重复，一边还天真地笑着。

假如要完全确认马里安娜在我父母心里占据的特殊位置，只需要到我们家老屋的储藏室里去一趟，点亮埃内斯托始终没有装好的、光线微弱的小灯泡（小小的灯泡至今仍然悬挂在电线上），数一数侧面写着马里安娜名字的盒子，然后立刻数数写着亚历山德罗，也就是我的名字的那些。前者有七个，后者只有三个。七个满满的首饰盒，里面装着我姐姐辉煌的童年——本子、胶画和水彩画，记载着在学校里获得的优异成绩的日记，还有今天可能还在唱的儿歌。在稍低一层上仅仅放着三个盒子，里面装着我的一些破烂儿：几个笨笨的玩偶，还有被压扁的玩具。在应该处理那些盒子的时候，我决定不把它们丢掉。七个和三个：大体上说，这就是在埃吉托家里不自觉地建立起来的亲情比例。

无论如何，我并不抱怨，而是学会了接受父母这种不均衡的爱，把它看做一种无可避免、甚至是自己理所应当的劣势。假如有时候我陷入自哀自怜的恶性循环中——那些没有生命的东西从来都不愿意和我说话——我很快会感到嫉妒，因为和父母一样，我也对马里安娜有一种偏爱，对于她的崇拜超过了一切。

首先，她很漂亮，窄窄的肩膀，做出最坏的鬼脸时皱起的小鼻子，注定会变暗一点的金发，以及在五月和九月之间满脸的可爱雀斑。在她自己的小房间里，她跪在地毯中央，周围是跳舞的芭比以及和平大使芭比的衣服，还有三个马鬃颜色各异的小马宝莉。每件东西都放在她想放的位置，就好像她不仅仅是自己的主人，还是她所拥有的一切东西的主人。我在一旁偷偷注视着她，学习她如何照料那些小东西，那种细心是我所不具备的，也就是如何注视着它们，和仅仅用手轻轻地逐个从它们身上掠过，就能够赋予它们不同的个性和意义。身处她所有那些令人陶醉的粉红色之中，让我确信女性的世界更加迷人、丰满和完整。这的确燃起了我强烈的嫉妒。

此外，马里安娜还令人不可思议。在古典舞的课堂上，她表现得就像一根单薄而又顽强的灯芯草，因此埃内斯托强迫她停止练习，以免踮脚尖对脚造成灾难性的损伤，比如关节炎、严重且无法治愈的肌腱炎，还有各种随之而来的整骨治疗。她还是一个聊天的好手，我父母的朋友和她交谈都会非常愉快（一次，在领圣餐之后的午饭上，她使用了荣幸这个词，因此得到了埃内斯托医院主任大夫的夸奖）；尤其她在学校是个奇才，以至于妮妮最担心的就是在马里安娜惊人的成绩传开后，该如何躲避来自四面八方，包括她的老师、其他嫉妒的父母，以及意想不到的熟人的夸奖。没有哪一科马里安娜没有表现出爱好，但她对每一科的态度是完全一样的：顺从、严肃而又完全没有激情。

她还会弹钢琴。每周二和周四下午五点钟，多萝西女士都会到我们家里来。那是一个硕大的女人，胸脯和肚子都鼓鼓的，穿衣风格老派，好像要不惜一切代价显示她父亲的英国血统。家里人要求我在门厅里迎接她，一个半小时之后又要把她送出去，还要对她说：“再见，多萝西夫人。”

“叫多萝西就够了，宝贝。”

于是我又说：“再见，多萝西。”

“回头见，亲爱的。”

她是马里安娜那种神秘怒火的第一个受害者。我以为自己和姐姐之间的同盟会长久地维持下去，坚定不移，不过我错了。那天早上，在等音乐老师的时候，我们的同盟是建立在残酷的玩笑基础上的。马里安娜说：“你知道多萝西有一个口吃的女儿吗？”

“那是什么意思？”

“就是说她这——这——这样说话。而且，她不太会说以M开头的词。叫我的时候，她会说哞——哞——哞里安娜。”

她小脸儿扭曲着，开始用力地学牛叫。那种模仿可怕而又无法抗拒，快乐而又邪恶。妮妮会觉得她这种行为应该受到责备：她把大部分时间都用在担心我们的行为可能会以看不见的方式伤害他人上面，在谈话的时候小心避免谈及孩子，因为这样做或许会让别人产生错误、甚至非常错误的想法，就是认为她在炫耀，或者是和别人攀比。假如在谈到一个同学的时候，马里安娜说：“他比我差多了，每一科都是中等。”她就会立刻警惕起来：“马里安娜！不需要比较。”要是她发现马里安娜歪着嘴，扮成斗鸡眼，模仿多萝西口吃的女儿，那么她的反应可想而知！

因此，八岁的我最初的反应总是在想象我母亲可能的表现，也因此为马里安娜把辅音分成两半学牛叫感到不安。随后，我发现自己的嘴唇一点点向前噘。我几乎是恐惧地发现自己正在笑。现在，我几乎是在嘲笑，而且是有滋有味，就像是突然发现了真正可笑的那种东西。马里安娜又发出一声牛叫，然后她也大笑起来。

“还——还——还有，看看多萝西腋窝下面……有深色的印子……臭死人了！”

我们笑得止不住，一个人笑，另一个人也会笑起来。刚刚有止住的迹象，只需马里安娜把嘴稍稍斜向一边，我们就又笑了起来。此前，我们从来都没有分享过任何东西。任何可能的私密性，哪怕仅仅是同谋关系，都会被我们之间的年龄差距，以及马里安娜——她好像是在容忍我——那高傲的谦让打碎了。出于恶意模仿多萝西的女儿是我们第一个直接的关系，我们的第一个秘密。晚饭的时候，埃内斯托被留在医院，当妮妮转过身去，把引不起食欲的土豆泥最后再搅一搅的时候，马里安娜又开始做鬼脸，惹得我把嘴里的东西咽下去的时候差点呛到。这将变成我们的一种习惯，也就是瞄准认识的人，挖掘出我们有规律的生活中那些荒唐的东西，然后彼此感染，无休止地笑下去，直到想不起来是什么使我们这么开心。

那天下午，当多萝西身穿一件袖子多褶的绿色长衣服出现在门口的时候，我们的眼睛里还含着泪水。我立刻发现了腋窝所对应的印子，尽管当时我已经懂得在必要的时候表现出某种克制，在对多萝西说“你好”的时候，我还是禁不住大笑出来，唾沫横飞。

“看到你们这么高兴我很开心，”女教师愤怒地说。她把手包丢在沙发上，径直向小椅子走去。

这时，我像平常一样让她们单独留在那里。在确认水晶茶几上放着一个玻璃水瓶和两个杯子之后，我关上了走廊的门，回到自己的房间。片刻的安静之后，节拍器的叮当声传来。

整整半个小时都在热身：八分音符、三连音符、四连音符，第一遍读乐谱，布佐尼的练习曲，还有哈农那些困难得几乎会令手腱断掉的曲子。接下来，她开始练习那些保留曲目，其中一些我特别喜欢，包括德彪西的练习曲《博士》、贝多芬的钢琴奏鸣曲《月光曲》以及巴赫的一支小夜曲，不过我只记得重复的部分，还有肖邦作品二十八之四的序曲：第一部分中缓缓下行的音阶使我心中充满了刺痛的忧伤。不过，我最喜欢的无疑是弗兰茨·李斯特的《叹息》。弹奏这首曲子的时候，马里安娜的演奏技巧以及强度都达到了极致。她已经十四岁了，正在准备第一次演出。这是在孤独而又无休止的练习之后第一次真正的演出。多萝西在市中心一个巴洛克式的小教堂里为她的学生们组织了一场演出。

马里安娜不厌其烦地练习那首曲子。演奏有一些技巧上的难度，其中就包括在弹奏乐曲开始的琶音时双臂交叉：轻轻地弹奏两个八分音符之后，左手要立刻从右手上面跨过去，以便用高音音符结束这首曲子。这一段看上去几乎比听起来更加优美。有时候，马里安娜练习时，我把门打开一道缝，注视着她的手指轻盈地在琴键上拂过，眼睛也随着手指不停地移动，专注地监督着它们。她的动作是如此迅速，以至于我无法相信她真的是在弹奏琴键。右手的小手指伸得很远，几乎从手掌上脱落。

不过，最难的过渡还在后面，接近无精打采这一段的时候，乐曲急转直下，令人眩晕。在这个时候，马里安娜卡壳了，她手指上小小的肌肉无法承受这种速度。她停了下来，让节拍器继续它那清脆的叮当声。接着，她镇定自若地从前面的几节重新开始，然后再次尝试这一段，一次、两次、十次，直到她觉得已经足够流畅。不过，她常常会在接下来的一天犯同样的错误。这时，她就会发火，手指拍着键盘，让它们发出隆隆的忧伤。

尽管如此，在演出前一个星期，她完全掌握了这首曲子。接下来该考虑服装了。妮妮陪她去了位于拱廊下面的一家商店。她们选了一件没有袖子的紧身衣服，还配了一顶儿童圆帽。妮妮也给我买了一条海军蓝裤子，一件橙红色衬衣，后者是我衣柜中的主导色，后来才完全消失，以免脸和脖子显得太红。当我踮着脚尖在浴室镜子里尽力注视自己的形象时，我几乎和姐姐一样激动。今天回想起来，我那时比她更激动。

教堂里面很冷，观众一共有五十来个。他们并没有脱掉厚大衣，就好像演出时间很短，我们所有人随时会匆匆离开。多萝西的穿戴优雅到了极致，因此收获了一片热情的掌声，尽管从九月开始她的私人课程收费从三万涨到了三万五千里拉。她女儿坐在第一排稍微靠边一点的位置，有缺陷的嘴巴紧紧地闭着。

马里安娜的演奏被安排的比较靠后，因为她是有经验的学生之一。我耐着性子，把注意力集中在音乐上。前面几个女孩子演奏的很多曲目我都能听出来，因为之前马里安娜也学习过。不过，我认为她们中间没有一个能够达到她的水准，至少没有她当时那样早熟。每当一个女孩登上舞台，我就屏住呼吸，害怕她比马里安娜更优秀，或者演奏一首更令人印象深刻的曲目。不过，她们中没有一个比我姐姐更有天才，也没有一首曲子能够比弗兰茨·李斯特的《叹息》给人更深的印象。

妮妮坐在我身边，不时拿过我的手紧紧地握着，同样紧张。她静静地研究其他女孩的服装，判断她给马里安娜选的是不是夸张。同时，她还礼貌地回应着其他母亲的微笑和寻求赞扬的目光，不过，好像她还加上了一句：“当然不错，可是我非常希望这一切早点结束。”她更愿意听到女儿每天照例弹奏的音乐在起居室里响起，令人安心，因为那天晚上坐在那里需要展示出的激情远远超出她的承受能力。我真想对马里安娜说她是最棒的，可是，我也知道假如那样做了，等着我的会是什么。妮妮会恐惧地四处张望，然后警告我："亚历山德罗，看在上帝的分上，不要这样比较！"

在稍远一张椅子上坐着埃内斯托，他的大半张脸都被围巾遮住了。他还戴着一顶粗糙的羊毛帽子，帽子上有护耳；他身上穿着好几层衣服，外面罩着厚大衣。这是他进行绝对禁食的第二天（他只是几升几升地喝室温水），为的是进行一种自觉的净化，把每样食物中含有的神秘毒素清除出去。绝对禁食要持续三天，每六个月为一个阶段。每到此时，埃内斯托都会向医院请假，整天都卧在沙发上，周围放着一些喝到一半的塑料水瓶，嘴里发出痛苦的喘息。第三天，也就是最后一天，埃内斯托会胡言乱语。他会向周围的任何人询问时间（禁食在二十二点结束），妮妮则把一块湿毛巾放在他的额头上。演出的这天晚上，他的神志依然清醒。不过，在四处透风的教堂里，他比其他人更加寒冷。从家里出来之前，妮妮恳求他至少喝几口汤："埃内斯托，这只是水。你会觉得好一点。"

"当然是水，不过里面还加了动物脂肪。还有盐。对于只有水这件事来说，你的概念可真奇怪呀。"

要是他倒在前面的椅子上，在人群中间昏倒，妮妮就会马上为他辩护，说这是因为值了太多夜班（他甚至会一个月值六次或者七次夜班，实在是太多了。不过要是有人求他帮忙，他真的不知道如何拒绝）。

不过，埃内斯托并没有昏倒，他整晚都双臂交叉坐在那里。然而，围巾下的他却因为禁食而呼吸困难。当马里安娜从位于第一排的椅子上站起来向钢琴走去的时候，埃内斯托第一个拍起手来，以示鼓励。他坐直了身体，清清嗓子，就好像是在强调："台上那个光彩照人的女孩是我女儿，我女儿。"我担心着马里安娜练习时遇到很大困难的那个下行音阶，因此默默地重复："让她不要错，让她不要错。"

我精疲力竭。马里安娜没有弹错那个音阶，不过，情况更糟。她的演奏被乐曲开始的一连串音符给毁了。音符的顺序都很精确，因为假如有任何一个音弹错了，我会发现的，我其实很了解这首曲子。不过，她的演奏十分吃力、僵硬，甚至令人恼火。尤其是开始的那个琶音：它应该柔和而又发自内心。马里安娜的手指突然僵硬了，弹出的音符一个个彼此断开，就像是在呜咽。紧张的情绪使她肩膀收紧，她驼着背趴在钢琴上，就像是要和它打架，好像她的手腕因为弹琴而感到疼痛。妮妮和埃内斯托一动不动，像我一样屏住了呼吸。我们三个人都希望这一切尽早结束。《叹息》变成了气喘吁吁。

弹完之后，马里安娜站起身，满脸通红。她鞠了一个躬，然后回到自己的座位上。我看见多萝西靠近她，在她耳边低声说了些什么，抚摸着她的肩膀。与此同时，疯狂的掌声在四周响起，其中充满了困惑。我强忍着才没有站起来，大声说："等等，她不应该这样弹，我向你们发誓她能够弹得好很多。我每天下午都听她弹琴，那段曲子美极了，请相信我。她是因为太激动才弹成这样的，让她再试一次，就一次，让她再试试……"但是，另一个女孩已经占据了钢琴边的位置，厚颜无耻地弹起了勃拉姆斯的叙事诗。

回家的路上，我们几乎没有开口。埃内斯托泛泛地说了一些夸奖的话，是针对整个晚上，而不是我姐姐的表演。最后，妮妮说：

“噢，真累呀！现在我们就回到暖暖和和的家里去，从明天开始一切恢复正常。”

马里安娜继续她的私人音乐课，不过花在上面的时间越来越少。她每周二和周四上课，坚持了十四年，直到在七年级音乐学院的入学考试中被淘汰为止。由此产生的失望静悄悄地过去，很快就被遗忘。另外，当时妮妮和埃内斯托苦涩地睁大了眼睛，发现他们女儿的兴趣与他们始终想象的并不相同。马里安娜再也没有把诗密尔三角钢琴的琴盖掀起来，一次也没有。穿过起居室的时候，她都会离它远远的，好像那个动物把她折磨得太久了。尽管现在它沉睡着，却仍然使她恐惧和厌恶。那个乐器依旧放在那里，沉默而光亮。在钢琴的里面，钢制的琴弦已经变得脆弱，失去了正确的音色。

强风，昏暗

“你们在这里待了多久了？”

“二十五天。”

“怎么可能？要比这个久多了。”

“我跟你说二十五天。”

“不过像是过了一辈子。”

在阿尔卑斯山地狙击手们来到古利斯坦的第二十五天，也就是他们在阿富汗着陆的第三十六天，ICE基地遭到第一次袭击。

夜里，刮起了一阵猛烈的沙尘暴。空气中充满灰尘，一阵浓密的橙色尘雾遮蔽了天空。在去往食堂或者卫生间的短短几十米的路上，要低着头，闭着眼睛，还要紧闭双唇。不过，裸露在外的面颊还是会被风暴打伤。帐篷摇晃得如同感到寒冷的动物，一阵阵的强风发出可怕的呜呜声。沙砾在风中猛烈地全速奔跑，仿佛为每个中途遇到的障碍都充了电，以至于整个基地就像是悬浮在低压电缆的一个铁塔上面。这种歇斯底里甚至渗透进了军人们的灵魂，使他们比平常更喋喋不休。在“废墟”，三排的小伙子们彼此之间高声谈论，不时有人从凳子上站起来，靠近陋室唯一的窗户，注视着沙子组成的旋转的云团，以及外面广场上幽灵般不停吹着的旋风，然后说：“看看这是什么玩意儿，他妈的。”

士兵们的吵闹尤其打扰了雷内准尉。他正在费力地给罗萨娜·维塔莱写邮件，却不知如何措辞。他首先在头脑里将想法按照顺序整理好，就像他习惯做的那样。然而，一旦写下来，支撑这些想法的逻辑突然动摇了，变得模棱两可。准尉开始长篇累牍地叙述他们的军事行动：在意大利境内疲惫不堪的旅行，滞留赫拉特的那些日子，还有进驻基地。他甚至以自己那种诗意的方式详细描述了到古清真寺巡逻的经历和现在的沙尘暴。然后，雷内才谈到这封信的真正目的。他是这样开始的：关于我们上次谈的事，我想了好久。接下来，他用词越来越谨慎，尽可能避免提到孩子这个词，而是使用发生的事，事故，甚至是你很清楚的那件事这些委婉的说法。不过，当他把信从头到尾读了一遍以后，才发现开始的跑题有点伤人，因为最关键的事和许多其他话题混在了一起，好像对于他来说这件事无关紧要，甚至他并不关心。事实上，这件事对他非常重要，而且他希望能够表达清楚。所以，雷内把邮件整个删除，重新开始写。这已经是他第四次尝试。尽管雷内非常注意措辞，而且觉得已经尝试用所有方法切入他最关心的话题，但是，他无论如何都不能得出一个结论。他心里想，是不是真的有一种方法可以讲清楚他要讲的话，同时又不显得粗鲁或胆怯，或者能够两者兼顾呢？突然，准尉发起火来，简明扼要地写道：

亲爱的罗萨娜，

我觉得你应该堕胎。

随后，他敲击了一下键盘，把邮件发了出去。不过，沙尘暴令网速减慢，雷内得以在信发出之前把它删掉。

他的脚下积起了一小堆烟灰和烟蒂，空气中形成了一层层天鹅绒般的烟雾。不过，雷内还是点燃了一支烟。孩子会毁了他的生活，或者至少会使他的生活变得相当混乱。另外，和一个勉强认识、甚至一点也不熟悉的女人有一个孩子又有什么意义呢？这个女人比他大十五岁，而且付钱给他，以便享受他的身体。孩子是一件严肃的事，不能开玩笑，因此要在某些条件下、有计划地生育。医生说只需要一下子就可以摆脱他，母亲和孩子都不会觉察到……他应该停止使用那个词：孩子。停！他仅仅比一只蚊子大一点，就是这样，用管子把他吸出去，然后一切就结束了。要想摆脱这种糟糕的境地，只有一条路可以走：罗萨娜应该堕胎，没有什么好商量的。只可惜他不能陪在她身边，因为他要执行任务。对于这一点，他感到惋惜。不过，到那个时候他会往医院送花，或者直接送到她家里。流产送什么花合适呢？

想到这里，在先前种种念头之上，他还开始怀疑自己是否自私。要是他错了呢？要是他正在做的事是那种无法得到原谅的罪行呢？罗萨娜说过错误在她，百分之百是她的错儿。可是，罗萨娜又怎能知道上帝在适当的时候如何评判过失呢？因此，他又开始出神，傻傻地望着尘土拍打下的窗户。对于那些可能会使人类陷入困境的恶性循环，雷内没有经验。他的大脑习惯于一些彼此相关、过渡符合逻辑的想法。所有这些前思后想，在反对与不反对之间走马灯似的转换，比他经历过的所有事都要令人疲倦。

“醒醒吧，准尉！”

帕萨拉夸在雷内眼前拍了一下手，吓了他一跳。他生气了，推了士兵一把。坐在另外一张桌子旁边的赞皮耶里替他辩护说：“让他安静一会儿吧。你没看到他正在写情书吗？”她朝准尉挤了挤眼，但是他并没有回应。

雷内关上了信箱，在魔兽争霸Ⅱ的图标上点击了两下。散心，他需要散心。

在距离他几米远的地方，放着一张桌子，其中一条桌子腿下面塞了一卷卫生纸，以使桌子保持平衡。耶特里、坎波雷西、切德尔纳和马蒂奥利正在玩风险战略游戏（Risiko）。在这种游戏里，切德尔纳那吹牛大王的本质很快就显露出来了。他选择了黑色部队，不到一小时就在多个阵地上吃了败仗。他只剩下一个身穿豹纹的部队，于是固执地把所有残余力量都集中起来攻打巴西，矛头指向龟缩在委内瑞拉的耶特里的部队。每一轮，他都集中全部火力进攻。耶特里开始感到愤怒。他能肯定朋友需要完成的任务与毁灭他的部队以及占领南美洲大陆毫不相干。切德尔纳的做法单纯是滥用权力，给他捣乱，破坏他游戏的兴致，因为切德尔纳正在打败仗，所以不能接受耶特里进行得比他顺利（在占领了北美洲之后，耶特里缓缓地向南进军）。

“我掷了三次骰子就从巴西打到了委内瑞拉，”切德尔纳说，“你可以和你的坦克说再见了，小处男。”

“我不明白为什么你总是跟我过不去，”耶特里说。不过，他立刻就后悔了。事实上，马蒂奥利脸上露出了嘲讽的微笑。

切德尔纳对他说："我不明白为什么你总是跟我过不去？因为委内瑞拉人是他妈的共产主义者，应该惩罚他们。这就是为什么。"

切德尔纳把骰子丢到棋盘上，他这样做肯定是为了破坏耶特里的部队，而后者先前用了很长时间精心把它们排列整齐。一个五，一个六和一个二。"嘣！"

耶特里不情愿地抓住天蓝色的骰子。他的军队尽管人数众多，看上去却非常胆怯，正在混乱地撤退。他把三个骰子丢了出去，不过三个里面有两个的点数都小于对方。切德尔纳急忙把相应的坦克拿下去，同时模拟爆炸。

"把手拿开。让我来。"

他受够了。假如他处于切德尔纳的位置，就不会这样做。他们可能会联合起来对付马蒂奥利，他游戏的方式贪婪又安静，就像一个不能从游戏中得到乐趣的人，因为他对于比赛过分认真。碟子里有二十欧元，不多，但毕竟是钱。马蒂奥利获胜的愿望如此强烈，使耶特里感到震惊。有时候，或者说是越来越多的情况下，某些无法控制的力量使他感到内心空虚。

"再进攻一次。委内瑞拉。"

"噢不！现在够啦！"耶特里忍不住说。

"什么时候停下来由我决定，小处男。"

坎波雷西笑了起来。大家也有点儿不明白耶特里现在受到的侮辱有多么强烈。他把骰子紧紧攥在手里。

这次，耶特里掷出的三个骰子都小于对方，因此失去了这块领土。不过，他并不慌张，因为他还有很多土地。耶特里把坦克从棋盘上拿下去，放回盒子里。要是切德尔纳愿意表现得像个混蛋，那么该他倒霉。自己当然不会令他激怒自己的想法得逞。

轮到马蒂奥利了。当他准备实施默默隐藏了很久的阴险战略时，响起了第一声爆炸："扑通"一声，沉闷地引起了回响，就像一个铁砧突然在地上爆炸。小伙子们的耳朵经过训练，能够辨认出大炮的声响。不过，在所有人中间，雷内准尉首先说出迫击炮这个词。

他清晰而缓慢地说着，像是在自言自语。随后，他突然叫道："到掩体里面去！"

小伙子们跳了起来，迅速有秩序地向房门冲去。他们了解疏散的安排，而且已经演练过上百遍。对于优秀上等兵弗兰切斯科·切德尔纳来说，这是除了演习以外第一次听到迫击炮的声音。那声音与他所知道的如出一辙，这使他吃了一惊。当然，很明显就是迫击炮的声音。切德尔纳几乎要感谢敌人中断了他正在败下阵来的风险战略游戏。

坎波雷西和马蒂奥利排队向外走，切德尔纳则留下来面对耶特里骤然间变得苍白的面孔。他用胳膊把棋盘上的坦克一扫而光："真可惜，小处男。你玩得那么好。"他拿起钱，揣进了兜里。后者一言不发。又是一声爆炸，现在他们清晰地感到大地在脚下颤抖。"勇敢点儿。我跟在你后面。"

切德尔纳最后一个钻进沙尘暴里。他想表现得潇洒自如，让自己觉得一切都在掌控之中。又一声爆炸在他左边的某个地方响起。

这一次距离更近。有可能就在基地里面，不过能见度只有几米，因此无法确认。尖利的警报声和众人的喊叫声构成了一种复杂的立体声。对作战士兵下达的命令与劝告其他士兵躲避起来的声音混在了一起。切德尔纳所在的这个排今天轮到休息，他因此感到惋惜。他们必须像受到焰火惊吓的狗一样趴在地上。真他妈倒霉。

切德尔纳听见兰斯装甲车发动机启动的声音。他们想去哪里呢？沙尘暴这么猛烈，它有可能制造比榴霰弹更大的灾难。他张开嘴，叫喊着要同伴们动一动，可是一把沙砾直接冲进了他的喉咙。他不得不放慢了脚步，然后停下来，往地上吐了口痰。他忍住了呕吐。现在，爆炸声此起彼伏，越来越近，使他的血液中充满了肾上腺素。这种感觉并不令人讨厌，反而使他兴奋。这些杂种，他们开始行动了！

切德尔纳来到掩体前。他感到眼睛里面火辣辣的，尤其是右眼，因为有一粒沙卡在了里面。不过，在他的想象里，那粒沙子有石子那么大。石灰砌成的掩体里挤满了士兵。“给我让点地方，”他说。

士兵们试着挪动了一下，可是掩体里面太拥挤了，他们彼此又离得这么近，甚至没有腾出一厘米的空间。切德尔纳骂骂咧咧地说：“你们他妈的挤一挤！”

雷内命令他住嘴。他就应该待在那里，因为他也看到里面没有地方。

“那么我就到另一个掩体去。”

“别说蠢话。待在那里，你也是处在保护之下的。”

“我说了，我要到另外一个掩体里去。我不待在外面。”

“待在那儿。这是命令。”

艾斯科防爆墙的墙壁护住了他的后背。然而，充满沙子的空气涌入通道，拍打着他的脸。切德尔纳的傲慢不见了，他激动得颤抖。要是他有头盔和大衣，至少还能把自己裹起来，就像一只乌龟那样。可是现在他却裸露着，头发里面满是沙子。沙子渗入每个地方：上衣的领子，袜子，还有鼻孔。假如一颗炸弹在附近爆炸，碎片可以轻易地在他肩上钻个洞，或者是在脖子上，那就更糟。他一点也不想被碎片击中，因为过不了几天他就要休假了，他想毫发无损地回去。就连那个傻瓜米特拉诺都进了掩体里面，至少是有半个身子在里面。他正在用大拇指的指甲刮去靴子上干了的泥土。

切德尔纳有主意了。“嘿，米特拉诺。”

“你想怎么样？”

“我好像看见那边地上有个东西。可能是个人。过来看看。”

所有人都紧张地转过身。切德尔纳用一个狡黠的眼神让他们放心。

不过，米特拉诺仍然非常警惕。“我不相信，”他说。他学会了不去相信切德尔纳，为此他曾经付出过代价。自从他拿着上面写有“把米特拉诺带回去”的牌子，迎接乘直升机前来参观的军官之后，就已经成为基地里的笑柄。这是他的错。切德尔纳总是拿他开玩笑。在食堂里，切德尔纳会抢走他盘子里的食物，嚼碎以后再放回他的盘子里。切德尔纳还把他叫做“白痴”和“没用的东西”。就在昨天，切德尔纳还拿走了他的剃须泡沫，整个涂在自己刮过毛的胸口上，在基地里游荡。

“我跟你说，我看到了一个东西，一个黑色的东西。他可能需要帮助。来吧，看看。”

“得啦，切德尔纳，”西蒙切利说，“你这样说并不有趣。”

“对，你又在开玩笑，”米特拉诺说。

“那就算了吧，傻瓜。我自己去。”他假装要站起来。

“你说的是真的？”

“当然。”

米特拉诺犹豫了片刻，然后跨过对面鲁菲那提的大腿，匍匐着出了掩体。切德尔纳把一个点儿指给他看。

“我什么也看不见。”

“仔细看看。”

就像所有人都预料到的那样——这里面并不包括米特拉诺，切德尔纳用胳膊肘把米特拉诺推开，占据了他在掩体里的位置。“骗了你啦！”

“嘿，离开。先前我在这里。”

“是吗？我在哪儿都没有看到你的名字。”

“这不公平。”

“不公平，不公平，不公平。你是谁呀，女人吗？”

切德尔纳蜷缩在那里，用肩膀在水泥墙边为自己挤出了空间。不过，其他人对他的做法并不满意。他们斜眼望着他。“真无赖，”坎波雷西说。赞皮耶里猛地将压在大腿下的小腿抽了出来。

切德尔纳不明白他们现在为什么会如此表现。之前，每当他拿米特拉诺开玩笑的时候，他们都很开心的，现在却突然要保护米特拉诺。他们只不过是一群伪君子，这就是事实。他于是说：“你们是一群伪君子。”不过，这样做并没有使他感到轻松，也无法阻止他心中升起羞愧，一种黏糊糊的、他不习惯的感情。甚至耶特里都躲着不去看他，好像为他而羞愧。“你们是一群伪君子，”他轻声重复了一遍。

米特拉诺拉着他的袖子。“先前我在这儿，”他带着哭腔说。

切德尔纳抓住他的胳膊，用力把他的身体向下压，直到他开始求饶为止。

“中尉，您会玩儿布拉科牌吗？”

“不会，先生。”

“布里斯克勒牌呢？”

“也不会。”

“您至少会玩三个七吧！”

“指挥官，您真的想玩纸牌吗……现在？”

“您有什么别的好主意？不过不要建议跳棋，那是一个白痴的游戏。”他把扑克牌分为两组，看了看露出来的那一张，是一张红桃J。“真无聊啊，中尉。相信我。最后我们就这样战败了。这些无赖会用无聊杀了我们。”

掩体里面唯一移动的东西，是身上长着毛、爪子颤抖的小蜘蛛，它们也是因为沙尘暴和轰炸躲进来的。它们头朝下在人类留下的空间里走动，也就是说在顶棚上。那里布满了蜘蛛。士兵们的眼睛齐刷刷地盯着它们，因为他们可以盯着看的东西不多。马蒂奥利伸出手，用拇指和食指捏住了一个，注视着它在那里挣扎，然后把它碾死。

雷内准尉是第一个打破寂静的人。寂静其实仅仅是一种说法，因为迫击炮始终在投射炮弹。雷内说的那句话，任何人都不想在这种场合听到："托尔苏在哪里？"

他数了数手下士兵的人数，发现少了那个萨丁人。只消片刻工夫，他就明白缺了谁。在那些年里，点名成了一种直觉，就像人家把他手上的一个指头扯掉，他并不需要花时间去想到底少了哪一个。

士兵们惊愕地一声不吭。然后，阿雷斯说："他还在帐篷里。"好像是为众人辩护，他又说："他实在太不舒服了，没有能够起来。"

最近几天，托尔苏的高烧会剧烈地上下波动，不时达到四十度。在最糟糕的时候，他含含糊糊地说一些没有意义的话，令同伴们捧腹大笑。托尔苏无法咽下任何固体的东西，因此面孔变得消瘦，眼睛下面的颧骨也突了出来。尽管他不能吃饭，痢疾却并没有停止。夜里，雷内能够听见他的牙齿因为寒冷而咯吱作响，有几次他不得不用蜡做的塞子堵住耳朵。

"我们应该去把他带来，"赞皮耶里劝说道。不过，这种冲动的想法显得有点歇斯底里，不能说服他们。

有些小伙子站了起来，犹豫着，只等准尉批准。然而，他们并没有接到批准的命令，因此重新坐了回去。雷内向切德尔纳投去询问的目光：后者是他最信任的士兵，也是唯一一个他觉得有必要与之讨论的人。

"我们不能把他带到这里来，"切德尔纳说，"他连站都站不住，这里也没有空间可以把他放在地上。"

“你还是那么混蛋，”赞皮耶里生气地说。

“你也还是那么白痴。”

“或许你害怕托尔苏会抢你的位置？”

“不，我是害怕有人会丢掉性命。”

“你什么时候变得替别人着想了？我还觉得你只关心自己会不会丢掉性命呢。”

“你都不知道自己在说什么，赞帕。”

“是吗？那么，为什么米特拉诺站在外面，而你却在这儿，黏在我屁股上？”

“黏在你屁股上的只有虱子。”

“闭嘴！”雷内发话了。他需要安静，好进行思考。从掩体里面出去，把托尔苏抬到这里来，假如要这样做，除了劳累以外，空间也是一个问题。他们倒是可以到指挥部去，不过那样就要穿过广场，而那里完全暴露在外，是基地里最危险的地方。假如出于谨慎把那个士兵带出来，当真有可能令四五个士兵冒生命危险。那样做有意义吗？

切德尔纳注视着他，仿佛能够读出准尉的想法。他摇了摇头。

又是一阵爆炸，接下来就是机关枪的还击，射出一梭又一梭的子弹。准尉好像看见了一道紫色的光，不过，那可能只是他的感觉。两只蜘蛛在顶棚上相遇，彼此端详了一下，爪子轻轻碰了碰，然后就向着相反的方向走开了。集中精力！雷内对自己说。他的一个士兵独自留在帐篷里。准尉尽力把托尔苏被汗水打湿的惨白面孔从脑海中抹去，还有他的声音，以及最后一次攀岩的记忆。当时他们一起靠近一只鹿，只有他们两个。雷内尽量对每个士兵和朋友不带个人色彩。这里有窍门，在脑海里抹去他们的内涵和嗓音，甚至是气味，直到能够把他们当做一个简单的个体来看待。说不定解决另外一个问题也需要采用这个方法。现在不是想那个问题的时候，因为有炸弹在爆炸。不要由着自己分神，安东尼奥。不要去听赞皮耶里急促的呼吸。控制你的恐惧。考虑一下事实，仅仅是事实。有一个士兵处于危险之中。不过，他距离外面的防御工事比较近，可以得到某种保护。另一方面，五个采取行动的士兵在至少三分钟里会处于敌人的火力之下。或许还需要更长时间。当头儿就是要考虑到各种可能性。雷内是一个好头儿，是最适合充当这个角色的人选。宣布决定的时候，他完全相信那是正确的。“我们留在这里，”他说，“等等看。”

“几点了？”

“零点十分。”

“我们应该出去看看。”

“好样的，你去吧。”

“我现在就去。”

不过，他并没有动。

切德尔纳已经有很长一段时间不去考虑米特拉诺的事了。不过，之前的想法令他有些不痛快。敌人正在向营地射击，所以他们憋在这里没有任何意义。应该从这里出去，出其不意地把他们统统干掉。应该把他们从巢穴里赶出来，向他们臭烘烘的藏身之地投掷一串串炸弹。像胆小鬼一样打仗的下场就应该是这样。要是他在特种兵部队里，就会在深夜起床，从三千米高空乘降落伞到达红色区域，仔细搜查一个村庄，把恐怖分子赶出来，用袋子套在他们头上，然后再把手脚绑起来。假如一拳打下去失手杀死一个，那更好。

在掩体里面，切德尔纳大腿上的肌肉都僵硬了。他又想起休假，想阿涅西。等她毕业之后，他想立刻把她“拐走”，带她到圣维托海边去。假如运气好，十月份仍然可以游泳。不过，即使天气不好，他们也要去，而且要在姑姑的破床上做爱。他们要把窗帘打开，任凭邻居偷窥。圣维托那所房子里有他童年度假的气息。即使在那里做爱，也会有一种不同的味道。院子里还保留着生锈的大鸟笼，姑姑在里面养过两只热带鹦鹉。鸟笼太小，因此它们不停地用翅膀和嘴彼此折磨。切德尔纳给它们取了名字。不过，他已经不记得那些名字了。对于家里的其他人来说，它们只不过是玛丽耶拉姑姑的鹦鹉。那些鸟让大家都失望了，因为它们甚至连一个单词也没有学会，只会发出尖利的叫声，用大便把鸟笼弄脏。另外，就是彼此争吵。不过，他还是喜欢它们，并为它们在短短几天里相继死去而哭泣。切德尔纳闭上了眼睛，试图回忆起它们。

凌晨四点的时候，警报声再次响起，声音短促有间隔，标志着警报解除。在这个时候，掩体里的很多小伙子都在睡觉，他们已经感觉不到饥饿和关节的疼痛。由于神志不清，他们在走回自己的帐篷时动作缓慢而又神经质。

不过，对于埃吉托中尉来说，事情并没有结束。他刚刚睡着，就又被叫醒（至少他的感觉是这样，而实际上他已经睡了一个多小时）。

“医生，我需要您。”

“好。”不过，他没有能够站起来，而且有片刻工夫，他又睡着了。

一只手在摇晃他：“医生！”

“是。”

“请跟我来。”

士兵把他从行军床上推了起来。埃吉托没有能够分辨出他的面貌和军阶。医生用手使劲在脸上搓了搓，皮屑从脸上纷纷落下。他抓过椅子上的长裤。“发生什么事了？”

“医生，我们有一个士兵不愿意从掩体里面出来。”

“他受伤了？”

“没有。”

“他怎么啦？”

士兵犹豫了一下。“没什么，不过，他不想出来。”

埃吉托穿上袜子。他的心里充满了怒火，袜子里面粗糙得刮脚。“你们为什么来叫我？”

“我们不知道该叫谁。”

“你是哪个排的？”

“查理，先生。”

“咱们走吧。”

沙尘暴还没有停歇，不过强度已经减弱，现在仅仅比一阵脏兮兮的风稍强一些。他们紧张地向前走着，一边用手护住眼睛。

那个小伙子蜷缩在掩体中间，周围有一两名同伴。很明显，他们正试图说服他。见到埃吉托，他们就走进通道，向他打了个招呼，随后就迅速从另一边离开了。

那个士兵仿佛一个柔软的人体模型。好像人们把他身体中间的填充物抽了出去，然后又把空空的皮囊重新缝上。士兵肩膀低垂，脑袋也垂在胸前。埃吉托坐在了他对面。离开的伙伴们拿着手电返回。埃吉托也把自己的手电打开，放在水泥墙上。“发生什么事了？”

士兵保持沉默。

“我问你话呢。回答你的上级，发生什么事了？”

“没什么，先生。”

“你不想出去？”

士兵摇了摇头。埃吉托看了看他领章上的名字。“你叫米特拉诺？”

“是的，先生。”

“还有呢？”

“文琴佐·米特拉诺，先生。”

小伙子张着嘴呼吸。他两颊红红的，应该是出了很多汗。埃吉托想象着拥挤的掩体。这里仍然散发着强烈的汗臭味，而且混杂了另外一种不容易分辨的气味，那是很多躯体挤在一起的味道。应该是副交感神经危机，他想。是恐慌症，缺氧。他问那个士兵之前是否发生过类似情况。不过，他没有使用恐慌症和危机这样的词。用幽闭恐惧症更好些，听上去没有个人色彩，而且不像是出于疏忽。士兵说没有发生过，他没有幽闭恐惧症。

“现在你觉得头昏吗？”

“没有。”

“你觉得恶心、眩晕吗？”

“没有。”

埃吉托产生了怀疑。“难道你是……？”他指了指士兵的腹股沟。

他吃惊地望着中尉。“没有，先生！”

“没有什么不好意思的。”

“我知道。”

“任何人身上都有可能发生。”

“没有发生在我身上。”

“好吧。”

情况有点尴尬。埃吉托需要掌握一些症状，比如病史，然后才能诊断，治疗。医生就是这样治病的，他不知道有什么别的可靠的方法。或许这个士兵受到了惊吓，仅此而已。他试着证实自己的判断：“今天晚上不会再打枪了，朱塞佩。”

“我叫文琴佐。”

“对不起，文琴佐。”

“我刚才告诉您了。我叫文琴佐·米特拉诺，先生。”

“你说得对，文琴佐。今天晚上不会再打枪了。”

“我知道。”

“我们可以出去了。外面很安全。”

士兵把膝盖紧贴着胸口。他的姿势就像个孩子，不过目光并不是，那目光属于成年人。

“无论如何，刚才并没有发生真正的危险，”埃吉托继续说，

“没有任何炸弹落在基地里面。”

“它们离得很近。”

“我听见了。是离得很近。”

埃吉托开始失去耐心。他不太会安慰别人，也找不到适合的词汇。米特拉诺叹了口气。“他们把我留在了外面，大夫。”

“谁把你留在外面了？”

士兵用脑袋含糊地指了指，然后闭上眼睛。在距离隐蔽处仅仅几步之遥的地方，有人在低声说话。伙伴们正在等他。埃吉托听出了那些微弱的单词，而且肯定那个小伙子也听到了，因此对他说：“他们还在那儿。”

“你想让我对他们说离开这里吗？”

米特拉诺朝出口望去。他摇了摇头：“没关系。”

“我能肯定，那是一个事故。”

“不是。他们把我留在了外面。我当时坐在那里，他们给我设了个圈套，把我赶了出去。他们是有意的。”

“你可以跟马谢罗上尉说说。假如你觉得有理由那样做的话。”

“不。您不能和任何人讲，医生。”

“好吧。”

“您向我发誓？”

“当然，我向你发誓。”

沉默持续了三分钟，或者是四分钟。他们就这样昏昏欲睡地待在黑暗的洞穴里。时间好像是静止了。

“你多大了？”

“二十一岁，先生。”

“你不想和谁说说话吗？或许是个姑娘？那样你会好一点。”

“我没有女朋友。”

“那么就跟你母亲说说话。”

米特拉诺攥紧了拳头。“现在不要，”他干脆地回绝了。过了片刻，他说：“您知道吗，大夫，我有一只狗？”

埃吉托的反应极其兴奋：“啊，是吗？什么品种？”

“杜宾犬。”

“是面孔扁平的那种吗？”

“不，那种是斗牛犬。杜宾犬的脸很长，耳朵是直的。”

中尉想用这个话题分散士兵的注意力，但是他对狗一窍不通。他模糊地记得，在他人生的某个时候曾经想要有一只小狗。要么不是他，而是马里安娜想要一只狗，因为她的原因，自己才想有一只狗。无论如何，最后没能如愿。埃内斯托把养在家里的动物当做令人难以容忍的病菌传播者。对于妮妮来说，另外一个东西的存在意味着使已经如此困难的家庭关系变得更加复杂。埃吉托心想，他是不是被剥夺了某种东西？不过，即使是这样，很久以来他对这种剥夺已经无所谓了。

“大夫？”

“是。”

“我会从这里出去的。等我觉得可以了，我就会出去。”

“不过，不是现在。”

“不，不是现在。假如您同意的话。”

“对我来说没有问题。”

“我很抱歉他们把您叫来。”

“没关系。你不用担心这个。”

“我真的非常遗憾。”

埃吉托用胳膊撑着站了起来，把裤子上的土掸了掸。这儿的事结束了。他的脑袋几乎触到了掩体的顶棚。

“大夫？”

“说吧。”

“您可以再待一会儿吗？”

“当然。”

埃吉托重新坐了下来，胳膊肘碰到了手电。手电的光束照亮地面，军靴在沙子上留下的痕迹显现出来。每个脚印都把前面的脚印破坏了一些，那些鞋印就像是一场战斗后残余的化石。这时，士兵哭了起来。开始声音很低，随后声音越来越大。“操，”他咬着牙说。然后，他又重复说：“操，操，操，操，”仿佛他想要摆脱的毒素就隐藏在那个单词里。

埃吉托并没有试图阻止他。因为某种原因，他更愿意把目光转向墙壁和外部防御设施之间的那一线天空。天几乎亮了。他倾听着小伙子的哭泣，把它分解成各种成分：横膈膜的震动，充满黏液的鼻腔，急促到了极点的呼吸。突然，哭泣停止了。米特拉诺恢复了平静。埃吉托把一张纸巾递给他。“你感觉好点了吗？”

“我想是的。”

“无论如何，我们不用着急。”

事实上，埃吉托已经筋疲力尽了。他真想躺在地上，就这样睡过去。他闭了一下眼睛，脑袋垂在胸前。

“医生？”

仅仅一秒钟，他就陷入了一个混乱的梦境中。有两支军队在交火。

“医生！”

“怎么啦？”

女　人

沙尘暴已经过去。早晨清澈的天空一扫记忆中战斗的混乱。不过，人们的情绪依旧受到影响。在去吃早饭的士兵们脸上，仍旧能够看到失眠和尚未消退的神经质留下的痕迹。局促不安的气氛笼罩下，各项活动像往常一样进行：八点整，教练员们到阿富汗警察所在的营房集合，教士兵如何搜查一辆大货车和训斥车上的嫌疑人，他们还一直巡逻到迈丹沙附近一处尚不了解的区域。与此同时，其他人则忙着做那些家务事。假如换个环境，这些事情会被认为不太适合男人去做：洗衣服，扫去帐篷上的尘土，还用一桶一桶的水冲洗厕所。

不过，一种新的感觉却在不知不觉中令他们颤抖。那些经历了前几次任务的老兵都了解那种感觉，因此表现得比较冷漠。当新兵来找他们寻求安慰时，他们回答说："你们以为是在哪儿，夏令营吗？"然而，即使是他们这些有经验而又顽强的战士，也是第一次看清他们筑造的这座自以为坚不可摧的堡垒的真实模样。它只不过是暴露在对手面前的一座沙子的围墙。

十一点的时候，三排的士兵们已经在西面小瞭望塔下集合，以便进行射击训练。小伙子们都站在那里等着，臀部靠在桌子上——机关枪闪闪发亮，随时可以使用——又或者把肩膀靠在位于阴影中的堡垒上。他们尽力表现得自如，甚至是厌倦。事实上，他们已经筋疲力尽，而且有点沮丧。每个人都无话可说。伴着帐篷里点亮的裸露的灯泡，他们度过了夜晚余下的时光：有人徒劳地闭上眼睛，希望能够休息几个小时；有人则一遍遍地评论之前那场仗的发展（没有人对它有多少真正的了解）。无论如何，所有人都支着耳朵等待爆炸声再次响起。雷内准尉绞尽脑汁，要对手下的士兵们发表一通鼓舞人心的演讲，却找不到合适的字眼，最后仅仅对他们说："现在是在打仗，这个我们知道。"就好像错的是他们。

枪杆在阳光下闪烁，两条子弹带使得不止一个人想把子弹上膛，然后走出基地，不假思索地朝阿富汗人开枪，打死多少算多少。雷内了解这种焦躁不安，因为他自己也体会到这种感觉，而且在训练课上也给他们讲过（这是一种自然、人性化的反应，应该加以控制）。佩科内觉得这种人类共同的感觉的解释有些可笑：他抱着步枪，先是把它瞄准大山，然后是天空，接着小心翼翼地转过身，说："出来，杂种们！我一个一个把你们干掉！嘣！嘣！"

"把枪放下。不然，你很可能会干掉我们中间某个人。"雷内说。这只是句玩笑，可是听上去很悲伤，所以没有人笑。

马谢罗上尉出现在广场尽头。舒舒服服地靠在那里的士兵们立刻站了起来，肩膀挺直。上校命令在基地期间由上尉负责射击场，而按照规定每个排应该自行管理内部事务。雷内对于这个新命令一点也不满意，因为他感到筋疲力尽。他对于马谢罗有一种天生的反感，而且把后者评价为彻头彻尾的混蛋和最糟糕的马屁精。据他所知，对方同样不能容忍他。

当上尉来到瞭望塔脚下的时候，小伙子们已经站成了一排。“武器已经准备好了吗？”马谢罗问。

“是的，先生。”

“那么我们就开始吧，勇敢点。”

士兵们一个接一个走上台阶。雷内给他们每人发了一卷子弹带。马谢罗趴在每个人的肩膀上，在耳朵边重复他的命令：“看到那个山丘了吗？那里有三个桶。瞄准中间那个红色的。快速扫射，要把枪向前推。MG 机枪是一个婊子，喜欢把腿跷起来跑掉，这一点一定要记住。你要压住它，明白啦？压住。子弹上膛。等你准备好了就开枪。假如你不想耳膜穿孔，就戴上耳塞。”

第一个开枪的是雷内，他无懈可击。击中之后，那个桶跳了起来，然后又回到原来的位置上。没有射中目标的子弹在岩石和低矮的灌木中间掀起一股股烟尘。无论如何，马谢罗都没有放弃这个伤人的机会：“相当不错，准尉。射击的时候试着放松一点。这样你会玩得更开心。”

雷内想象着把食指和中指插进他的眼眶，然后把他的眼睛抠出来。

准尉希望手下能够让他露脸。他不愿意承认这一点，不过还是希望他们在上尉面前表现得很能干。

刚开始进行得还不错。大部分士兵至少有一次击中了靶子。坎波雷西、比亚斯科、阿雷斯和罗韦雷表现非凡，切德尔纳也因为他上膛和瞄准的速度得到了表扬。

一等兵耶特里是第一个令雷内有些失望的人。像往常一样，岗亭的屋顶对他来说太低。他不得不趴在机关枪上。或许是因为这个原因，又或者是因为耳边上尉的气息令他紧张，他扣扳机的时间过长。

“不要浪费子弹，”上尉警告说。

耶特里恶狠狠地斜眼看着上尉。当他从雷内身边走过时，雷内用手在他的肩膀上拍了拍。耶特里还很年轻，他非常生气。

赞皮耶里最后一个走上去。当她走上台阶的时候，雷内无意间看到她的乳房，但是并没有产生任何明确的与性有关的想法。他从来没有那样想过。或许这是因为她从某种角度来说是个朋友，又或者因为曾经见到她豪饮一听啤酒后打嗝。赞皮耶里身上的某些东西与雷内对于女性的想法不符。他像对待所有其他人那样对待她，仿佛她是个男人。

赞皮耶里是一名好兵，能够熟练而且带着一点必要的精确驾驶兰斯装甲车。她果断且从不退缩，即使托尔苏在营地里放色情电影时也是一样。赞皮耶里会双臂交叉，一直看到最后。从雷内注意到的一些眼神来判断，他敢打赌，赞皮耶里深深地爱上了切德尔纳。不过，任何人都没有往这上面想过。所有人都认为她是同性恋。

赞皮耶里听着上尉的指令，点了点头。她把耳塞放进耳朵里，活动了一下脖子，然后忙着打开枪筒的盖子，以便把子弹装进去。但是，她的手根本够不到。每当她试着把子弹带放进去时，盖子就会在她手指间合上，然后，枪托会从她的肩窝处溜走。“我做不到，”她说，然后又试了一次，不过还是徒劳。

马谢罗命令士兵们搬来一个木梯子。迪·萨尔沃在存放工具的小屋里找到了一个，两名士兵一起把它送到防御工事上面。雷内把它放在地上，赞皮耶里爬了上去。“这样好一点吗？”雷内热情地问，好让她平静下来。

“是的。”

“要是您把子弹射到正确的方向，那就更好了，”马谢罗严厉地说。

“当然。对不起，先生。”

赞皮耶里又忙着打开盖子，可是机关枪还是从她的手里逃脱了，向前倾斜，如同一只难以驾驭的动物。雷内失去耐心了。站在下面的伙伴们用掺杂着同情和好奇的目光注视着她，然后再望望雷内，好像他能够干预一些。上尉将胳膊支撑在岗亭的窗台上，露出讽刺的笑容。终于，赞皮耶里用胳膊肘夹住了枪支，然后盖上了枪筒的盖子。“好啦。”

“好极了。上膛！”

姑娘试着向后拉枪栓，不过它太硬了。之前，雷内本人也感到那个枪栓有些力量。现在，他敢肯定赞皮耶里无法做到。的确，她又试了试，还是没有办法把它拉到头儿。

“也许它卡住了，”她小声说。

马谢罗一胳膊肘把她推开，说：“操，它没有卡住！是你无能。”他用一个粗鲁的动作把枪上了膛，“现在，射击吧！”

赞皮耶里的身体并没有颤抖，但是她的面颊比平常更红，而且脖子僵硬。雷内同样觉得周身的血液都在跳动：耳朵里，还有手上。赞皮耶里匆忙瞄准靶子，MG 向后退了一下，子弹飞到了比桶高出二十米左右的地方。上尉骂了一句，然后趴在姑娘的肩膀上，用骨盆把她往前推，靠近机关枪的枪杆。假如小伙子们不是都愣住了，肯定会大胆地说出某种下流话来。

“操，开枪！”

子弹射到了距离靶子更远的地方。赞皮耶里的乳房被夹在上尉的胸骨和武器中间，她感到疼痛，因此发出微弱的叫声。上尉猛地把她的身体转过来，摇晃她。“你也算是个持枪步兵吗？操，我们是在古利斯坦！他们会把我们杀死，这都是你这样的人的错！”

小伙子们都轻轻低下了头。雷内却决定始终盯着上尉，直到最后。

“要是昨晚是你在放哨，那会发生什么？我们所有人都会被杀掉。这是战争，而你却不会用机关枪。”

赞皮耶里僵硬地站在那里，好像随时会在紧紧抓着她的马谢罗手中碎裂。她眼睛里的毛细血管突然变成了红色。

“上尉，”雷内插话说。

马谢罗愤怒地转过身：“什么事？”

“也许您吓到她了。”

雷内立正站在那里，不动声色，而马谢罗却移动着缓慢的脚步向他走过去，嘴巴里还喘着气。

“我吓到她了？”

“士兵们在今天之前从来没有用过这种武器。”

“噢，糟糕。我真遗憾。或许我应该给这位小姐一把水枪。她用那种枪射击过吗？”

雷内沉默了。他的表情丝毫没有改变，手下的士兵也一样。他们全都站在岗亭下，一声不吭。士兵们受到的教育是要绝对面无表情，即使最糟糕的想法也不能从眼睛里流露出来。马谢罗就曾经是他们的教员之一。上尉距离雷内更近了，然后，在距离他的面颊仅仅一掌之遥的时候停了下来。他看了看雷内外衣上面绣的军衔，好像看不太明白。“准尉，请告诉我，您没有参加过真正的两军交火吗？我说的是真正的交火。”

“没有。”

“像回答一位上级那样回答我，准尉。”

“没有，先生。”

“我明白了。真可惜。噢，不过不要担心。这次任务就是个好机会。您知道我为什么认为这里会射击吗？在这里，他们恨我们，想把我们都杀掉。您听见昨天夜里的枪声有多响了吧？那么，您也知道这不是过节。在把这个基地夷为平地，把所有像您和我这样不忠诚的狗杀死之前，他们不会停下来。您知道塔利班如何对待俘虏吗，准尉？”

“不知道，先生。”

“把他们钉在十字架上。就像耶稣基督。您能够想象有一根钉子钉在手掌的神经上吗？下面的士兵们，你们能够想象吗？小姐，您能想象吗？饿死，或者因为流血过多而死，可能需要三天。那些混蛋会用水湿润你的嘴唇，好让你坚持更长时间。您知道他们还会做什么吗，准尉？”

“不。”

“不，然后呢？”

“不，先生。”

“他们会用一根棍子打你。这种折磨会持续很多个小时，直到看不清楚你身上是不是还穿着衣服。不过，他们会很小心，不让你死掉，因为他们会再把你关在一间满是虫子的房间里，让它们来完成这项工作。或者……您想问我或者会怎样，准尉？”

“或者怎样，先生？”

“或者，他们会把你头朝下吊起来，直到所有血液都集中在大脑里，最终使它爆裂。嘣！您现在明白为什么要学会用 MG 射击了吧？”

“是的，先生。”

“您认为后面这个金发的小姐也明白了吗？”

“是的，先生。”

“假如他们让鲜血弄脏这些漂亮的金发，那就太可惜了，您不这样认为吗？”

“是，先生。”

马谢罗停顿了一下。这里如此寂静，雷内甚至能够听到自己的呼吸。“好吧，”上尉最后说，“那么我们到此结束。”

上尉从台阶上走下来。士兵们站直了身体。上尉从他们身边走过，看都没有看他们一眼。站在防御工事上的雷内冲赞皮耶里笑了笑，好像告诉她别生气，因为并没有什么严重的事情发生。

黄昏是埃吉托中尉最喜欢的时刻。空气突然变得凉爽，但是又没有深夜那样刺骨。在夜晚的光线中，基地仿佛变小了，布满石头的广场上终于呈现出平常那种赭石和绿色以外的颜色：小伙子们身穿天蓝色、玫瑰色、橙色的睡衣和淋湿的拖鞋转悠着。在这两个来小时的时间里，基地上笼罩着日常那种平和的气氛，就连中尉那层冷漠而坚硬的外壳也产生了裂纹，一阵阵意想不到的好心情如清风般拂过他的心。

在淋浴房旁边是一个有空调的房间，被用做更衣室。不过，埃吉托不愿意在同事们面前脱衣服。他更愿意在洗澡间里换好，尽管那里并没有足够的空间。中尉研究出一种方法，可以单脚着地把衣服脱下来，或者穿上，同时保持平衡，而且不会让脚接触到拖鞋以外肮脏的地面。基地上的生活要求人们拥有解决很多类似事情的才能，不过这都是一些微不足道的事。

水开始温温的，几秒钟之后就变得比较惬意了。有人把沐浴乳忘在了搁板上。埃吉托打开盖子，闻了闻里面的液体。那股气味强烈、苦涩而且绝对男性化，是那种在军营更衣室里散发的味道。小伙们喜欢被浓重的香水味包围着，所以把强烈的除臭剂喷在胸前，甚至是生殖器官上。这些气味随后会停留在湿润的空气中。这也是他和他们之间的另一个区别，因为中尉总是用药店里买来的碱性肥皂洗澡。

埃吉托把那种液体倒在手上，在胸前和肩膀上揉搓。在皮肤状况不佳的地方，裂开了一些深色的小伤口，随后很快就愈合了。中尉把水龙头对准散落在地上的那些皮屑，直到它们被污水口吸进去。也许这个小瓶的主人就等在门外面。当埃吉托从他身边走过的时候，他会分辨出自己沐浴乳的味道。只有上帝才知道他会如何反应。小伙子们的行为是无法预料的。无论如何，哪个小伙子都有道理：不应该偷用同伴的沐浴乳。在沙漠中间的前哨里，这样的行为属于那种弥天大罪。埃吉托又倒了一些，擦在腹股沟和大腿上。然后，他闭着眼睛站在水龙头下面，直到有人敲门。三分钟的洗澡时间已经结束。

他回到医务室，发现帐篷的拉链拉到了一半。“有人吗？”

一个女人的声音从帐篷的另一边传过来：“是你吗，亚历山德罗？”

帘子拉开了，露出一只裸露的胳膊，一个肩膀，然后是一块白色毛巾的一角，接着是伊蕾娜·萨马蒂诺的圆脸，头发都向上竖着。伊蕾娜。她的半裸全息照片从遥远的时空投射到埃吉托面前。埃吉托大吃一惊，在这个“幽灵”面前后退了一步。

女人笑了。“我选了这张行军床，也不知道你睡觉时头放在哪一边。这里没有任何活人的迹象。”

“你在这儿干什么？”

伊蕾娜把头歪向一边，用双臂护住裸露的乳房。她的乳房从来都不是特别大，但是也不小。埃吉托大约还记得如何用手掌握住那个半圆形。

“你就是这样欢迎老朋友的吗？过来，让我吻你一下。”

埃吉托不情愿地走过去。伊蕾娜专注地从上到下打量着他——他们的个头差不多——好像为了确定是不是所有地方都完好无损。“你仍然很帅。”她满意地说。

毛巾随着她的每个动作起伏，仅仅盖住了她大腿的一部分。这块毛巾并没有在锁骨处打一个结，而是有一个角儿掖到了边缘下面，随时都可以扯掉，让她的整个身体露出来。埃吉托不明白为什么自己要考虑能不能这样做。伊蕾娜·萨马蒂诺光着脚站在他的帐篷里，他不知道这是为什么，不知道她从哪里来，是从天而降，还是从地下钻出来的。还有，她的目的到底是什么。姑娘在埃吉托脸上友好而轻盈地吻了两下。她身上有一种好闻的香味，不过埃吉托对此没有印象。“勇敢点，中尉，说点什么！你就好像是见鬼了。”

半个小时之后，埃吉托已经在向巴莱西奥上校讨说法了，对方正在非常专心地用手指把酸奶罐的底儿弄干净。

“伊蕾娜，是的。她说你们是朋友。您真幸运。她是个漂亮女人，这一点没话说。就是她说话太快，而且说的话都没有什么意义。没有办法打断她，但是，她的那些话我真的都听不懂。您难道不认为当女人说一些不太有趣的话时，这里面就有某种悲伤的成分吗？我妻子就是这样一个人。不过，我从来都不敢告诉她。”巴莱西奥把整个食指都放进了嘴里，拿出来的时候上面粘了唾沫，亮晶晶的，就像是一根湿润的大香肠。“而且，我觉得这种女人会发胖。我是说大腿，您看见她的大腿了吗？她的大腿并不胖，不过，看得出有向那个方向发展的危险。我曾经有一个肥胖的女朋友，是个士官……唉！那些女人的肉里面有些特殊的东西……某种猪身上的东西。她安顿好了？”

“我把自己的行军床借给她用。”

“好的。我欣赏您的做法。其实我也可以把她留在这儿。不过，总之，你们已经是朋友。”他刚才是向埃吉托挤了挤眼吗？又或者那仅仅是中尉的想象？“另外，我打鼾非常吓人，差点儿因为这个离了婚。我和妻子分房睡已经十四年了。我倒不是不高兴，不过，有时候我会醒过来，因为呼噜打得太响了。一台不折不扣的拖拉机。”上校咳嗽了一声，“医生，没有办法解决吗？”

“没有任何办法，上校。”埃吉托心里非常生气，不过表面上看不太出来。

巴莱西奥检查了一下酸奶罐的底部，心想或许还会留下一点痕迹。他仔细地把吃酸奶用的铝制小勺舔了一遍。那个小勺现在放在桌子上，在霓虹灯下发出微弱的光。上校把酸奶罐朝着垃圾桶扔过去，但是没有对准。塑料罐在边缘上弹了一下，然后滚到地上，落在中尉脚下。埃吉托希望上校不要让他把塑料罐捡起来。“当然，没有办法补救。橡皮膏、糖果、侧身睡，这些我全都试过了。没有办法解决。假如一个人打鼾，他就会打鼾，事情到此为止。无论如何，伊蕾娜小姐要留下来一个星期，直升机是这样承诺的。”

“指挥官，她来干什么？”

巴莱西奥斜眼审视着他。“您问我吗，中尉？我能知道什么？阿富汗满是四处闲逛的伊蕾娜。她们寻找，调查。您的朋友到这里来，收集我们两个人中某一个的信息，我一点都不觉得奇怪。您去弄明白吧。如今，只要有士兵为了任何一件蠢事抱怨，她们就会立刻扑到你身上，就像是些食肉鸟。无论如何，您可以走了。我再没有什么要为自己辩护的了。要是明天他们让我退休，我会欢天喜地。主要是您，要小心。”

埃吉托深吸了一口气。“指挥官，我想请您允许我睡在这里。我不会打搅您的。”

巴莱西奥的脸沉下来，随后又露出笑容。“噢不，我知道，当然不会。要说打搅，是我打搅您才对。请告诉我：问题出在哪里，中尉？”

“我认为伊蕾娜小姐应该有她自己的隐私。”

“她又不是同性恋。”

“不是，先生。”

“您知道我爸爸总跟我说什么吗？他说，亲爱的贾科莫，你要是喜欢女人，想要多少就有多少。他就是这样说的，不过，在方言里，听上去更糟。”上校隔着裤子握了握他的生殖器官，“他是个下流坯，八十岁的时候还钻进保姆的被窝。可怜的人，死的时候孤单得像条狗。不知道您听明白了吗，中尉？”他又挤了挤眼，这一次非常明显。“不过，对于我来说，您和您的客人想怎么样就怎么样。有点健康的男女关系我一点也不反对。”

埃吉托决定不去理睬上校做的所有暗示。要是他知道自己与伊蕾娜·萨马蒂诺之间友谊的真实情况，谁知道他会做何反应。这一点埃吉托不想知道。中尉缓缓地重复道：“假如不打搅您的话，我就搬到这里来。暂时的。”

“好的，好的，就照您的意思，”巴莱西奥说，他有些不耐烦，“您知道吗，埃吉托，您是我从军三十年以来见过的最无趣的军官。”

不过，半夜里，埃吉托无法合眼。巴莱西奥打鼾的确像是一台拖拉机。埃吉托烦躁不安，指挥官黏糊糊的小舌在空气经过的时候颤动着，腺体被血液浸湿，变得膨胀、臃肿。他想站起来，用力摇晃巴莱西奥，不过他不敢那样做。他又想回医务室去拿一盒安眠药，不过就连那个他也没有勇气。伊蕾娜·萨马蒂诺在那儿，她正在睡觉。一想到她，埃吉托再次怀疑这到底是不是一个琐碎而又连续的幻觉。他所能做的，就是用嘴发出一些声音，以此来安抚巴莱西奥。上校会安静几秒钟，然后又开始打鼾，比之前更响。有时候，他的呼吸会暂时停止。接着，当他再次开始呼吸的时候，吸气的声音大得吓人。

挫败感令埃吉托无力抵抗记忆的来袭。度洛西汀的外壳变得柔软，逐渐向思绪妥协。中尉回顾着记忆中仅存的与伊蕾娜相关的模糊的片段。那个故事到底持续了多久？不长，最多两个来月。在士官学校里，他们上的是同样的课程。两个人能够走得比较近，是因为在那些过于彬彬有礼的同学中间，他们显得更加自如：她热情洋溢，而他处事尖酸刻薄：这是埃内斯托那些长篇大论为他留下的意想不到的珍贵遗产。

伊蕾娜对于中尉的吸引力是那种冷冷的。不过，有时候它会突然发生改变，像是泼了汽油的火一样，蹿得很高。关于和她在一起的那些日子，留在中尉记忆中的主要是在那个了无生气的宿舍里做爱。那个房间里的床单永远比他所希望的要潮湿一些。在此之后，伊蕾娜超乎一切的感情很快导致了某种焦虑。当情欲的火焰开始减弱的时候，埃吉托没有找到其他东西来代替它。

他的脑海里还存留着两人躺在一张单人床上的情景，他们清醒又慵懒。那是一个星期天的早上，他们听着窗台上鸽子的鼓噪，就像是人体粗野的性欲高潮。不过，埃吉托决定不去理睬这些暗示，因为就是在这个时刻，他发现自己并没有那方面的愿望。埃吉托差不多是用同样粗鲁的字眼，把这个告诉了伊蕾娜。

不过，摆脱伊蕾娜·萨马蒂诺并非轻而易举。他们分手两个星期后，一个令人不悦的后果出现了。她把埃吉托叫到市中心的一家酒吧，告诉他自己的生理周期已经过了六天。这不可能是巧合，因为她的周期一向很准，绝对可靠。不过，她还不想去做检查，暂时不想。他们在拱廊下面走了好久，彼此之间并没有身体接触。埃吉托在心里考虑着各种不同的场景，勉强控制住自己的神经，而且不时劝她去核实。结果发现，那只是一个玩笑。在接下来的几个月里，伊蕾娜总是在他最意想不到的时候出现。从逻辑上讲，他们共同的朋友更多是他的朋友，而不是她的。不过，见面的机会伊蕾娜从来都不曾错过。她总是一个人笑嘻嘻地出现，而且会在很长的一段时间里唧唧喳喳，令人不可思议。她会和所有人交谈，却偏偏忽略他。然而，当她再也演不下去的时候，就会一言不发，开始像小猫一样不安地四处张望，时不时把目光投向他这边。整个晚上，或早或晚，他们会单独在一起，询问彼此的情况，越来越不自在。

后来，伊蕾娜突然消失得无影无踪。按照学生间的说法，是情报机构招募她参加一个国外的特殊项目。这种事情并不令埃吉托吃惊，因为她从来都是一个聪明的女孩，很有交流方面的才能。无论如何，他并没有想太多，心情也好了起来。

巴莱西奥上校的鼻子发出一声尖利的口哨声，就像是烟火的嘶嘶声，随后以一声劈啪结束。埃吉托在他辗转反侧的行军床上又翻了个身。伊蕾娜·萨马蒂诺……多少年过去了？八年？九年？在这么多年之后，她偏偏在古利斯坦出现，在他的帐篷里，就像一匹由命运在深夜带进他藏身之处的特洛伊木马。为了让他心烦意乱，为了把他带回从前。带到哪里去呢？他不知道。是那个火红的活人的世界吗？不，命运与此事毫不相干。埃吉托经常乐于相信机缘巧合。不过，这里涉及的是伊蕾娜·萨马蒂诺。假如她来到了基地，那就意味着她决定到这里来。她的脑袋里应该是在想些什么，而他不会上当。您要小心，中尉。

耶特里和赞皮耶里爬到中央岗亭上去放哨。月亮如同一枚闪亮的指甲，挂在山顶上。耶特里想起小学时学的一首歌谣：月亮是一个骗子，当它呈D形的时候升起来，当它呈C形的时候落下去。当月亮在天空中呈D形时，父亲会在凌晨之前起床，栽种甜菜；当月亮呈C形时，在一个五月的夜晚，父亲走出家门，从此再也没有回来。

“是下弦月，”他心里说。

“嗯？”

“没什么。”

赞皮耶里坐在地上，伸直了双腿，前后移动着靴子的鞋尖。“天冷了，”她说，“操，想想到了一月，会把人冻死的。”

耶特里把手套从口袋里拿出来，交给她，可是她根本没有往那边想，而是继续先前的话题，一边还看着右手拇指四周烂掉的皮肤，啃着呈玫瑰色的地方。“上尉应该到这里来，看看这里有多冷。可是，瞧你说的，他才不会弄脏屁股。”

“谁，马谢罗？”

赞皮耶里盯着鞋尖，仍旧啃着手指。“你看见他是怎么对待我的？他叫我小姐，就好像我是一个愚蠢的模特。”

“他是那个意思？”

她又一次没有听他的话。“我知道怎么给MG上子弹，我向你保证。我能给世界上所有的枪上子弹。那架机关枪放得太高了。马谢罗应该看看我是怎么用SC射击的。我会把那个桶打得粉碎。”

“用SC射不了这么远，”耶特里反驳道。不过，他立刻发觉这样说不对。事实上，赞皮耶里迷惑地望着他，神情有点厌烦，随后才又开始说：“我跟他说过，那把枪卡住了。应该是在我前面射击的西蒙切利干的。他总是把武器弄坏。”

赞皮耶里把大拇指从嘴里拿出来，然后将大拇指和食指来回搓着。她解开辫子，甩了甩头发。耶特里想，她的头发这样子更像一个女人。

片刻之后，她开始没有节制地抽泣起来。“他叫我小姐！该死的大男子主义！对你们他肯定不会这样。不会的。只因为我是女生。我这个白痴。白痴……我选择了……这个……职业。”

她的肩膀因为哭泣而上下抖动，耶特里不得不忍住想要抚摸她脑袋的冲动。

“我……不……会……”

“你当然会。”

她猛地抬起头，用眼睛盯着他。“我就是不会！你知道什么，嗯？什么也不知道，你什么也不知道！”

如此发泄好像使她安静了下来。耶特里决定不去反驳。赞皮耶里仍旧在哭泣，不过声音变小了，好像那只是一种不同的呼吸方式。耶特里不知如何安慰女孩子，他曾经多次安慰自己的母亲，尤其是父亲失踪之后，不过情况不一样。他不需要做很多，因为母亲包揽了一切：她紧紧地抱着耶特里，几乎要把他勒死了，一边反复说：“有妈妈和你在一起，妈妈和你在一起。”“有时候我也觉得做不到，”他说。

“可是你什么都做得很好。行军床总是很整齐，集合总是准时到，从来都不抱怨或者做蠢事。瞧，这就是一等兵耶特里，完美的士兵！”

耶特里不喜欢她说话的腔调。他努力把事情做好，这是真的，不过他不觉得这有什么不好。无论如何，他觉得有必要辩解："你看，有的时候我也是个混蛋。"

"是呀，怎么不是呢。"

"我是说真的。"

"瞧你说的。"

"前天夜里，我的手电掉进了厕所。"

赞皮耶里又回过头来，吃惊地看着他："把厕所堵住的是你的手电？"

"我试着把手电拉出来，可是太黑了。我不想把手伸进去，那里很脏，让我讨厌。"

姑娘突然大笑起来，她用力拍了一下膝盖，发出很大的声响。"你是一个真正的混蛋。"

"住口！你会把整个基地的人叫醒的。"

可赞皮耶里并没有停下来。"你真是个混蛋！"她又说。

接着，她任凭自己的身体向一侧倒下去，也不管脸与地面之间的摩擦。

"至少我会射击，"耶特里嘟囔道，心里越来越反感。

赞皮耶里坐了起来。泥土弄脏了她的面颊，她用胳膊擦了擦。"好吧，好吧。别生气。"她说，接着又笑了起来。

岗亭里方形的地面上布满了弹壳。耶特里从里面捡起了一个，在手指间转动。他心想：这颗子弹是击中了目标呢，还是成了流弹？

赞皮耶里抽了抽鼻子。"嘿，你生气了吗？"

"我没生气。"

“你这样板着脸很可爱。”

耶特里张大了嘴。“什么？”

“我说你可爱。”

“什么意思？”

“没有任何特别的意思！你可爱，仅此而已。从来没有人对你这么说过吗？”

“没有。”

“现在你真应该看看自己。你的脸完全红了。”

“你怎么知道的？天几乎黑透了。”

“即使这样也能看见，你的脸太红了。操，你发着磷光。”

她说得可能有道理。耶特里感到自己的脸红了。他转过身背对赞皮耶里，装作从小窗口向外看。山脉如同一只巨大的动物蜷缩在那里，它比天空还要黑一点，只能通过轮廓来分辨。赞皮耶里说他可爱。他应该相信吗？她拉开上衣拉链，一只手伸进里面的口袋，拿出一个铝制的小酒瓶。她喝了一口，然后递给他。“拿着，这样你可以镇静一点。”

“这是什么？”

她耸了耸肩。

“你疯了吗？要是被抓住，我们会被关禁闭。”

“我刚才说什么啦，先生们？这就是一等兵耶特里，完美的士兵！”

她又喝了一口，然后自顾自地嘿嘿笑起来。耶特里感到不好意思。“给我。”他说。

赞皮耶里把酒瓶递给他。他喝了一小口。是苦涩的烈酒。他把酒瓶还给赞皮耶里。“你怎么能咽得下这个东西？”

“我有什么喝什么。你还要吗？”

“要。”

他们就这样把酒瓶来回传递着喝了一会儿。即使失去了兴趣，耶特里也没有放弃，因为每一次传递的时候，他都会触到同伴的手指。“昨天夜里你害怕吗？”他问她。

“我从来都不害怕，”赞皮耶里回答。她抓住一绺头发，用手指拨弄着，“你呢？”

“没有，没有，”耶特里急忙说，“当然没有。”

赞皮耶里忘记了她的上衣拉链拉得有点儿低，绿色的T恤紧紧地贴在她身上，隐约可见里面的乳房。耶特里想象她一丝不挂的样子。他有条不紊地勾勒着她赤裸的模样，从脖子一直到脚跟。赞皮耶里又开始用牙齿折磨自己的手指肚儿，她完全沉浸在自己的思绪里，显得那么遥远。她的那些想法与他无关。“我会跟上尉算账的，”她嘟囔着说，“有一天我会跟他算账的，我发誓。”

他们没有再说话。酒喝完了，耶特里也用这个时间完成了一次射精。他始终斜眼看着赞皮耶里外衣的里面，想象她雪白的乳房，直到她痛苦地把拉链重新拉上，因为寒冷而把身体蜷缩了起来。一分钟后，她睡着了。耶特里从她的呼吸，以及她脑袋一下一下的跳跃明白了这一点。

两个小时之后，到了换岗的时间。不过，耶特里没有把她叫醒。他始终站在那里，尽管小腿发麻。一等兵长时间注视着她，几乎从头到尾都是如此。他想象着如何躺在岗亭的地上与同伴做爱，如何紧紧抓住她的双腿，用嘴堵住她的嘴。不过，他也曾经有过更温柔的念头：他们彼此拥抱，抚摸彼此的双手；他想象着给她看自己在托雷马焦雷的家，与他母亲一起吃饭，母亲还为他们做了饼和土豆。这不失为一幅令人激动的幻境。耶特里只知道用这种方法让自己摆脱所有的紧张情绪。站完岗之后，他要冒险到厕所去。这并不是一个小问题，因为他的手电丢了。

看着，看着，还是看着

“IED是一种可以在家里制做的炸弹，这一点要记住。它的全名是简易爆炸装置。任何人都可以自己做一个：先找个罐子、两根铜丝、两个夹子，把所有东西连在一起，就做成了。IED的电路是我们能够想到的最简单的那种，连小孩子都会。网上有制作说明。对此你们无能为力。IED的制作成本也就一个比萨和一瓶啤酒，材料在DIY网站上便能找到。它就像捕鼠器。老鼠就是我们。正是因为有了IED，这场战争才成为一场愚蠢的战争，就像伊拉克战争一样愚蠢。你再也见不到敌人，没有敌人。他把炸药埋起来，然后躲在岩石后面看笑话。嘣！你什么也做不了，只能看着。你总是要看着一切。看着，看着，还是看着。路边有一堆垃圾？你担心是IED。一个小孩站在屋檐下面向你打招呼？你担心是IED。有一片土地比别处的颜色更暗？你担心是IED。即使这块土地比别处颜色浅，你也担心会是IED。排成一排的石头？一辆被遗弃的汽车？一头腐烂骆驼的骨骼？你都担心是IED。我们成了这场战争中到处嗅松露的狗。假如怀疑什么古怪的玩意儿会带来危险，你就会停下来，让ACRT发挥作用。不要催他们。假如ACRT动作太快，你们就会被炸飞到天上。这一点一定要记住。这是一场令人厌恶的战争，比任何战争都令人厌恶，因为不可能把刺刀戳进那些塔利班的肚子。你就认命吧。他们身上穿着洁白干净的衣服四处游荡，把IED隐藏起来，而你可能会在这些人回去的时候碰上他们。他们对你微笑，对你说你好，中东，却已经在一公里之外放好了他们的小礼物。要是你能把刀子捅进他们的肚子那该多好，至少你还可以面对面见到他们。（低声的赞许）对于IED你们一无所知，这一点要记住。每一个IED都有属于它自己的故事。我们有金属探测器，他们却做一些陶瓷盘。我们派机器人去侦察，而他们把火药放在距离陶瓷盘一公里远的地方。我们找到了陶瓷盘，兴高采烈地把它揭起来，去掉信管。然而，它却会启动埋在那下面的另外一个信管，炸药于是在我们屁股底下爆炸。这些狗屎塔利班晓得如何打仗。最近五十年他们就没干别的。（提问）一辆兰斯装甲车能够抵御十公斤炸药，也许是十二公斤。他们这儿制造的炸弹有二十五公斤。二十五公斤，就连一头水牛也会给炸飞到天上。这样的火药能把你炸成两半，就像脑袋遭雷劈一样。当然，要看在哪儿爆炸。要是在兰斯车前面爆炸，两名驾驶员有可能得救；假如爆炸发生在中间，那就再见吧；要是在后面爆炸，也许驾驶员和专家能够逃命，不过会失去胳膊或者大腿，要不就是两样全都炸没了。无论如何，坐在兰斯车后部的是报销了，跟在后面的人要给他收尸。你们知道该怎么做。要是一个IED爆炸了，那就是爆炸了。要是谁死了，那就是死了。需要重新恢复秩序。这一点也一定要记住。一切都要记住。忘了哪一项，它都会让你丢了性命。要是一个IED爆炸了你的朋友因此报销因为 ACRT 没有看见 IED 而你们非常生气想在他们的屁股上踢一脚，请不要这样做，因为前方二十米可能会有另外一个 IED 而 ACRT 要是屁股痛就会效力降低而你们肯定不愿意和他们一起飞上天。等回到基地再干掉他们。（笑声）谁要是死了就是死了，ACRT 他妈什么也做不了。任何人也他妈什么都做不了。（提问）ACRT 是高级作战识别团队，而 IED 是简易爆炸装置。我已经对你们说过了。实际上，要是你在后面加上一个 D，就变成了排除简易爆炸装置（IEDD），一种完全不同的东西。EOD 的意思是爆炸物处置，而 VEIED 是隐藏在一辆他妈的汽车里的 IED。你们要学会识别这些符号。符号很重要。所有符号。要是你们不会英语，那么就要学。在正确的时候使用正确的符号就能救你们的命。这不是一场干净的战争，也不是一场平衡的战争。你们是靶子。你们是一块发霉奶酪里面的老鼠。基地外面连一个我们的朋友都没有。就连那些脸上停着苍蝇的孩子也不是。哪怕那些茅茅兵也一样。在百分之九十的情况下，茅茅兵都知道 IED 在哪里，但是他不会告诉你。永远也不要到茅茅兵不愿意去的地方去。（提问）茅茅兵是阿富汗警察。今天之前你他妈到哪里去了？（笑声）我们身处的这个国家里面的人卑鄙又堕落。没有任何东西可以改善。我们把东西整理得好一点，可是等我们走了，一切就会像先前一样混乱。你们关心的是回家。你们回了家，这次任务获得了成功，而阿富汗却见鬼去了。（提问）因为我们是士兵，所以要尽到我们的职责。不要用这些愚蠢的问题来浪费我的时间。”

传来一个密报。一个男人告诉了另一个人，那个人又告诉了另外一个人，然后密报又被传给集市上那个卖汽车配件的（由于得到了好处，他变成了提供可靠消息的线人）。根据这个情报，负责那天夜里进攻的人就隐藏在村庄北边的一个区域里。上个星期，有摩托车在那个区域出入，这种现象很不寻常。根据这个消息就足以组织一次报复行动。

很明显，耶特里对这一切一无所知。通知从指挥官那里一级级传下来，已经变得支离破碎。他和同伴们只是从雷内那里听到了袭击目标的名称和出发时间。他们在凌晨前两个小时离开了基地。按照计划，要悄悄接近那些塔利班，令他们出其不意，尽管这样做没有什么意义：四十吨重的金属以步行的速度在崎岖的路面上前进，这样做的结果肯定不能叫做出其不意。无论如何，假如那些塔利班想要逃跑的话，总会发现有人堵住了他们的去路，因为士兵们从五个不同的方向汇集而来，阻塞了所有的道路。赫拉特方面保证会派两架战斗轰炸机在空中提供掩护。它们会在这个地区的上空隐形飞行，显示方圆数公里范围内的生物。几个小时前，巴莱西奥上校一下子就制定出了这个粗糙而又无懈可击的战略部署。

耶特里就在赞皮耶里驾驶的那辆兰斯车上。他坐在后面的座位上，更愿意注视她，而不是外面的平原，以及被橙色的拱形光线照亮的地平线。根据不同的情形，赞皮耶里时而令他激动，时而又让他非常平静。这种现象非常奇怪，引起了他的思考。由于ACRT怀疑有一些古怪的玩意儿，所以三次要求装甲车停下来。那些东西包括路边一只被开膛破肚的死鸟，几个被任意丢弃的柔软的袋子，以及三块几乎排列成一条直线的石头。都是一些虚假的警报，不过足以使耶特里的心里感到不安。这种焦虑从一个他能够控制的地方出发，扩散到身体的各个部位。耶特里把笔直地夹在膝盖中间的冲锋枪的枪杆抱得紧紧的，开始仔细观察沙子有可能组成的几何图形，他心想：自己或许能够辨认出工程兵没有发现的可疑之物。不过，他一点儿也看不明白。根据观察的角度不同，那些沙丘的形状或者是规则的，或者是不规则的。不知道那些工程兵是怎么工作的。有可能他们也是碰运气，因此不时会有人丧命。“咱们快到了吗？”耶特里忍不住问。

没有人回答他。

“咱们到底是到了还是没到？”

“等快到了的时候，那就是快到了，”赞皮耶里冷冷地回答，眼睛并没有从路面上移开。

当士兵们从装甲车上下来的时候，太阳已经升起来了。士兵们跑步行进了五十米左右，转过一个弯，然后是另一个弯。雷内好像很清楚他们要到哪里去。他们一字排开，靠在一栋房子的墙上。

士兵之间用胳膊、脑袋和手指的动作彼此交流，使用的都是些按照顺序编排的符号，意思大约是：你们向前走，看看那边，你到后面去，我们从这扇门进去。最后一条命令是下给耶特里的：你先走，切德尔纳在后面掩护你；破门而入，从侧面冲进去。雷内竖起了右手的拇指，意思是：你明白了吗？耶特里认为他明白了。可是，假如他理解错了呢？士兵转动着食指，要求指挥官再重复一遍。雷内重新一步步地做了一遍，比之前速度更慢。

“明白了吗？”

“明白了。”

耶特里移动到队伍的最前面，然后跳到大门的另一边。切德尔纳跟在他后面，与他之间仅有两步的距离。他想：“一定要选我吗？谁知道这是为什么。”他想起了“废墟”的蟑螂，想到它们静悄悄地小跑着穿过大厅，同时试图在路上找到一个隐蔽的地方。

看看四周，老朋友。看看我们在哪里。

一只公鸡在远处啼鸣，重新将他唤醒。所以，咱们重新开始：这里有一条又窄又空旷的路。它从房子中间穿过，然后在沙漠上消失得无影无踪。这条路有一部分笼罩在阴影里。阴影是从敌人隐藏的那些房子投射过来的，士兵们就隐藏在阴影里面。他们一共有七个人，雷内走在最前面。小伙子们都站在那扇木头门的右边，只有耶特里和切德尔纳站在另外一边。

耶特里把手伸进衣领，寻找十字架的链子，把它拉出来，送到唇边。这时他才感到自己的手在发抖。还有大腿，膝盖。他妈的。他只能向那扇门踹一脚。它已经破破烂烂了，不过上面还是有一个插销。说不定他们从里面用铁棍把门顶住了。要是那样的话，他可就完了。他们有可能一下子就把他干掉。说不定那些塔利班已经觉察到他们的到来，正在等着他们，已经用卡拉什尼科夫冲锋枪对准大门。他们会向第一个出现的人开火，而那第一个人就是他。在死之前，他要回忆起某些事情，片刻之前他都还记得。也许是他母亲？是她从小用手指为他梳理短发的方式？他觉得不是这个。无论如何，关于母亲他所记得的就只有出发那天她给他制造的麻烦，以及她在机场的哭泣。耶特里对于母亲感到一股莫名的怒火。

“去呀，小处男，去呀，”切德尔纳在后面催促。

可是，耶特里的小腿如同浸湿的沙袋一样沉重。他甚至无法抬起大腿，向门上踹一脚。据他所知，军靴的鞋面有可能与地面融为一体。“我不能。”他说。

“你说不能是什么意思？”

“我不能。”

“为什么你不能？”

“我大脑里一片空白。”

切德尔纳沉默了一秒钟，耶特里感到他把手放在了自己肩上。雷内又朝他做手势，让他破门而入。

“深呼吸，罗贝尔托，”切德尔纳说，“你在听我说吗？”

他不能死。只要母亲还活着，他就不能死。她已经吃了这么多苦，可怜的女人。罗贝尔托·耶特里的生命并不属于罗贝尔托·耶特里，至少不完全属于他。他身上有一大块肉也属于他母亲，他不能允许自己把她那份带走。那将是犯罪，是牺牲。他的大脑空空荡荡，汗水流到了额头和脖子上，还有腋下。衣服里面更是汗如雨下。

“你要做深呼吸，明白吗？就做这个，呼吸。这是唯一你要关心的。一切都会好的。数到五。呼吸。踹开他妈的这扇门，从侧面冲进去。我在这里掩护你。听明白我的话了吗，罗贝尔托？”

耶特里点点头。可是，他最后的那个念头呢？他母亲？他母亲见鬼去吧！

“呼吸，罗贝尔托。”

一。

对方射击的时候会怎么样？首先到达的会是射击声还是子弹？毫无疑问，二者之间的间隔不足以躲避射出来的子弹。不过，或许足以使大脑明白，然后告诉身体的其他部位：结束了，你已经死了。

二。

耶特里用眼睛的余光发现左边有一些动静。他突然回过头，看见有一道白光闪过。

三。

那只是一块石头在反射太阳的光芒。向前看。门，门，门，把门踹开。

四。

他把眼睛闭上了片刻，随后跳了起来，右脚朝门踢了过去。固定在合页上的木门晃了晃，随即敞开，接着弹了一下，最终停在半开半闭的位置。

埃吉托把团在一起的睡袋夹在腋下回到了医务室，却发现伊蕾娜正好奇地看他电脑里面的东西。他还没来得及对她说些什么，比如："天啊，你怎么发现电子邮件密码的（他看到的无疑是自己邮箱的界面）？"或者对她说："能不能劳驾你立刻把我的邮箱关上？"她却用世界上最从容的口气对他说："我不知道你救那个孩子的事。指挥官跟我说了。非常棒，亚历山德罗，我被感动了。"伊蕾娜的话使他的神经缓和了下来。她用熟练而敏捷的动作——不过还是不够快——关上了邮箱，随后又打开了另外一个窗口，上面有一些不相干的文件夹。她转过身望着埃吉托，说："总之，你是个英雄。"

这种若无其事令埃吉托吃了一惊。他唯一能做的就是重重地倒在桌子另一边的椅子上，就像旅行社里的一名顾客，或者他的一个病人。睡袋掉在了地上。“我可不这么认为，”他反驳道。

好吧，要是伊蕾娜愿意以后再问昨天他为什么搬到另外一个帐篷里去睡，现在才心烦意乱地回来，那么，作为交换，他也可以不追究她这样笨手笨脚地闯入他的私生活。反正，在他的邮箱里，伊蕾娜也翻不出什么真正有意思的东西。只消片刻工夫，两个人就默默地达成了这个协议。他们之间还保留着一点默契。

伊蕾娜皱起了眉头，非常温柔地望着中尉的眼睛，说：“昨天我没能对你说，我知道你父亲的事了，我很难过，亚历山德罗。这真可怕。”

这一次，埃吉托没有能够压抑自己的怒火：“你来这里就是为了对我说节哀顺变的吗？”

“你可真严肃呀，总是这么警惕。”接着，她突然高兴起来，“那么，说出来让咱们听听，在过去的这段时间里你都做了些什么？你结婚了吗？你有很多孩子吗？”

“我觉得这些信息你已经掌握了。”

伊蕾娜摇了摇头：“你还是那样，一点都没有变。”她的话是指责吗？或者正相反，是松了一口气？朋友刚好分为两种：一些人希望你改变，另外一些则希望你始终如一。毫无疑问，伊蕾娜属于后一种。“无论如何，我不知道，”她继续说，“我不掌握这些信息，就像你说的。不过，我承认已经发现你的无名指上还是空空的。”

埃吉托想说，她的无名指也是一样。他迅速开始反击，好让她没有机会继续这个话题：“你是来调查的吗？”

“就算我是来南部的基地里走一圈的吧。看看事情进展得如何。”

“进展如何？”

“比看上去的要糟。”说完这句话，她脸色阴沉了下来，沉默了片刻。

“也就是说？”

她的话题又回到他身上，不过表情冷冷的。“原谅我，亚历山德罗。我不能和你谈我任务的细节，这一点你是知道的。我接到的命令来自……上边儿。”她挥了挥手。

“当然，”埃吉托连忙说，“我只是不知道你会担任这方面的任务，仅此而已。”

事实上，他生气是因为伊蕾娜的傲慢，以及发现自己对她到古利斯坦的原因和她的生活的好奇心远比自己希望的要多。中尉好像还隐隐约约有些嫉妒，而他们之间又好像突然有了一种令人不快的默契：伊蕾娜·萨马蒂诺成了一个接受上峰指令的人，而他却仍旧在从事军官这个卑微的职业。

“你晋升了，我明白。”他说。

“噢，没有的事，”伊蕾娜傲慢地反驳道，“我只不过是一个职员，就像大家一样。”随后，好像是为了稍稍向他妥协，她又说：“无论如何，过去的几年我学会了达利语。我为这种语言而着迷。它是如此古老，描述一些复杂东西的方式又如此隐晦和高雅。”

上学的时候，埃吉托和很多愿意尝试的同学一样都学过达利语。教材至今还放在他行李里的某个地方。他学会的仅限于问候语，而伊蕾娜应该是当真接受了挑战，因为她是一个顽强的女孩。他这位优秀的同学使那种魔鬼式的学习取得了成果，而且把肥硕而芳香的果实在他的鼻子前面晃，仿佛那是某种对于他来说高深莫测的东西。埃吉托想，这样做并不是对所有人都有效，知识之树也会结出发育不良和酸涩的果实。不过，他什么话也没有说。

伊蕾娜拔掉了电源线，好像那是她的电脑，而他只不过是一个讨厌的人。“假如你不反对，我就把它拿到那边去了。我得完成一个重要的报告。对于我们来说，目前的情形是灾难性的，因为他们总是以安全为由要我们提供报告，总是要求……更新它们。真让人恼火。你要是愿意的话，我们午饭时见。”她又一次没有请求他的许可，就急急忙忙地——她的性格就是这样——占有了他的笔记本电脑。伊蕾娜向埃吉托抛了一个飞吻，然后就消失在布帘的另一边。埃吉托中尉又一次感到惊愕，就好像人家刚刚把加餐用的饭食从他的鼻子底下抢走，而他却没有能力反抗一样。

耶特里的脸涨得通红，他的嘴唇上裂开了一些深色的小口子，嘴角上还留着口水渍。他的感觉很不好。他想吐，并且感到一种平生从未有过的疲倦。他把头盔和背包扔在地上，抓过行军水壶拼命地喝水，直到感觉无法呼吸，才往地上吐了一口痰。

“怎么样？抓住他们啦？”赞皮耶里始终留在那里看守车辆，可能她还一边等一边把手指啃出了血。

耶特里摇了摇头，避开了她的眼睛。

“这些混蛋。”她说。

他当时感到了恐惧，一种愚蠢的恐惧。现在，这种恐惧堵住了他的喉咙，让他不知从何发泄。耶特里几乎要哭出来，但是他不能、也不应该那样做，因为旁边有他的同伴，赞皮耶里也在那里。他是一名士兵，还是别的什么人？他难道不应该表现得像一名士兵吗？难道他们之前的训练，在大山里来来回回行军几十个小时不就是为了这个吗？假如赞皮耶里继续那样盯着他，他可能真的会哭出来。耶特里靠在兰斯车的发动机盖上。发动机很烫，不过他没有移动。别的士兵在房子里面搜查的时候，他一动不动地靠在那所房子的墙上。当他们押着一家人从里面走出来时，耶特里注意到其中的一个，他个头最小，因此显得上衣过长，看上去就像七个小矮人中排在最后面的那个。

切德尔纳出其不意地从他身后出现，生气地扑到他身上，抓住他的迷彩服衣领，把他抵在墙上："你想让他们杀了你吗，小处男？嗯？你就是个婊子养的。你想让他们在你的肚子上钻一个洞？在这儿？你想在这儿钻他妈一个洞？"

切德尔纳把膝盖抵在耶特里的肚子上，那里面有防弹衣的铅板。耶特里用手护着脸。"对不起，"他喘息着说。

"对不起？对不起？为他妈什么呀，小处男！你应该向天父说对不起，是他救了你。"

切德尔纳打了他一个耳光，然后是另外一个。这几个耳光打得很快，如迅雷不及掩耳，使他眼前一片漆黑。切德尔纳又抓起一把土，向他的脸上撒去。他也许本来是想把土塞到他嘴里，令他窒息，但是后来并没有那么做。耶特里没有还手，因为他觉得切德尔纳说得对。他觉得胸腔随时可能会破裂。尘土钻进了他的鼻子和眼睛。

"为什么你没有动，嗯？为什么你没动，狗屎？"切德尔纳眼睛红红的，怒不可遏。他又用膝盖撞了他一下，耶特里喘不上气来。“他妈的！”切德尔纳骂道，随后放开他，骂骂咧咧地迅速离开了。

耶特里咳嗽了很久，他抽搐着，无法停下来。把门踢开之后，他就直挺挺地站在那里，直到切德尔纳发现他。假如那里面有一把步枪的话，现在他已经躺在造物主的怀里了。他参加的第一次行动彻底失败，所有人都看见了。他几乎立刻失去了理智，就连本能也没有起作用。世界上最糟糕、最没有经验的士兵也不会像他那样做，雷内肯定也是这样想的。之前，准尉在他的屁股上轻轻拍了两下，说：“好样的。”他真不敢相信那只是为了鼓励他。其实，准尉立刻就把身体转了过去。

赞皮耶里在他身边跪下。“看看他把你打的。”她说。

她把围巾从脖子上拿下来，又从水壶里倒了一些水在上面，然后挤了挤。接着，她为耶特里擦脸上的伤口，先是额头，然后是面颊。

“你在干什么？”

“嘘，闭上眼睛。”

她又用水浸湿了围巾，然后为他擦脖子。当围巾经过耳朵后面的时候，耶特里感到了一种强烈的快感，这种感觉令他颤抖。“我不知道为什么有时候他的行为这么混蛋。”他说。

她笑着说：“因为他喜欢你。仅此而已。”

可是，这不是真的。切德尔纳打他并不是因为喜欢他，而是因为耶特里可能让他搭上性命。当时他让所有人都面临危险。耶特里试图站起来，可是姑娘把他按住了。“等等。”

她用围巾擦去他鼻子下面结了壳的鼻涕。

“你不觉得讨厌吗？”

“讨厌？不，一点也不。”

象征与惊喜

托尔苏的病旷日持久。食物中毒让他患上了痢疾，外加发烧。为了退烧，他服用了抗生素，这又导致牙龈肿痛和又一次高烧。因此，托尔苏长时间躺在床上动弹不得，还患上了痔疮。突发事件纷至沓来，弄得他像孩子一样哭了。这些好像还不够。现在，至少体温已经得到了控制，他却觉得非常沮丧，因为同伴们要么对他漠不关心，要么公然表示出敌意。食物送到帐篷里来的时候已经凉了，因此比往常更加难以下咽。没有任何人愿意留下来陪他度过下午，所有那些独自在床上度过的时光足以把他毁掉。开始的时候并不是这样，他们会来照顾他。不过，他身体的不适很快令他们厌倦了。那天早上，切德尔纳从他的行军床边上经过的时候，在他的后脑勺上打了一拳："今天又要留在床上自慰啦，漂亮小伙儿？"

"我难受。"

"确实，你脸色黄得就像小便。要我说你会死的，萨丁人。"

不仅如此。托尔苏刚刚发现了另外一件不幸的事。他在睡袋里面伸直脚尖，清楚地看到右腿比另一条腿长。他从来都没有注意到这一点，应该是疾病让他的腿变得不对称，痛苦令他的肉体也发生了改变。为了确认这个事实，托尔苏做了一些测试。他想办法笔直地躺在行军床上，把胳膊在体侧伸直，尽最大努力将脖子向脚的方向弯曲，然后微微抬起头向前看：毫无疑问，右腿比左腿要长，右脚的大脚趾也伸得更远。这个发现令他疯狂。他想象着自己的半个身体已经肿了。他家住在一个镇上，那里有一个年轻人脚上穿着矫正用的鞋子，其中一只鞋下面装了一个黑色的楔子，好使身体保持平衡。尽管如此，他走路的时候还是像一个跛子。很明显，所有人都躲着他。托尔苏气哼哼地给那个虚拟女友写信，她是唯一能够与之倾诉的人。托尔苏勇敢地向她解释在自己身上发生了什么。然而，她却显得漠不关心又半信半疑。

THOR_SARDEGNA：从前我不是这样的，你到底明不明白？

TERSICORE89：这只是你的感觉。你应该是累了，试试睡一觉。

THOR_SARDEGNA：这几天你就知道对我说睡觉。假如我对你说我的右腿变长了，你就应该相信我。可事实上你并没有这样，就好像你什么都知道。

TERSICORE89：我不喜欢你用这种腔调对我说话。

THOR_SARDEGNA：我想怎么对你说话就怎么说话。

有差不多半个小时的时间，托尔苏盯着电脑屏幕。他把电脑放在肚子上（这里是唯一能放电脑的地方，而且胃被烤得热乎乎的很舒服），一个字也不写，Tersicore89 也是。他不时瞄一眼两只脚。现在，他觉得右腿在一分钟一分钟地变长，他正在变成一个怪物！Tersicore89 仍然在线，她沉默着。

“回答！”终于，托尔苏让步了。

THOR_SARDEGNA：要是我变成这样，你还爱我吗？

TERSICORE89：可是我从来都没有见过你……我是通过你写的那些话爱上你的，你的腿有多长我不感兴趣。你呢？

THOR_SARDEGNA：我什么？

TERSICORE89：假如你发现我和你想象的不一样，你还会爱我吗？

托尔苏的身体顿时僵硬了。他把枕头向后推了推，以便坐直身体。这是什么意思？怎么不一样？赞皮耶里的话从他的脑海中闪过：要我看那是个男人。

THOR_SARDEGNA：怎么不一样？

TERSICORE89：谁知道呢……

THOR_SARDEGNA：别再拿我开玩笑！！！怎么不一样？

TERSICORE89：听着，我一点也不喜欢你今天跟我说话的方式，你凶巴巴的，而且咄咄逼人。我想你需要休息。等你平静了咱们再谈。

THOR_SARDEGNA：我问你怎么不一样！回答我！

TERSICORE89：我不会听你的命令，我又不是士兵。①

THOR_SARDEGNA：为什么你写一个男兵？

TERSICORE89：？？？

THOR_SARDEGNA：你写的是男兵。

TERSICORE89：那又怎么样？

THOR_SARDEGNA：你应该写女兵，而不是男兵。

TERSICORE89：我不知道你在说什么。

THOR_SARDEGNA：不知道是吧？你不知道？要我说你很清楚。

TERSICORE89：你应该去睡觉。

真是个灾难！托尔苏感觉体温腾地升了上来，太阳穴也在胀痛。汗湿的手指在键盘上打滑。一个男人！他几个月里一直和一个男人保持联系，一个他妈的变态。托尔苏感觉要吐。他写下一句话，接着把它删掉，然后又重新写上，端详了一会儿，终于按下按键把这句话发了出去。

THOR_SARDEGNA：你是男的？

他的虚拟女友——又或者是他的男友，此时他的大脑一片空白——正在花时间思考。这个问题并不需要思考：一个人要么是男

---

① 在意大利语里，"士兵"一词有阴阳性之分。女友在此使用了表示男兵的那个词，因此增加了托尔苏的怀疑。

人，要么不是，世界上如此简单的问题并不多。假如她支支吾吾，那是因为她正在思考用什么方法回避事实。托尔苏不时地监视着自己下肢的状况。他很快就会成为畸形，而且孑然一身。

TERSICORE89：你让我可怜。再见。

她立刻下线了。托尔苏想，他们的关系可能就此结束了。不过，当时他并没有感到非常不快。

那天下午，当他穿过广场的时候（他感到自己一瘸一拐的，就好像骨盆已经偏离了轴线），却自然而然地对自己说，现在我就给Tersicore89写信。这种想法所产生的冲击力使他不知所措。他到底在想什么？Tersicore89不可能是男的，他们写了那么多美妙亲密的话。肯定是因为身体虚弱，他才会相信这么荒唐的事。那个管闲事的赞皮耶里。问题是现在他不知道如何补救，对于道歉他不太在行。可是，他到底在担心什么呢？他肯定能想出个办法。

有片刻工夫，乐观主义甚至赶走了腿的问题为他带来的烦恼。事实上，当托尔苏刚才将自己的发现在医生面前坦白时——医生最好能够立刻知道这件事。假如他们要把他赶走，希望能快一点——医生仅仅是怀疑地摇摇头："在成年之后，骨骼就不会再长了。"然后，作为交换，医生给他列出了一系列需要考虑的荒唐问题，因为药物治疗对于这些病收效甚微：霍乱、斑疹伤寒、变形虫侵入，以及一些现在他想不起来的病症名称。

医生并不关心他的问题，这让他有些不悦。埃吉托中尉是一个值得尊敬和信任的人，托尔苏时常找他看病。医生甚至没有给他注射过，但总能找到速战速决的办法，而且除了该说的话一个字也不多说。谁管那么多。现在，托尔苏知道腿的问题并不严重。从今天早晨开始，只有一次他不得不跑着去上厕所。很快他又会完全拥有Tersicore89了。托尔苏满怀信心地加快步伐向帐篷走去。

看见蜷曲在脚边的那条蛇时，托尔苏周身感到一种恐惧。然而，恐惧却突如其来地在他身上激发了一种意想不到的力量。这一点证明，只要愿意，他完全能够行动起来。托尔苏先是向后一跃，接着又向后退了几步，踉跄了一下，随后站直身体，眼睛始终盯着那条蛇。

“操！”托尔苏大喊了一声。恐惧使他的面孔发麻。蛇三角形的脑袋左右晃悠着，好像被惊呆了。它的皮肤亮晶晶的，微微有些发蓝，上面还有一些颜色更浅的环形图案。托尔苏感到一阵头晕。有片刻工夫，高烧又一次使他失去了意识，仿佛那条蛇只是一种幻觉。蛇转了一百八十度，慵懒地把整个身体扭了过去，开始朝着与托尔苏相反的方向移动。初级上等兵被它迷住了。他看了看四周，想找个东西。最后，他弯下身，小心翼翼地捡起堆在帐篷木桩四周的那些大砖头中的一块。“别动。”他小声说。

托尔苏知道蛇的动作非常迅速。有一次，他看过一个关于蟒蛇的纪录片，所以记得它们一跃而起的样子。他心想：“不知道这种蛇是会把人勒死，还是腺体里面含有毒液。”这个没有办法知道，因为蛇都长得非常相像。托尔苏用两只手举起了砖头。他屏住呼吸，然后把它扔了出去。

蛇的脑袋爆裂了，蓝色的血液溅到了四周。那块砖一个角着地待了片刻，随后倒在那个被砸烂的脑袋上。没有了大脑，蛇的身体开始疯狂地扭动，围着自己打转，同时还舞动着血淋淋的尾巴尖。托尔苏像是被催眠了一般，慢慢地靠了过去。那半条蛇抽搐得更加猛烈了，扫过他的小腿，好像没有了牙齿也要把他咬住。托尔苏发出一声吼叫。

随后，那个滑溜溜的东西安静了下来。它在沙子上跳动了几秒钟，接着就死掉了。在那只动物死去的片刻，士兵不得不闭上眼睛。

“噢！”他尖声叫着，“操！噢！”心脏在胸腔里猛烈跳动。

来到古利斯坦的头几天，小伙子们在帐篷外面做了一些小架子来放毛巾。所谓的架子，其实只不过是在一个折叠铁丝网的网眼上挂了一些S形挂钩。托尔苏把自己的东西摘了下来，挂在格雷科的钩子上面，然后再取下钩子。他回到蛇所在的地方，弯下身，把弯曲的钩子插进它的尾巴，然后把蛇从地上提起来。只剩下一半的蛇垂到了他臀部的位置。它看上去太纤细了，无法勒死一个人。不过，托尔苏知道，大自然充满了不可思议的事，永远都无法预料。无论如何，这是一个值得炫耀的猎物。

托尔苏把那条蛇的尸体挂在“废墟”，就在房间中央放内衣的地方。接着，他突然觉得很累，于是跌坐在一把椅子上，一动不动地欣赏了它很久。他从来都没有见过如何令人厌恶，同时又如此美丽的东西。小时候，他去捉螃蟹的时候，确实会碰到海鳝或者游蛇。那些蛇都很短，而且令人害怕。不过，它们中没有哪一条能够与令人昏昏欲睡的午后在他眼前摇晃的这个怯懦的动物相提并论。托尔苏想起，按照他们那里的说法，每一条蛇都保管着一个财宝。

切德尔纳和耶特里在烈日下的一张长凳上训练。他们先是举了举一对凑凑合合做成的哑铃，这会儿又在锻炼腹肌：正常收缩，正向和反向转动，以便活动所有的肌肉。身体要一块一块地塑造，而且要有方法，这一点很多人都不知道。在健身房里，有的人总是重复那三四个练习。他们根本不知道自己在做什么。

两名士兵轮流抓住对方的脚踝。现在，轮到切德尔纳喘口气了。当耶特里把身体抬起来靠近膝盖的时候，闻到了同伴身上刺鼻的气味：是汗水与锻炼身体时那种浓重的口气混合在一起的味道。它并不令人反感，或者说不是特别令人反感。

"你没有力气啦，小处男，就像一袋土豆。怎么啦？"

由于疲劳，耶特里神情恹恹的。他的情绪有点不好。自从到那个村子围剿之后，他就觉得自己有点失常。白天没有能够发生在他身上的事情，变成了夜间令人忧虑的梦境。"我不知道，"他说，"也许是我不想再待在这里了。"

"要是为了这个，我告诉你一个秘密：没有人想留在这里。"

"你反正再过一个星期就要去休假了。"

耶特里手指交叉放在脑后，以便从后面推一把。做到八十个的时候，他停了下来，后背紧贴在凳子上。他的肚子快速跳动着，腰部针刺一样的疼痛说明他锻炼得没错。"切德尔纳？"

"怎么啦？"

"你还记得咱们昨天闯进去的那个房子吗？"

"你把它叫做房子吗？那是一个牛棚里的厕所。"

"咱们可能不应该以那种方式进去。咱们把那些穷人的门弄坏了。"

“不对，是你把他们的门弄坏了。”

“好吧，与这个无关。”

“无论如何，谁还管那扇门呢。”

“那只是一户人家。”

“你他妈说什么呀？你怎么知道的？那些混蛋塔利班都伪装起来了。也许那个家伙屁股底下藏着一个像小蜡烛似的炸药，而我们根本没有注意到。”

“马蒂奥利揪着他的头发往外拖。没有必要那样做。”

“那个人不愿意动。”

“他吓坏了。”

“嘿，你他妈怎么啦，小处男？你的心变软了？你瞧，他们就是试图用这种方法让我们上当，也就是负罪感。他们含情脉脉地望着我们，然后把我们杀掉。”

不过，耶特里不太肯定。在他看来，那只是一户贫穷的人家。他又开始做收缩练习，尽管腹部的疼痛并没有完全消失。他把上身转动九十度，左右交替，以锻炼侧面的肌肉。

“另外，你没看见他怎么对待女人吗？”切德尔纳说。

“那又有什么关系？”

“把脚跟放下，老朋友。当然有关系。”

“那是他们的文化。”

“我不想再听见有关文化的事，明白吗？要是一种文化令人讨厌，那它就是令人讨厌，仅此而已。没有什么别的可讲。就像日本餐。”

“日本餐？”

“得啦。或早或晚总得有人把文明教给野蛮人。要是和颜悦色行不通，那就要靠我们了。把脚跟放下。”

耶特里几乎坚持不下去了，可是还要做十二个才能结束。“我不知道咱们来这里是不是为了这个，”他咬着牙继续说。

“当然是为了这个。想想他们要是让你母亲穿那种罩袍会怎么样。”

他们交换了角色。耶特里想象他母亲身上穿着那种长长的黑衣服的样子。不会与真正的她有多大区别。他的头脑中有一个问题，不过不敢问。每当切德尔纳把身体抬起来的时候，他的气息都会吹到耶特里的脸上。天哪，他真强壮。要按住他真的很难。切德尔纳腹部的红色印第安文身先是收缩，然后伸展。最终，耶特里豁出去了。他说：“听我说，能问你一件事吗？”

“说吧，小处男。”

“确切地说，什么是犹太人？”

切德尔纳皱起了眉头，不过并没有停下来。“这是他妈的什么问题呀？”

耶特里立刻警惕起来。“没什么……只不过问个问题。”

“一个愚蠢的问题。犹太人就是犹太人，不是吗？”

耶特里脸红了。他知道最好不要问。可是，这个疑问在他心里很久了。不知道为什么，他自然而然地相信了切德尔纳。耶特里不时会犯已经犯过的错误。他说：“我知道，”他试图挽回，“当然，整个关于希特勒的故事，还有集中营，等等。不过……我想说……黑人能够辨认出来，因为他的皮肤是黑色的。可是犹太人，你怎么能辨认出来呢？”

切德尔纳气喘吁吁地停了下来。他用前臂支撑着身体，向天上吐了口痰，然后入迷地望着天空。“没有一种明确的方式，”他说，“人们知道，仅此而已。有些人是犹太人，别的人也知道这一点。”接着，他脑袋里有了什么想法，使他的眼睛瞬时一亮。“当然，从他们的姓氏可以知道。”

“姓氏？”

“当然。比如那个……莱维。这是一个犹太姓氏。”

“只有这个吗？只有姓氏？”

“当然只有这个。你以为还有什么？”

切德尔纳又开始做腹肌练习。耶特里感到他的腱子肉在自己手里伸长，然后放松。“你真他妈什么也不懂，小处男。”

“切德尔纳？”

“嗯。”

“你能不能不再叫我小处男？求你了。”

“做梦都别想。”

“至少是在别人面前。”

“等你不是小处男，我就不叫了，小处男。”

耶特里咬着嘴唇。“顺便说一句，”他说。

“什么？”

“没什么。”

“反正你都开始了。说吧。”

他就是不能闭嘴，该死！切德尔纳从哪里来的权力总是从他的嘴里把实话掏出来？他已经上了一次当。现在，耶特里觉得自己正要走另外一步错棋，但是他停不下来。

“你觉得赞帕怎么样？”

另一个突然停了下来。“啊啊啊！你为什么要问我这个？”

“没什么，好奇。”

“小处男恋上了女同事。”

“嘘！得啦，我是认真的。”

切德尔纳又摆出了之前给他解释犹太人时那副哲学家的表情，耶特里因此感到恼火。

“赞帕……她的乳房很漂亮，可是脸有点儿丑。另外，在军队里服役的女人总有些地方不对劲。”

“不知道为什么，”耶特里犹豫地说，他就像小男孩那样害羞，“我有点儿喜欢她。喜欢和她在一起，仅此而已。”

“你太不走运了，兄弟。”

“为什么？”

现在，朋友坐到了他身边，用毛巾擦干腋下的汗水。就连他的二头肌上也有彩色的花纹，脖子上也有一个小文身。在那里刻文身非常疼。这些文身中的每一个都对应着一个象征，一段回忆。假如你问他，切德尔纳会非常高兴地做出相关的解释。他让耶特里焦虑地等了一会儿，然后说：“她是同性恋，这一点是明摆着的。”

耶特里摇了摇脑袋。同性恋，怎么可能？女同性恋都留短发。赞帕的头发很长，而且是金黄色的。“你怎么知道的？”

“得啦，老朋友，这能看得出来。假如不是同性恋，你觉得她有可能总是这么乖乖的吗？每天二十四小时待在我们这些男人中间却什么都不做？瞧你说的。她早就该发疯了。”

耶特里想要接着说下去，可是被赶来找他们的韦尔切林打断了。他一边跑，一边挥舞着胳膊，就像着了魔似的。“小伙子们！嘿！小伙子们，快来看啊！”

“怎么啦？”

切德尔纳站了起来。有片刻工夫，他那骄傲的面孔的剪影遮住了射向耶特里的阳光。他感到眼前黯淡了，这中间有无数的原因，但是耶特里无法将这些原因彼此区分开，其中也包括这个触目惊心的消息：

“你们来看看托尔苏找到什么啦，”韦尔切林说。“一条蛇！”

萨丁人的猎物令三排兴高采烈。小伙子们向他表示祝贺，而他也尽力站在那里享受这份荣誉，尽管他又发起了高烧。小伙子们发明了一种勇敢的游戏：他们轮流触摸那只死去的动物。所有人都这样做了，只有米特拉诺例外。人们发现他对于爬行动物具有遗传性恐惧症。然后，他们又开始了另一项挑战，就是看谁敢去舔它。这一项只有切德尔纳和西蒙切利做到了。接着，两个人向大家描述了那种味道。不过，他们说的有很多地方彼此矛盾，唯一能够确定的是，那种味道颇令人讨厌。切德尔纳想把那条蛇从钩子上摘下来，像围巾一样把它围在脖子上，不过其他人不同意他这么做。士兵们开始在那个尸体周围跳舞。开始是每个人单独跳，后来，他们就在佩科内的带领下围成了一个圈。雷内准尉和很少的几个人站在一边，不过也微笑着表示赞同。赞皮耶里占据了一张桌子，跳着性感的舞蹈。她的手从脖子滑向乳房，然后继续向下，直到腹股沟，同时用骨盆画着不规则的圆圈。接着，她双手合拢举过头顶，好像是在祈祷，然后放松所有关节，从手腕到脚踝，模仿蛇蜿蜒前行时的动作。耶特里的目光一刻也没有从她的身上离开。同性恋？噢不，这一次切德尔纳大错特错了。

激情消退之后，小伙子们通过电脑显示器和他们的女朋友分享这一发现。不过，姑娘们表示对此无法完全理解，仅仅发出了一些尖叫："真恶心，真恶心，"然后就开始大笑，因为她们听见另一端的小伙子们也在笑。于是，士兵们散到基地各处，每个人都到其他连队去寻找听众："来看啊，来啊，我们抓住了一条蛇。"到三排总部的"朝圣"一直持续到深夜。黑暗中，颤抖的手电的光亮从四面八方汇集到这里，前来欣赏挂着的那条蛇，甚至巴莱西奥上校也出现在这里。他抱着双臂注视着那只动物，说："我们的大地母亲的确孕育了不少令人厌恶的东西。"随后，他晃了晃自己的生殖器，接着就离开了。

埃吉托也陪着他的客人去了"废墟"，现在正用手电为她照路，一起回医务室去。中尉把手电光照在她的腿上，试图回忆起小腿裸露的样子，以及它的质感。他敢肯定有一次曾经咬过她的小腿，而且因为咬得过于用力使她生了气。

在医务室里，伊蕾娜脱掉埃吉托借给她的绒衣（伊蕾娜的行为令埃吉托联想到她在中东不知有过怎样不同寻常的经历。不过，对于沙漠的寒冷她并没有准备。这件事很奇怪，也使得中尉再次产生了怀疑），把它丢在一边，然后在写字台上坐下。"我怀疑我现在睡不着，因为我知道那些蛇正在基地里自由地晃荡。"

她走进那间破房子的时候，士兵们都欢呼起来。小伙子们希望她能够跟他们在蛇四周合个影。埃吉托却站在一边。

"要想庆祝，就得拿你一罐啤酒。"

很明显，她还好奇地在冰箱里翻了翻。“那些是上校的，我不知道他会不会不高兴。”

伊蕾娜从写字台上跳了下来。“是上校的，当然，我打赌他什么都不会说。”

她俯下身面对着冰箱，然后转过四分之三个身体，厚着脸皮冲他笑了笑。埃吉托接过递过来的啤酒罐。当伊蕾娜把手里的酒打开时，液体溢了出来，流在手上。她用嘴唇把酒接住，就像一只贪婪的猫。“你记得我们在福尔纳里的那次吗？”

有一次，他们曾经在一个朋友的浴室里向诱惑屈服。那是一次闪电般的性交，是埃吉托性生活中最疯狂的一次。是的，他记得。

“已经过去很久了，嗯？”

他认识的那个冲动而又反复无常的姑娘，在伊蕾娜·萨马蒂诺身上已经荡然无存。她变成了一个聪明的女人，一个会用达利语表达自己的想法、一转眼又能吮吸罐装啤酒、厚着脸皮调情的女人。

“是啊，的确是过了很长时间，”埃吉托简短地回答。

后来，他们在帐篷外面刷牙。两个人中没有一个愿意走到卫生间去，因此用了矿泉水瓶里的水。吐出的牙膏在围墙边上凝结成了小小的、带有泡沫的白色斑点。埃吉托的上衣溅上了泡沫，伊蕾娜用手背为他擦了擦。他们两个都笑了。他们迅速地互道晚安，然后就在帘子的两边躺下了。埃吉托立刻关了灯。

不过，中尉睡不着。他又看到小伙子们把那条蛇背在身上，看见伊蕾娜扯掉啤酒罐的拉环，啤酒粘在她的手上。他很清楚她就在几米之外，也清楚刚刚她投过来的眼神。他大脑里出现的那个词是愿意，另外，意图这个词也在他的脑海里盘旋。

跳过很多符合逻辑的过渡，他开始想象与伊蕾娜·萨马蒂诺的婚姻生活。埃吉托把她想象成一个后面拉着一大堆废纸的女人。她将房间里塞满杂志和一堆堆的纸张，把衣服堆在沙发上。埃吉托并没有感到厌烦，不是太厌烦，而是透过那些杂乱无章的东西中间的缝隙注视着她。他出神地从解剖学的角度研究她的优点和缺点，就像当初在一起的时候做过的那样，就好像坐在茶几边上，仅仅凭借排成两行的图标就可以定义一个人的魅力。

可是，看看他沦落成什么样子了？竟然精心地用想象中的小方块来勾勒一个女人，而且还是一个曾经与他在同一个房间里住了很久的女人，一个他永远不愿意再见到的女人。命运，或者更像是出于被迫，把他们一起关在这个房间里。现在，他正在等待着这件事无疑会导致的结果出现。不过，中尉并不喜欢事情如此发展。他不会使自己陷入麻烦，也不能跟伊蕾娜·萨马蒂诺有麻烦。

他已经为之后要发生的事做好了准备。伊蕾娜小心地移动着。不过，屋子里太静了，埃吉托不可能分辨不出拉链拉开的声音，然后是扣子解开，和裸露的脚掌隔着一层汗水接触到合成地板的声音。一步，又一步。中尉睁开了眼睛。冰箱里的 LED 灯是帐篷里唯一的光亮，就像是从大海上看过去的遥远的灯塔。埃吉托的身体变得僵硬，考虑着如何以最有效的方式从麻烦里解脱出来。

现在，被拉开的是他睡袋的拉链。他想，现在还没有到开火的时候，他应该等着敌人靠近。伊蕾娜趴在了他身上，开始贪婪地亲吻他的脖子、面颊和嘴巴。

“不！”

在寂静中，中尉的声音如同一声炸雷。

她停了下来，但是并不突然，更像是要喘口气。“为什么不？”

“不，”埃吉托又重复了一遍。瞳孔已经适应了微弱的灯光，所以必须睁到最大，才能分辨出趴在他上面的伊蕾娜面部的轮廓。

“我们仅隔一步之遥，却要这样分开睡，你不觉得很奇怪吗？”

“也许吧，不过不要。我更希望……不要这样做。”

有片刻工夫，他犹豫了。他的身体对这个深夜来访表现出一种出乎意料的期待，它反抗，而且令他感到迷惑。埃吉托不太肯定自己为什么要逃避这个圈套。是啊，为什么？因为他之前做了那个决定，就是这个原因。出于对自己的责任。为了保护自己。

此时，伊蕾娜仍然趴在他身上。她的一只手迅速下滑，触摸到了中尉的生殖器，然后伸进内裤里面。与伊蕾娜的手接触产生的快感传遍了整个神经系统。埃吉托果断地抓住了她的胳膊，把她移开。随后，他清了清嗓子，肯定地要她立刻离开。“离开这儿，祝你晚安。”

她跪起身来。埃吉托想：“很容易，比想象的要容易。”伊蕾娜把一只脚放在地上，放开了他。她走了，安全了。

接着，就像斗牛士突然抽掉牛面前的红布一样，伊蕾娜以一个出其不意的动作把睡袋从他身上掀了起来。一阵冷风从中尉裸露的脚上吹过。埃吉托嘟嘟囔囔地说了个“不”，不过无济于事。

他的内心仍然在斗争，却也任凭她摆布。最后，他闭上了眼睛。好吧。OK。

完事之后，他问伊蕾娜愿不愿意留下和他一起睡。行军床很小，不过能睡得下两个人。他这样说仅仅是出于礼貌，是一种有点虚伪而且非常令人厌恶的补偿。

“得啦，”伊蕾娜说，“晚安，亚历山德罗。”她的嘴唇掠过他的前额。

她在黑暗中走着，碰到了什么东西，肯定是放转复除颤器的小车。“他妈的，”她叫道。

“你撞疼了吗？”

伊蕾娜疼痛地呻吟着，不过没有回答他。在黑暗的掩护下，埃吉托微笑着。

在石油般漆黑的夜里，当中尉最终沉沉入睡的时候，主瞭望塔上的两名哨兵发现阿富汗卡车司机的营地里有些不寻常的举动。两名士兵在望远镜上面装了夜视镜，以便看得更清楚，不过并没有那个必要，因为一辆车的车灯亮了起来。一辆卡车，只有一辆，缓慢地向西南方向开去，那里是山谷的出口。几分钟后，它消失了。

士兵们商量着要不要通知指挥官，然后认定那个行动并没有重要到需要打扰一名军官。他们完全可以在第二天早晨把这个好消息告诉他。

“他们决定离开了，”一名士兵说。

“是呀，也是时候了。”

来自萨尔瓦托雷·坎波雷西的最后讯息

发件人：flavia_c_magnasco@ ******.it

收件人：salvatorecamporesi1976@ *****.it

主题：大新闻！！！

2010年9月28日，星期二，15:19

大新闻！还记得你送给加布里埃莱的那个小暖箱吗？昨天，里面钻出了一棵小苗！我想是四季豆，要么就是西红柿，我也不知道是什么，因为我们把种子搞混了。你真该看看加布里埃莱脸上的表情！他不停地从这里跳到那里，非常兴奋。他缠着我把暖箱放在地板上，然后就趴在地上，托着腮帮子至少盯了有半个小时。我想，他是希望那株小苗在他的眼皮子底下长大。

你知道吗，加布里埃莱正在长大。有时候，他的某些表情就像一个成年人，而且会让我想起你。你总是对我说不要把照片发给你，因为网速不够快，不过，我早晚会给你发一张照片。我才不管你的网速如何。我希望你也给我发一张照片，我想不停地亲吻它，看看你晒黑了的样子有多么英俊。

我非常爱你。

弗

另：我看了草药集，觉得那株小苗应该就是四季豆。它长得可真高呀！而且是在短短的几个小时里。

发件人：salvatorecamporesi1976@ *****. it

收件人：flavia_c_magnasco@ ******. it

主题：Re:大新闻！！！

2010 年 9 月 28 日，星期二，23:02

宝贝儿，读到你的来信，我哭了。周围有一些年轻人，后来他们整晚都在拿我开玩笑。不过无所谓。我无法去想其他事情，心里就只有那株小苗。你要照料它，教会加布里埃莱如何去做。我好像记得在暖箱的小盒子里有一个浇水用的小管子。或者你可以用一个小勺儿。回去以后，咱们把它移到花园里去。我们会为夏天准备一个漂亮的菜园。

这里没有采取很多行动。我们所做的更多是在基地四周巡逻，不过没有任何危险，也没有任何人来骚扰我们。我几乎感觉有点儿无聊。你知道吗，我觉得你可能会喜欢沙漠。对于沙漠我有一种奇怪的感觉，而且假如注视的时间太长，我就会感到头昏。这里的空气好像比别的地方更加清新，天空也给人留下深刻的印象，因为白天它是如此蔚蓝，夜晚又是那么漆黑。假如没有那些塔利班和其他所有东西的话，这里会是一个美妙的地方。或许等战争结束了，我们可以到这里来度假。你能想象吗？我们三个人一起到古利斯坦。我打赌，加布里埃莱看见单驼峰一定会吃惊得目瞪口呆。

萨

发件人：flavia_c_magnasco@ ******. it

收件人：salvatorecamporesi1976@ *****. it

主题：Re:Re:大新闻！！！

2010 年 10 月 2 日，星期六，19:03

我再也受不了了。尤其是夜里一个人睡觉。我会生病的，萨尔沃①，我向你发誓。我会病倒的，而你又不能照顾我。还要等多少个夜晚啊？一百多个。你数过吗，萨尔沃？一百多个！我连说都说不出口。我觉得不可能这样下去。我想把你掐死，真的。寒冬即将到来，今天我甚至没有看见一丝阳光。这种天气影响着我，我想我无法坚持到三月。

加布里埃莱也在想念你，不过是用一种完全属于他自己的方式。说实话，有时候我并不了解他。有些日子，他好像把你忘了，所以我非常害怕，想责备他。我给他看你的照片，就是在门口照的那张，问他这位先生是谁，问他记不记得。他像鱼一般沉默地注视着我，仿佛从来就不认识你。这让我感到不寒而栗。我开始向他谈

---

① 萨尔瓦托雷的昵称。

论你，可是过了一小会儿他就走神了。接着，就好像什么也没有发生过似的，前天晚上，他把你坐的地方指给我看。我不明白，于是他拿起自己的盘子，放在平常你坐的位置。爸爸的盘子。之前就是这样，好像你随时都会到家里来。我问他："你知道爸爸在哪里吗？"他笑笑，好像我在拿他开玩笑，然后指指地板。"在下面那一层吗？"我问他。他摇摇脑袋。最后，我明白了他是要对我说你在地窖里。你相信吗？我不认为类似的想法是我灌输给他的，应该是他自己想出来的才对。也说不定真的就是我说的。在你走了之后，最初的几天我都疯了，因此说了很多没有意义的话。

无论如何，现在晚上我也摆上你的餐具，这样我们两个会觉得没有那么孤单。我在你的杯子里倒点儿葡萄酒，等把加布里埃莱送到床上，我就自己把酒喝了。正是如此：晚上我把你的酒喝掉！这有什么不好呢？你觉得好笑吗？反正你什么也做不了。至少上床的时候我会晕乎乎的。我不应该去想你不在这里。没有我，谁知道你在那里会做多少可怕的事。我要疯了，我发誓。

我爱你，傻大兵。

弗

发件人：salvatorecamporesi1976@ ＊＊＊＊＊ . it

收件人：flavia_c_magnasco@ ＊＊＊＊＊＊ . it

主题：Re：Re：Re：大新闻！！！

2010 年 10 月 3 日，星期日，21:14

今天我也觉得情绪低落。晚上我们这里有点儿混乱。没有发生什么严重的事情，不过我睡不着。起床的时候，卫生间里没有水。在短短的几天里，这已经是第三次了。我将就着洗了洗，不过，这里也是一早冷得要死。我知道，这好像是一句蠢话，不过仅仅这些就足够破坏我的情绪。我开始翻来覆去地想事情是多么困难，一切都是那么讨厌，等等等等。我非常神经质，有一次甚至差点儿给了切德尔纳一个耳光。他从来都不知道什么时候应该把他那张愚蠢的嘴闭上。

我几乎整个下午都待在行军床上。我试着让自己休息，可是做不到。我试着读你送给我的那本书，可是没办法读下去。最后，我就躺在那里想，仅此而已。尤其是想你和加布里埃莱，想所有那些在自由的日子里可以一起做的事。现在我在这儿，这些事情我都不能做，于是才发现我总是那么懒惰。我们两个都太懒了。不过，等我回去，一切都要改变。我们连一分钟也不能浪费。

我本来应该早点写给你。我发现这样会让我好过一点。你是我的良药。你不在的时候，我觉得自己如此愚蠢。我几乎羞于这样说。不过有时候，假如没有你和我在一起，我好像不知道该拿自己怎么办。我在行军床上这样想着，于是更加生气。这就是你对我所做的吗，坎波雷西夫人？用那种魅力使我依赖于你？知道吗，你会为此付出很高的代价……

萨

发件人： flavia_c_magnasco@ ****** . it

收件人： salvatorecamporesi1976@ ***** . it

主题：Re：Re：Re：Re：大新闻！！！

2010年10月5日，星期二，11:38

好吧，反正对你说了也是一样，反正我没有办法对你隐瞒事实，尽管我见不到你，而且还在给一台愚蠢的电脑写信。事实上，加布里埃莱的情况根本不好。昨天，他们把我叫到幼儿园，因为他打了一个小朋友。其实，他只打了一拳，不过非常用力，把那个孩子打倒在地。老师非常生气，说加布里埃莱疯了。在她看来，他没有任何先天的问题，只是拒绝说话，用这种方法来操纵我们所有人。她这样说，好像加布里埃莱是一个罪犯、一个怪物。她怎么能这样说呢？老师还说，假如情况不能改善，我们应该考虑带他去看精神科医生。精神科医生，你明白这意味着什么吗？我真不知道该怎么办了，萨尔沃。

你想知道全部事实吗？他不说话，总是摆出一副愤怒的表情，还打了那个小朋友（不过，那是一个不讲理的鼻涕虫，我认为他欠揍），我觉得这是你的错。当然是你的错，还有你那该死的职业。因为你本来应该在这儿。是你的错，让我如此筋疲力尽。这很糟糕。实际上，我把头发剪短了。是的，你理解得没错！我把你那么喜欢的、漂亮的鬈发剪了。要是你不马上回来，我就把剩下的也剪掉。或者我把头发染成红色、橙色、紫色。我发誓。我太累了，萨尔沃。我受不了了。对于所有事和所有人。

发件人：salvatorecamporesi1976@ *****. it

收件人：flavia_c_magnasco@ ****** . it

主题：Re：Re：Re：Re：Re：大新闻！！！

2010 年 10 月 6 日，星期三，01:13

宝贝儿，你总是过分为加布里埃莱担心。他只是个孩子。别人的话不要什么都听。儿科医生说得很清楚，不是吗？当他觉得有必要的时候，他就会说话的。有可能现在这样对他来说就很好。知道我要对你说什么吗？还好他正在学习保护自己。之前他总是有点胆怯，而且过分和善。外面的世界如此无情。我真想看看那个被他打倒在地的孩子！等回去了，我来教他两三招。我也有一些有趣的招数要和你试试……你知道吗，托尔苏找到一条蛇，就在距离我们的帐篷很近的地方。你看见肯定会吓死。那个没脑子的萨丁人用一块石头打碎了它的脑袋，然后，他把蛇像香肠一样挂了起来，我们开始像傻瓜一样围着它跳舞，就像某种部落。很有趣。你还记得我们在坎佐伊山谷小路上看到的那条蝰蛇吗？你当然记得。接下来的路上你都紧紧抓着我的胳膊，你吓坏了，坎波雷西夫人，你在吓坏的时候非常性感。等我一回家，就把咱们的房间挂满蛇、蜘蛛、蟑螂和老鼠，这样你就会一直紧紧地靠着我。

很晚了，我要去睡觉了。请你打电话给我母亲，告诉她我一切都好。最近几天没有能够和她通话，我不希望她担心。

萨

另：你可以把头发染成蓝色，剪短，拉直，随便你怎么样，反正我都会一样为你疯狂。

深夜枪声

“我想到一个恶作剧。”清晨刮胡子的时候，切德尔纳对耶特里说。

“什么恶作剧？”

“你先告诉我你也参加，然后我再跟你解释。”

两人将剃须刀浸入放在地上的同一个脸盆中，滑腻的剃须泡沫漂浮在温水的表面。切德尔纳小心翼翼地刮着胡子，他脸上长了些小疖子，所以需要格外谨慎。他无法解释某些日子里向他袭来的癫狂，比如今天。他只知道，早上醒来时，自己就有一种疯狂的想要闹出点儿什么的冲动，比如动手打人、摔东西或者把人撕碎，又或者扰乱秩序。从孩童时起他就是这样，并对每一个诸如此类的癫狂日子保留着既歉疚又荣耀的回忆。如果每次癫狂发作时，都能让他找到能够揍一顿的人，那就再好不过了。不过，敌人并不会主动出现，于是他只能自己创造。更准确地说，他需要一个恶作剧。

“假如你不告诉我到底是什么事，我又怎么向你保证我也参加呢？”耶特里提出异议。

“你不相信我吗，小处男？”

耶特里想了想。切德尔纳完全懂得如何操控他，因为他是切德尔纳的门徒。即使切德尔纳要耶特里赤身裸体与一队塔利班交战，他也很有可能会这么做。

“我当然相信你。”耶特里回答。事实就是如此。

“那你就保证你会参加。”

“不危险吧？”

“怎么会，你只需要给我把风。”

“那就行，我干。”

切德尔纳向耶特里身边凑了凑，让耶特里把紧握着剃须刀的手停下来，然后将自己的剃须刀滑过耶特里的面颊。耶特里瞪大了眼睛，身体僵直。

“你干什么？”

“嘘……”

耶特里屏住呼吸，目光注视着剃须刀滑过的路线。

“听着，”切德尔纳说，“今晚，等其他人都在食堂的时候，我们去把‘废墟’的那条蛇偷出来。”

“我才不碰那玩意儿。”

“我来做。跟你说了，你是放哨的，你只需要保证没人靠近就行。”

“你打算怎么处理那条蛇？”

“把它放进米特拉诺的睡袋里。”

“操。”

“对，就是这样。等发现睡袋里有条蛇，你等着瞧他会有多抓狂吧。”

“没错。”

切德尔纳小心翼翼地将剃须刀片沿着耶特里下颚的曲线滑过他的面颊。两人贴得如此之近，只要稍稍动一下嘴唇就能碰到对方。切德尔纳从没想过要亲吻一个男人的嘴唇。

“如果他真的暴跳如雷呢？”

“谁？米特拉诺吗？这才是最精彩的部分。”

最精彩的部分，就是他可以一次性对米特拉诺之前的行为进行报复。受到袭击的那天晚上，为了回到掩体里他原来的位置，米特拉诺哭得像个娇气的小女孩，这使切德尔纳感觉很糟。不过，切德尔纳没有对耶特里说起这件事，因为这是他和那个呆子之间的事。

“如果雷内发火儿呢？”

“雷内从不生气。而且谁在乎这个。如果老老实实听他的话，我们都会无聊得想自杀。这事儿绝对有趣，我向你保证。”

“我不知道。我不觉得这是个好点子。”

“你已经答应参加了。如果你现在反悔，那就太卑鄙了。把下巴伸出来。”

“好吧，”耶特里微张嘴巴嘟囔着，“我参加。”

“最重要的是别让任何人发现我们，否则恶作剧就没戏了。等发现那条蛇不见了，他们肯定会发疯的。”

“托尔苏一直都待在帐篷里。”

“那人的脑袋都被电脑烧坏了。他一点儿也不会察觉的。”

此时，切德尔纳开始专心为耶特里刮去上唇的胡须，后者顺从地把嘴唇绷紧，让上唇的皮肤更加平整。切德尔纳用手指抹去耶特里脸上残余的剃须泡沫。在切德尔纳脸上刚冒出几缕毛须的时候，哥哥就是这样替他刮胡子的。为了哥哥，他甚至可以赤身与一队塔利班交战。当然，那样的话他就会被那些人击毙。正是从哥哥那里，切德尔纳学会了如何不费吹灰之力让比他年轻的人仰慕自己。

“切德尔纳？”耶特里问道。

“快说。”

“能不能帮我把胡子两边也修出跟你那个一样的尖儿？我自己不会。”

切德尔纳对耶特里笑了笑。真是个棒小伙，他的耶特里。这句话令切德尔纳感动。“头别动，小处男。这可是个精细活儿。”

直到现在，伊蕾娜都没提过昨天夜里他俩之间发生的事。不过，这并没有使埃吉托中尉放下心来。相反，萦绕在中尉心头的焦虑与时俱增。今早，当他醒来时，伊蕾娜已经出去了。他从上校那里得知，伊蕾娜是与小伙子们一起去巡逻。她要去集市看看，和某些告密者谈谈他们的生意。午餐时间，伊蕾娜再次出现了，他们在食堂的同一张餐桌旁坐下。埃吉托注视着与军官们交谈的伊蕾娜。她说，她在一个同事给参谋部做的报告上加了些批注，她的同事对此无法接受，于是一直跟踪她到她家楼下，接着袭击了她，一拳震碎了她两根肋骨。大家对这个故事都感到既有趣又愤慨：一个打女同事的军人，这还真是闻所未闻，他真是个欺软怕硬的懦夫。埃吉托虚假地笑了笑。这事可信吗？为什么伊蕾娜偏偏要讲这件事？难道她是要暗示埃吉托，让他明白跟她伊蕾娜作对可不是闹着玩的？昨晚的意外发生之后——现在，他是这么定义这件事的，一次意外——埃吉托感觉到某种危险。他甚至想到这有可能是一起敲诈：如果他反抗，说不定伊蕾娜只消打个响指，埃吉托的前途就毁了。伊蕾娜要传达给他的就是，从今往后，埃吉托必须屈从于她，做她的情人，这真是比假装怀孕还要高明许多的计谋。埃吉托盘子里的食物已经基本吃完了，他只能厌恶地一块块切着烤土豆吃。

巴莱西奥邀请埃吉托到他的帐篷去，通常，他们会在午后谈一会儿。实际上，巴莱西奥并没有邀请埃吉托，而是认为中尉会自然而然跟着他走。然而，埃吉托搜肠刮肚找了些杂七杂八的借口推脱了。他回到医务室，伊蕾娜不在。中尉掀开油布帘，凝视着帐篷里被伊蕾娜占去的那部分空间。伊蕾娜的行李躺在地上，无人看守。她的所谓行李只不过是一个轻便的小背包，适合需要经常旅行的人。埃吉托回头看了看，没有人。他蹲下来，打开了背包的搭扣。

埃吉托翻着背包里的衣服，唯恐弄皱或是改变了它们原本的位置。包里几乎全是汗衫和黑裤子，不过还有一件绒衣。原来那件衣服她还留着。埃吉托把手使劲向下面伸了伸，触摸到一块布料，他立刻就明白了那是什么。中尉抽出一件晚礼服，或者应该叫女式内衣。埃吉托自己也分不清，总之是件轻佻的衣服，布料应该是丝绸，肩带上还装饰着花边。

“你应该看看我穿着它的样子，太适合我了。”

埃吉托怔住了。“对不起，”他含含糊糊地说，“刚才只有我一个人……”他没勇气转过身去。

伊蕾娜小心地将衣服从埃吉托手里抽出去，重新叠好。接着，她提起背包，把衣服塞了进去。“你从来不知道在自己身上会发生什么事。”

埃吉托站起身来。

“我要累死了。你介意我歇一会儿吗？”

“不，当然不会。你休息吧。”

不过，中尉并没有动。既然他已经站在这儿，面对着他所做的错事，那就有必要把横在他俩之间悬而未决的问题解释清楚。

“还有什么事？”伊蕾娜问道。

“听着，”中尉说。他停顿了一下，深呼吸，然后接着说，“关于昨晚发生的那件事……”

伊蕾娜饶有兴趣地盯着他。“嗯？”

“没错，是发生了，但那只是一时的软弱。这种事情不应该再发生。”

伊蕾娜思忖了片刻，然后说：“这是一个男人跟我说过的最糟糕的话。”

“对不起。”不知出于什么原因，埃吉托真心感到抱歉。

“噢，你能不能不要一直道歉，你这该死的！”伊蕾娜突然改变了语调，“没必要为这种事道歉，亚历山德罗。你就把它当作消遣、游戏，当作一个老朋友送你的礼物，当作什么都好。但是，拜托你，不要道歉。让我们试着用成人的方式处理这个情况好吗？”

“我只是想确认……”

伊蕾娜合上了眼睛，说：“嗯，我完全明白。现在你走吧，我累了。”

埃吉托羞愧地退了出去。最近四十八小时里，他做的所有事好像都是错的，而且它们之间没有连贯性。或许埃吉托已经完全丧失了活在世上的能力。

有很多次，当一等兵米特拉诺醒来时，都会发现西蒙切利多毛的臀部正贴在他脸旁，令他呼吸不畅。这并非什么美好的体验：首先，一个九十公斤重的牲口压在你身上，会引起近似窒息的感觉；其次，你并不想与任何人保持如此的亲密，更不用说是与这些连放屁都能控制的黑猩猩。然而，最要命的是当你动弹不得时，听到的那些不绝于耳的笑声——有人将你的手腕铐在行军床的栏杆上，但是由于臀部压在眼皮上，你什么都看不到——这笑声来自你的战友、你的同事和你的朋友。这些笑声比别人反复踹你光着的大腿或者踢你的左脚小趾更有杀伤力。

由臀部衍生出了无数个不同版本的恶作剧，米特拉诺无一例外地深受其害。他们把他的嘴堵着，用封包裹的透明胶带缠住他的脚踝，把冰块放入他的内裤里（总是在他无法动弹的时候）；往他胳膊上涂抹脱毛膏；把被单对折铺在床上，使他伸不开腿；朝他头发上挤牙膏，牙膏在头发上凝固后无法用水洗掉，只能用剪刀剪掉。尤其是那些挤牙膏的视频已经在团里广为流传，如今在YouTube上也能找到，关键词标签为起床号，军营，特制洗发水，倒霉鬼：视频的第一部分是在黑暗中拍摄的，半裸的小伙子们的眼睛像幽灵一样泛着绿光。视频中能清楚地辨识出挤牙膏管的坎波雷西，还有人——可能是马蒂奥利——在一旁鼓动："再多挤点，再多点。"那个时候，米特拉诺还背着那个令人作呕的绰号"阴毛"。小伙子们兴高采烈地从米特拉诺的头上扯下几缕头发放在桌上，在灯光下展示这些真的好像阴毛的发丝。从某种意义上来说，米特拉诺还要感谢牙膏事件，至少绰号的问题因此解决了：自从因为头发沾了牙膏而被迫剃了光头之后，米特拉诺的头发就再也没有长长过。

所有这些对米特拉诺来说都已无足重轻，他早就习惯了。刚入伍那会儿更可怕。小伙子们可是动真格的，他们用皮带、上衣的铅板和马桶刷子打他，朝他的背包里和头上撒尿。生活就是这样，大家都清楚，有人强势，有人挨揍，总是如此。米特拉诺就是挨揍的那个，就像他父亲一样。父亲因为既矮小又虚弱，甚至还要受母亲欺负。这没什么。一个出色的士兵首先就要有抗打击的能力。

与人类相比，米特拉诺通常更喜欢动物，尤其是狗。他喜欢魁梧有力而又好斗的大狗。这倒并不是因为狗比人更善良，它们的世界也一样充满恃强凌弱。这一点只需看看它们相遇时的样子就明白了：它们相互嗅嗅屁股，头抵着头狂吠。不过，狗更加直率，完全依本能随性而为。米特拉诺深谙狗性，并爱惜它们。在基地上，他大部分空闲时间都待在工程兵猎犬组的营地里，和比利时牧羊犬玛雅在一起，它有着水汪汪的黑色眼睛。那条狗要接受嗅出爆炸物的训练。狗的主人桑纳中尉并不阻拦米特拉诺与狗亲近，因为这样至少能让玛雅一直忙着，而他则可以专心干点儿自己的事，主要是仔细研究某些摩托车杂志。米特拉诺就算断一只手臂也想进桑纳那个连，但他在能力倾向测试中的分数实在低得可怜。米特拉诺与学校一直水火不容。

米特拉诺会和玛雅一起做游戏，一直待到吃晚饭的时候。他在空地的一角设置了一条敏捷性训练路线，包括一些障碍、一条轮胎隧道和一个球。他花了将近一个小时才让玛雅理解这些练习。不过，玛雅是只聪明的动物，最终它都学会了。路过那里的士兵们满怀钦佩地驻足观看并报以掌声，米特拉诺也对自己非常满意。他并不是什么聪明人——所有人都一再这么说，他母亲、老师们、指挥官，还有他的朋友，所以，他已经接受了这个事实。但是，在训练警犬这件事上，他绝对实力超群。米特拉诺为玛雅准备好食物，接着自己轻快愉悦地径直走去食堂填饱肚子。

晚上，米特拉诺和其他人一起待在“废墟”。不过，他在干自己的事，也就是一个人玩掌上游戏机。战友们异常活跃，因为蛇不见了。米特拉诺对此漠不关心，或者说对此他很高兴，因为即使是远远看到那条蛇，也会令他心生厌恶。他热爱所有的动物，不过爬行动物除外。他连看都不愿看它们一眼。马蒂奥利指责是米特拉诺将蛇扔掉了——你觉得他们不会放过你的——但米特拉诺的神情如此充满疑惑，所以当他说“你们要干什么？我碰都不会碰那玩意一下”时，大家都相信了，于是放过了他。

午夜时分，米特拉诺回到自己的帐篷，脑袋里有些乱糟糟的，眼睛也由于长时间盯着任天堂游戏机的屏幕而有些发红。许多士兵已经躺下睡觉了，其他人正在脱衣服。米特拉诺脱掉裤子和外套，将一只脚伸进贴身裤里。

“嘿，罗韦雷。”他对着邻床的战友说道。

罗韦雷的被子裹得很严实，都快要遮住鼻子了。他睁开眼睛，仇恨地瞪着米特拉诺：“干什么？”

“你会去想塔利班现在正干什么吗？”

“你以为他们在干什么？睡觉呗。”

“可是我觉得，他们正盯着咱们呢。”

“别扯了。”罗韦雷翻了个身，转向另一边。

米特拉诺钻进睡袋。他将枕头团成一团，好让它变得厚实些，然后把垫子放在身体一侧舒适的位置。有时吃早饭的时候，他父亲会眼圈青紫的出现在餐桌旁，有时甚至胳膊痛得连咖啡杯都拿不起来。米特拉诺总是保持沉默。他懂得，在某些家庭里，最明智的做法就是什么都不要问，永远不要问。他的家庭就是这其中之一。

有什么东西挡在睡袋底部，让他无法把腿伸直。他用脚碰了碰，但贴身裤使他的感觉变得不那么灵敏。米特拉诺觉得那应该是件脏衣服，但马上又起了疑心。他惊恐地想到：同伴们可能又像从前一样把被单折了起来。于是，米特拉诺试着把身体向后退，从睡袋里爬出来。谢天谢地，自己还能出来。他坐在睡袋旁，将一只手探进睡袋深处，然后握住了什么东西。爬行动物的皮肤已经变得干燥粗糙，散发出腐肉的气味，一等兵一时没能反应过来手里握着的是什么。

“啊！！！！！！！！！！”

米特拉诺一跃而起，差点把床掀翻。对于他来说，这真的是可怕至极。米特拉诺跳得老高，好像蛇正在他脚下来回窜动。他全身仿佛都通了电流，胳膊也抖个不停。

士兵们都醒了过来。他们打开灯，互相询问发生了什么事。在这短短几秒钟之内，米特拉诺以迅雷不及掩耳之势将手枪从挂在储物柜把手上的皮套里掏出来，上膛，然后朝着睡袋开火，一枪、两枪、三枪、四枪、五枪。

“啊！！！！！！！！！”

米特拉诺感觉蛇就伏在自己身上，在自己的肩头和脸上爬行蠕动，噬咬着他的全身，蛇毒四散。天啊，蛇毒！

“它咬了我！那个怪物咬了我！”

战友们大声叫他镇定下来，但米特拉诺浑然不觉。他又朝睡袋里开了几枪，空气里飘满了睡袋里的白色羽绒。巨大的枪声震得士兵们的鼓膜都痛苦地砰砰作响。

雷内想要阻止米特拉诺，眼看就要控制住他了，然而，米特拉诺的反应速度由于肾上腺素激增而大大提高：他转身九十度，将枪口对准了雷内。雷内准尉停了下来。士兵们也都愣住了，默不作声。

“冷静点儿。”雷内说。

米特拉诺无法直视雷内。如果他看到自己苍白的样子，同样会被吓到，相信自己是真的被蛇咬了。他面无血色，所有的血液都流向了双手，那双发紫的手里正紧握着贝瑞塔手枪，枪口瞄准准尉的胸口。关于一等兵米特拉诺，有很多事情可以讲，不过不能说他不会射击，尤其不能说他不会朝着距离只有一米五的目标开枪。

“放下枪。”雷内命令道。不过，他的语气却是温和的，更像是兄长而非上司。

“有条蛇！”米特拉诺抽噎道，“一条蛇……它咬了我，操！”

“好吧，现在让我们来看看。”

“它咬了我，它咬了我！”泪水从他眼睛里夺眶而出。

“把枪放下，听我的。”

一等兵并没有服从雷内的指令。他换了目标，将枪口对准西蒙切利。西蒙切利一动不动，就好像儿童游戏里的木头人：他一只脚踩在地上，另一条腿还跪在床上。接着，米特拉诺又把枪口转回雷内。

切德尔纳的声音从几米开外的角落阴影里飘过来：“那条蛇已经死了，米特拉诺。”

一等兵呆滞地犹豫了几秒。他接收到这个消息，迟钝地领会了它的意思。事实显而易见：这正是“废墟”失踪的那条蛇。米特拉诺又朝左手边的睡袋快速扫了几眼，好像还无法完全相信。羽绒飘落在绿色的床罩上，随着空气细微的流动摇晃着。睡袋里一丝动静也没有。

“是你们干的吗？”

雷内摇了摇头。其他人也纷纷效仿。

“是你们干的吗？嗯？”

“是我干的，米特拉诺。现在把枪放下。”切德尔纳站了起来，小心翼翼地靠近米特拉诺，几乎与他并排站着。

“是你，”米特拉诺说，他泪如泉涌，“每次都是你。我要杀了你，切德尔纳，我要杀了你。”

假如米特拉诺的手指肚扣动一下扳机，子弹就会从弗兰切斯科·切德尔纳头盖骨的一端进入，穿过脑壳，从另一端飞出，最后打穿恩里科·迪·萨尔沃挂在帐篷深处的背包。所有在场的人都能预料那颗子弹的发射轨迹。

米特拉诺大口喘着气，因为他感到缺氧。突然，他觉得非常疲惫。这种强烈的疲惫感征服了他，他感觉自己像液体一样柔软。有那么一瞬，他手里手枪的枪口垂了下去。只这么一瞬，就足够雷内和西蒙切利跳出来将他按倒在地，缴卸了他的手枪。说实话——这也与之后关于此事流传的版本不同——米特拉诺并没有反抗，而是像死人一般躺在地上。当雷内从他手里夺去贝瑞塔手枪时，他的手软弱无力。

西蒙切利的臀部再次压在他的脸上。这真滑稽，不是吗？他不由这样想。有人强势，有人挨揍，就是这样。一直都是这样。一个排的士兵都挤在他身边，而一等兵却闭上了眼睛，任由他们摆布。

枪声惊醒了已经睡着的士兵们，也向那些分散在基地各处依然清醒的士兵们发了警报。有些积极分子愚蠢地将全部装备都穿在了身上，以便接到指令时已经从头到脚装备齐全。哨兵们通过无线电互相联系，但并没有就枪声的来源达成共识，而是只能大致判断出枪声来自基地的北部区域。由于没有人请求支援，他们很快就放下心来：肯定又是意外走火。这样的意外是有可能发生的。既然这些士兵枕戈待旦，某个人一时疏忽枪走了火也是有可能的。

“发生什么事了？”伊蕾娜问。

“嘘。”

两人听了一会儿，稍稍放松了紧抱的身体，但不知为何情欲却并没有消退。埃吉托等待着警报传来。

“没什么事，”他最后说，“不用担心。”

夜行动物感激地用垂下的长发遮住了他的面庞。然后，她翻过身来，把整个身体都压在他身上。

大雪纷飞

那是一月份的一天，下着雪。那天，在穿着的问题上，我对马里安娜撒了谎。我恳求她坐在后座上，可她并不同意。我们在大门口争吵，细小的雪花飘落在她奇异的发型上。

“安全带会把你的衣服弄皱。”我说。

“我才不要像小孩子一样坐在后面，那个座位会勾起我糟糕的回忆。你记不记得你父亲跟我们说过，如果额头遭到撞击，我们的头盖骨会怎么样？哎！”

一路上马里安娜都没有系安全带，而是把它放得离胸口远远的，唯恐损坏了那件袒胸露背的婚纱。她摩挲着嘴唇。我知道，如果不是因为化妆师刚刚才给她涂了唇彩，让她的嘴唇光亮润滑好像光滑的石头，她早就发疯地咬着它们了。如果在那个时候，我卷起袖子把自己的胳膊伸给她，很可能她也会不假思索地扑上去咬。

“我猜想，如果婚礼当天下雪，那个新娘应该会感到非常幸福。”

“怎么了，你不幸福吗？”我问她。但是，我马上就为这样说而后悔。我最不想要的就是见到她不满意。

马里安娜并没有意识到这个问题具有可怕的普遍性。她厌烦地注视着被白雪覆盖的树枝，说道：“我只会觉得又多了一个麻烦。鞋子会湿透。还有污泥。”

但是，我大声问出的这个草率的问题却足以令我无比的苦涩，这种苦涩已经折磨了我们好几个月。一天，家里爆发了一场静悄悄的地震，将我们一分为二，而我则像吃剩的果核一样居于中间，左右为难。从那天起，威胁与日俱增，终于在婚礼那天早上如期而至，就好像经过几天令人窒息的阴沉之后，气象学家以令人咋舌的准确预报的那场大雪一样。一小时后，马里安娜将与一个不错的小伙子结为伉俪。她这么做是出于感激，但更多的是为了报复我们的父母。她才二十五岁就要与他结婚，而别的事情则一概悬而未决。马里安娜毅然决然地结了婚，别的都不管不顾，而我将昂首挺胸而又愚蠢可笑地扮演那个不属于我的角色：我要挽着她的手臂走过教堂的中殿，把她交付给她的丈夫。

马里安娜放下车窗，对着长方形的后视镜仔细端详自己的脸。“昨晚我一宿没睡，看得出来我很紧张，对吧？结婚前一天晚上，所有新娘都很紧张。不过，我不只是紧张，而且胃痉挛得厉害，这跟焦虑一点关系都没有，只是痉挛。我吃了两片解痉灵，但它们没起一点儿作用。很显然，如果你父母没有从小就往我们肚子里塞各种药物的话，可能现在它们还能有点效果……就这样，凌晨三点我实在找不到更好的事做，只得又一次试了试那件衣服。深更半夜，我待在厨房里，穿着新娘的婚纱，简直就是一个疯子。我头上还戴着那些该死的卷发器。我都不知道为什么要弄这玩意儿。从还是个什么都不懂的小孩时开始，我就憎恶这个发型。这个发型和妮妮帮我做过的一样。总之，我看到窗玻璃里映出自己的样子，就明白这件衣服太可怕了。简单地说，就是选错了。”

马里安娜提起裙子的绢纱，又任由它再次滑落到大腿上。那薄纱看起来就像一页废纸。她对这件婚纱极其厌恶，对马上要走的步子也非常没有把握，所以，如果我对她说：“你说得对，这件衣服简直令人作呕，我们就是两个呆子。听我说，仔细听好了，这整件事都令人作呕，这就是个错误，这件婚纱只不过是个信号而已。你并不想和他结婚，你连要和他结婚的打算都从来没有过，所以现在让我们掉头回去吧，一切都会变好的，我向你保证，都会好的。”假如我把脑海中清晰勾勒出来的想法全都吐露出来的话，她会严肃地盯着我看上几秒钟，然后爆发出一阵灿烂的笑声。接着，她会回答：“好吧，咱们走，就按你说的做。”

但是，在那种情况下，直率显得太不合时宜，于是我说：“这件婚纱一点儿都没选错，它非常适合你。”

积雪像毯子一样覆盖在沥青路上，有几厘米厚。我大幅度地转动方向盘，然而，车轮还是固执地在原地打滑，寸步难行。路上的汽车都小心翼翼而又无比缓慢地向前行驶，我于是沿着其他汽车轧过的路径慢慢挪动。驾车的艰难让我无暇顾及车里的沉默，就好像那是一件平常的事。我知道马里安娜已经盯了我好几分钟，在等我把头转向她，认同她眼中的那种焦虑，也吐露出我的担忧。我认得那种目光，我曾几百次以同样的目光回应她，我知道她正等着我那么做。

我全神贯注地看着路面。如今，每当我想起姐姐突然离家出走，眼前就会出现黑暗中向我们迎面飘来的鹅毛大雪，我仍能感受到坐在我身边的她那种急切而又莫名地想要与我交流的心情。

当我们到达教堂门口时，一些来宾正在急急忙忙走进教堂。直到那时，我才扭头朝马里安娜望去，然而她已不再期待我的回应了。她冷漠、心不在焉，就像之前顺从地等待埃内斯托离题的长篇大论结束时一样。

我关闭了发动机。现在，我必须战胜我们的身体之间由于过分相似而产生的排斥，最后一次拥抱未婚的她。当我抱紧她时，她突然毫无气力，整个人也开始颤抖。我扶住她，直到她镇定下来。

“宴会上不能有任何白痴的恶作剧，你要向我发誓。”她说。

“你已经跟我说过一百遍了。”

“我不想听到有人大喊‘亲一个，亲一个’，或者祝福新郎新娘，或者任何其他愚蠢的提议。我憎恨这些。”

“我知道。”

“你必须向我发誓。”

“我向你发誓。”

“还有，我一句话都不想说，明白吗？什么都不要，连感谢的话都不要说。那会让人……”

让人尴尬，我在心里把她的话说完。“不会有任何发言。”

“你已经发过誓了。”马里安娜说。

她的呼吸突然变得急促，好像忘记了可以用鼻子呼吸。

“你准备好出发了吗？”我提醒她。从我的语调里，她应该能听出一丝不耐烦。我们都已经走到这里了，所有人都看到了我们，教堂入口某个我不认识的人走过来示意我们进去。那天，为了姐姐的婚礼，我冒着暴风雪开车到这里，而且还穿了一件领口很紧的衬衣，我忍受着愤恨、拘束和胆怯，却要装出激动的样子：我们什么时候才能下定决心走出汽车，然后结束这一切？

马里安娜叹了口气，又一次探出头去，看了看浓密的雪花，好像这样就能使大雪停下来。雪花从我们停车时就开始在挡风玻璃上堆积，此时已经几乎将车外的景象完全遮住。我们被关在一个冰盒子里。

“你觉得他们会来吗？”她低声问道。

“不，我认为不会。这个你很清楚。”

“或许会在吃点心的时候出现？”

“他们那个时候也不会来的。”

她将一只大拇指放到嘴边，天真地摩挲自己的嘴唇，神情专注。

尽管那一刻我并不想那么做，不过，我还是问她：“你想让我给他们打电话吗？我觉得他们会很高兴赶过来。”

马里安娜睁大了眼睛。“我一点儿也不想。没人想在这个特殊的日子发火。”

特殊吗？对，从某些奇怪的角度来看，那的确是特殊的一天。马里安娜像小孩子一样鼓了鼓腮帮子。“你所设想的那些事都不会发生，对吧？”

“基本不会，我认为。”

她又用镜子照了照自己的妆容，从睫毛上抹去一块睫毛膏。然后，她叹着气，扭头看向后面。“他们来不来对我们来说又有什么要紧呢？有你陪着我，这样更好。来吧士兵，我们去结婚。”

她没有等我动手，就自己打开了车门。

死亡传递

武器围绕在你身边，盘旋在你头顶，缠绕在你脚下，埋藏在你心里。你想要摆脱它，但无济于事。你试图欺骗它，事实上却被它诓骗。

武器无形无相。没有任何面容可以代表它。不是参谋部部长，不是总理，不是将军，也不是他们的部下。更不会是你。

在你出现之前，武器业已存在；当你消失之后，武器仍将永恒地存在下去。

你所找寻的东西早已出现，你只需锻炼好眼力，以便认出它来。

武器无情无感，却显得友善而非敌对。你若爱它，它便对你好，这一点你并不知晓，亦无法理解它的表达方式。

不要玷污武器，不要侮辱它。最重要的是，永远，永远不要背叛它。

你从对武器的爱慕中，感受到了对自己的爱。

无论任何情况，无论要付何等代价，你都有义务保护好自己的生命，因为你的生命并不属于你，它属于武器。

武器对于肉体与灵魂一视同仁，二者同样属于它并且受它支配。

总是武器在挑选你，而非被你挑选。

武器偏爱沉默而非言谈，偏爱横眉怒目而非和颜悦色。

你所追寻的荣耀是武器为达到目的而采取的手段。武器利用荣耀开启你的心门。既然如此，就不要抛弃荣耀。

你无从得知武器的最终目的。若你妄自揣度，只会为之疯狂。

每个行为的真正回报正是行为本身。

每一个视武器为信仰的人，都不会承受痛苦、失败乃至死亡的危险，因为痛苦与死亡恰恰是武器利用你的方式。

因此请你回答：你相信武器吗？你信任它吗？现在就把答案说出来吧！说出来！

一辆发动机声音时断时续的白色汽车，在距离阿富汗卡车司机营地几米远的地方停了下来。汽车司机厚颜无耻地将脸探出车外，向围坐在地上的男人们扔出他个人准备的礼物，然后朝他来时的方向飞驰而去。

卡车司机们长时间地望着他们的同伴被砍掉的脑袋，迟迟没有勇气将它拾起。这位鲁莽的同伴两天前出发，试图到达环路。沾着沙土的头颅同样注视着他们，一动不动的眼睛里还残留着临死前的恐惧。从颈部肌肉纤维不规则的形状来看，它是被一把小刀片锯下来的，有可能是一把袖珍小刀。这个警告再明白不过，因此邮递员觉得没有必要做任何补充，而仅仅是报以冷笑。这就意味着任何胆敢踏上这条路的人都将遭受同样的处置，因为这是与武力入侵者合作唯一应得的下场。

几小时后，卡车司机们排成一队向前线作战基地进发。他们将同伴的头颅举得高高的，仿佛一面旗帜，又仿佛一张令人毛骨悚然的通行证。没人预料到他们的数量会如此庞大，有三十几个人之多。

帕萨拉夸和西蒙切利正在主瞭望塔上值勤。很显然，他们对突如其来的状况不知所措。如果正在接近的人携带着爆炸物的话，他们之间的距离已经近到无法扫射的地步。

“我要开枪了。”西蒙切利提议。

“不过要朝天上开。”

放空枪并没有起到作用，反而使阿富汗人越发激动了。他们已经进入通往基地入口的弯曲通道，并用他们的语言恳求着什么。

“我该怎么做？再开一次枪？”

“对，采取点儿行动吧！”

又一次射击。不过，这次的子弹不再直冲冲地朝着天空，而是几乎擦着司机们的头巾，在他们身后的土地上射出了十几个小坑。

“这些人不会停下来的，”西蒙切利说，“我要投手榴弹了。”

“你疯了吗？你这是要杀死所有人。”

“我把手榴弹投得远一点。”

“如果你失误了呢？”

“那你来投好了。”

“操！”

就在两人争论不休的同时，卡车司机的队伍已经到达了瞭望塔脚下。这时，他们就像商量好了一样，全部把车停了下来，有礼貌地等着，期待有人前来接待他们。

“真够麻烦的。”十几分钟后，当巴莱西奥看到在他鼻子下挥舞着的首级时，做出了如此评论。然后，他用令人意外的责备神情望着那群阿富汗人，仿佛这出恶作剧是他们搞出来的。

上校、马谢罗上尉和伊蕾娜·萨马蒂诺三人退回到指挥部休息，就连午餐时间也没有在食堂出现——从埃吉托面前走过三个端着同样数量盘子的士兵。“房间送餐服务，”他想。中尉对于自己没有被邀请参加会议感到生气，但他无法确定自己是更嫉妒伊蕾娜，还是巴莱西奥。

下午两点，埃吉托与其他军官还有排长一起被召集开会。上校神色阴郁。他坐在长会议桌的中心，却好像被远远地丢在一边。上校的目光故意回避埃吉托，并委托马谢罗替他做出说明。如往常一样，上尉一口气做完讲解，清楚透彻，毫无废话，不带一丝个人情感。上层认为——上尉使用了这种称呼，其中带有明显的轻蔑——与卡车司机的僵局已变得十分危急。卡车司机不仅无法接受诸如近日同伴被砍头这样的残暴行径，他们的不满也极有可能损害这次任务的形象，更可能构成潜在威胁。总而言之，我们必须把他们送回家。

上尉打开一张地图，用笔在上面标出一条路径，并用他细小生硬的笔迹在旁边做了些注释。整个计划再简单不过了：士兵们要排成纵队与卡车司机一起出发，穿过山谷，到达位于迪拉腊姆地区北部不远的环路，在那里与卡车司机分开，再掉头原路返回。这条路线全长约五十公里，预计花费时间四天整，去程两天，回程两天。沿途极可能有埋伏好的 IED 在等待他们，或许还会有武装冲突。不过，由于敌人无组织纪律，因而不必担心。计划在明早日出前动身。有问题吗?

就在上尉讲话时，埃吉托中尉抓紧了两侧的裤缝。他是屋子里唯一去过山谷的人。几个月前，他曾经沿着相反的方向从环路回来。那次的经历，使他感觉自己好像经历了整个人生。他们找到了四个爆炸装置，度过了两个不眠之夜。返回基地后，他的同伴们全都精疲力竭，有人甚至再也无法在基地里服役。先前的妒忌顿时转化成了一种焦虑的预感，埃吉托举起了手。

“请讲，中尉。”

巴莱西奥狠狠地瞪了他一眼，好像是在对埃吉托说：“你不应该跟他报告。”埃吉托对此毫不理会。“我走过山谷。那个地方并不安全。或许我们应该换个方案。”

马谢罗舔着比萨饼边，嘴边扯出一丝讥笑。“我不知道您怎么想，中尉。不过，自从入伍那天起，我就知道这不是什么安全的工作。”

四周传来一些局促不安的笑声，不过随即消失。

埃吉托坚持道：“我们可以用直升机将卡车司机们送回赫拉特。”

“三十个司机，您考虑过这要花我们多少钱吗？而且还要他们丢了卡车。对于咱们的阿富汗朋友来说，我觉得这不是一笔大买卖。”

巴莱西奥蜷曲在椅子上，好像腹痛难耐。

“山谷很危险，上尉。”埃吉托说。

他迅速地朝马谢罗和伊蕾娜那边看了一眼。伊蕾娜肩膀靠着墙，一副事不关己的样子坐在那里。

“中尉，我完全尊重您，不过战略上的事犯不着您来操心。请您多关心一下士兵们的健康吧，我看到他们最近有点萎靡。其他人还有异议吗？没有的话就去准备吧。”马谢罗十指交叉，就像站在学生面前的老师。“啊，忘了一件事。这次行动名叫 Mother Bear，母熊。请大家记好了。MB，作为快速通信代号。希望你们喜欢这个代号，这是我自己想出来的。”

与会者纷纷离开，埃吉托跟随指挥官朝他的帐篷走去。巴莱西奥背对中尉，好像是要摆脱他。埃吉托刚刚把一只脚踏入帐篷，巴莱西奥就说：“您到底要我干什么，中尉？我要忙死了。”

“您必须取消行动，指挥官。”

“必须？必须？您算什么东西，竟来告诉我应该做什么？”

埃吉托毫不退让。“这件事既草率又危险。这次情况与上次不同，现在敌人正守株待兔等着我们。”

巴莱西奥恼怒地摇着胳膊。“您又是怎么知道的？”

“很明显，那颗脑袋就是个诱饵。再说……”他犹豫了一下，“我有第六感。”

“我对您的第六感毫无兴趣，中尉。战斗靠的不是第六感，有前五个感觉就够了，甚至还嫌多。”

埃吉托深吸一口气。他喜欢辩论，生来就不会屈从，这是事实。埃吉托这种犀利的批评精神很像埃内斯托。不过，他的智慧通常只是作为一种防御武器，并非用来进攻。然而，这次的情况不同。这次，他下定决心要让自己的想法发挥作用。埃吉托感到头晕，他的血压应该很低。“我不得不请求您重新考虑您的立场，指挥官。”

“够了！”巴莱西奥咆哮道。接着，他就像突然换了个人似的，瘫倒在椅子上，胳膊耷拉着。上校会用无数种方式表现自己的粗鲁，然而，他摇了摇头，说：“您真的以为是我想发起行动的吗？您不觉得我已经经历过太多战斗了吗，中尉？对我而言，那些卡车司机可以死在外面，死在他们令人厌恶的阿富汗阳光下，和整场战争一起死掉。我口袋里全是战争和任务。全是狗屎。”

中尉也谨慎地坐下。现在他得改变自己的语调，以适应突然转变的谈话。“我不明白，上校。”

“您不明白？您不明白？让您的小女朋友跟您解释吧。”

“您是说伊蕾娜·萨马蒂诺？”

“您这个小书呆子，就是她。”

埃吉托在脑海中更正了今早出席会议的人员座位图：先前他把巴莱西奥置于一边，另一边则坐着伊蕾娜和他，还有上尉。现在，他又把伊蕾娜置于具有决定权的位置上。在过去的岁月里，他曾与这个幽默的女孩有过一段恋爱关系，而现在他们俩又在共同分享……某种东西。这个女孩向两个顺从的军官发号施令。“这是萨马蒂诺的主意？”埃吉托问道。他对巴莱西奥刚才的回答感到有些惊愕。

“那女的并没有主意，中尉。她也只是个传话筒，是个听命于上级的可怜虫。是个签字的。她的眼里毫无怜悯。”

埃吉托无法相信伊蕾娜想让这种近乎死刑的折磨降临到所有人身上。他担心继续说下去会显得更无礼，不过，埃吉托还是说了出来：“我认为萨马蒂诺不会做这样的事。”

巴莱西奥突然激动地把前臂放在桌子上，身体愤怒地向前倾：“又是您的狗屁第六感这么告诉您的吗，中尉？我求您了，别再犯这种新兵的错误。”

埃吉托不知道巴莱西奥所说的仅仅是他的猜测，还是确有其事，也不知道巴莱西奥知道些什么，又不知道些什么，更不知道是谁把这些事告诉他的。也可能是伊蕾娜本人对他全盘托出。有什么人是可以相信的吗？不管这种猜测是否空穴来风，都让埃吉托晕头转向。他感觉自己好像被扒光了一样，让他失去了勇气。

指挥官用食指指着他，说：“听我说，趁着还有点时间，您去祈祷吧。永远不知道会发生什么事。您可以走了。”

军官们再次集合，每个连每个排都集合起来。直到最后，所有人都还对要做的事情不甚明了，以至于无法着手行动起来。不过，士兵们斗志昂扬，尤其是那些要出发的人：即使他们知道，离开安全区域，排着队到外面去冒险会是一件危险的事，但是，这也是除掉结在身上的蜘蛛网的一个好机会。在过去的一个月里，他们都待在前线作战基地里，等待衰老。再说，谁想当一个从来没有机会开枪的士兵呢？

恰恰是起码在理论上热衷于交火的切德尔纳，一点也不能分享大家高涨的情绪。现在要打的那个电话让他怕得要死。他已经把这件事推后了好几个小时，然后又让两个排在他后面的士兵先打电话。切德尔纳不停地咬着手指关节，无数次地吸吮关节的皮肤，直至嗅到了血腥味。阿涅西不会善罢甘休的。他对她的反应感到畏惧，这使他更加紧张。他天不怕地不怕，为什么偏偏害怕一个女人？这种愤怒令他更加恐惧，形成了一个恶性循环，让他丧失了理智。无论如何，有一件事情十分确定：他绝对不会向阿涅西坦白一丁点儿事实的真相，他没有理由这么做。切德尔纳不会告诉她，他的休假被那个死胖子巴莱西奥上校本人取消了，因为他的玩笑开过了头，那个弱智米特拉诺在深夜里冲着自己的羽绒睡袋开了枪。他也不会告诉她，即使以后他也很有可能得不到休假的机会，而且有可能会是整个团里唯一一个连续六个月没有回过家的人。他更不会告诉她，自己对此感到非常抱歉，永远，永远都不会说。

切德尔纳抓起电话机的听筒，上面还沾有前一个士兵留下的汗渍。阿涅西接电话的声音很谨慎。

“是我。”切德尔纳说。

“是你？”

“对，是我。”

“我很想你，小伙子。”

“他们不放我回去。”

为什么此刻阿涅西一直默不作声？说点儿什么，说啊！“我很抱歉。”切德尔纳补充道。谈话刚一开始，他就违背了自己先前定下的原则。

她依旧一言不发。

“喂，你听到了吗？”

电话另一端鸦雀无声。

“你不说话也没有用。我们明天将开始一项行动。我不能告诉你详情，不过这是件重要的事，所有人都要参加，我不能离开。”

“别这样，”阿涅西的口气冷冰冰的，但是很平静。这与切德尔纳之前所预料的截然不同。他已经准备好了听她在电话那头哭泣，听她叹息，然后生气。但是，他没有想到要面对这样的局面。“不要试图拿你们的行动和危险这一套来博取我的同情。”

“我已经把情况告诉你了，你爱怎么想就怎么想。”

“没错，我确实是愿意怎么想就怎么想。”

她挂掉电话了吗？她还在听吗？这么长时间的沉默并不是什么好的解决办法。

“阿涅西……”

“我对你无话可说。”

“等你毕业之后我去找你，好吗？我们会像我答应你的那样一起旅行。到时候天气也会更好。”

“我们不会有任何旅行，弗兰切斯科。我们不会再一起做任何事。请你原谅我，不过我要离开你。”

“你他妈的什么意思？”

阿涅西挤出一声假笑，这让优秀上等兵不禁打了个寒颤。“你知道我要说什么吗，这个毕业礼物真是好极了，弗兰切斯科，这是你能送给我的最棒的生日礼物。我的朋友们还真是明智，安排了假期活动。只有女生。我原本告诉她们我不会去，因为有你，但实际上我非常想去。我非常希望自己一个人去。”

切德尔纳感觉手中的听筒马上就要被自己捏碎了。他放松了紧握着听筒的手，说："不许你和你那群乱七八糟的朋友一起去度假。你要是敢去我就撕烂你的脸！"

阿涅西突然发出了一阵嘶哑的大笑。"你真是个野蛮人，弗兰切斯科 · 切德尔纳。"

切德尔纳并没有将这句话与很久之前她对他说过的一句相似的话联系起来，那时的情况与现在有相当大的区别。那时他们刚开始约会，上床也还没有几次。阿涅西曾经对他说："你真是个吹牛大王，弗兰切斯科 · 切德尔纳。"只不过那一次阿涅西接着把话说了下去，她说："你是个讨人喜欢的吹牛大王，我向上帝发誓，从来没有人像你这样对待过我。"切德尔纳愣住了，然后说："好吧。"他当然很高兴，不过也很惊讶。现在，这句很久以前的话在切德尔纳大脑的一个角落里回响着。不知道阿涅西能否至少联想到两件事情之间的关系。眼下的情况与之前大相径庭，阿涅西已经无话可说。切德尔纳深感痛苦与挫败，却无力还击。

最后，还是阿涅西先挂了电话，而不是他。"再见，祝你行动顺利。"

分配给查理三排的任务是断后。这是个棘手的位置，但总比先头部队强。再说，他们还可以和医生在一起，他在心理层面上能起到帮助。无论出于何种原因，车辆都不能脱离前面车辆留下的痕迹，既不能缩短也不能拉长事先规定好的十五米的安全距离，不能带头做出任何行动，甚至连试图提出行动建议都不可以，等等等等。

雷内准尉把冗长枯燥的指令又从头讲了一遍。这已经是第二遍了。他时常停下来，确认所有人都已经听懂。二十七个声音回答“是的”，声调越拖越长。随后，雷内准尉打发小伙子们去完成自己最后的职责。耶特里与切德尔纳负责拆卸轻型炮，将零件清洗、上油，再将它们重新装配好。

耶特里明白，最好不要打扰他的朋友。从收到撤销假期的通知开始，切德尔纳就变得很难对付：他不与任何人说话，如果你站在他面前，看到他恶狠狠斜视你的目光，还有嘴里强忍着的呼之欲出的咆哮，你会觉得他很可能会朝你肚子上捅一刀，虽然你只是挡了他的路。耶特里想要安慰切德尔纳，不过，他清楚两人之间的交情还没到那种程度。他们俩的关系更像老师与学生，而学生没有资格过问老师有什么不顺心的事。耶特里告诉过切德尔纳，那个恶作剧很危险。至少切德尔纳恪守了诺言，他向上级隐瞒了耶特里参与此事的事实。等哪天切德尔纳平静下来，耶特里会去感谢他。

两人一言不发地干着活。他们眯起一只眼睛检查枪管内部，用嘴或者压缩空气泵吹掉里面的尘土。对于那些更精细的机械构造，比如目镜和弹夹，他们就改用柔软的黑鬃毛刷清理。

耶特里仍然无法确定他对明天行动的想法。更衣室里士兵们议论纷纷，他们说一路上遍布爆炸装置。实际上，在最近几小时里，部队里的士兵们都愁眉苦脸地在作战基地里走来走去。耶特里想问问切德尔纳怎么想，他需要知道朋友的意见。或许切德尔纳这会儿也想跟他聊两句，向他倾诉点儿什么。耶特里咬着自己的舌头，不让自己出声，但最终他还是没能忍得住。“哎，切德尔纳。”他说。

“闭上你的嘴，小处男。”

保护我的家人，尤其是我的母亲。保护我的同伴们，他们都是优秀的年轻人。有时他们的话愚蠢而低俗，但他们每个人都心地善良。保护他们免遭痛苦。还要保护我。保护我远离卡拉什尼科夫冲锋枪、迫击炮、临时爆炸物，远离弹片和手榴弹。假若我必须战死沙场，我宁愿死于大型爆炸之中，让我于爆炸中粉身碎骨，毫无痛苦。我请求你，不要让我负伤，断手断脚。也不要让我烧伤，至少脸上不要。死亡可以，但不能面目全非地活着。我恳求你，我祈求你。

士兵们懂得如何在转眼之间准备一场聚会，而在目前的形势下也需要一场狂欢。一个下午的时间，在前线作战基地里呈现出各连队间协作的绝佳范例。三排的小伙子们布置好了“废墟”，而且储备了一些食物：巧克力块、从K种应急口粮包里收集来的二十五毫升装的烈酒、薯条，以及各种零食。其他人也在他们能力范围内作出了贡献：他们从部队运来两只大功率的音箱，队里的厨子加班加点做了些干巴巴然而美味的蛋糕，以及两盘类似比萨的东西。还有人忙着布置房间。之后，指挥部准备了塑料杯盘，这是巴莱西奥上校明确指示过的。

八点的时候，整个大厅已经挤满了人。小伙子们没有多少时间，因为集合的时间是早上四点，没人能够确定下次睡觉会是什么时候。大家的笑声都有些夸张，脏话也更多，所有人都清楚地感到，有必要制造更大的喧嚣，以掩盖每个人心中另一种随着时间流逝而与日俱增的声音。为了保住自己DJ的角色，耶特里缠着好几个同伴，试图说服他们。现在，他终于坐在了控制台后面。如果没有合适的音乐，聚会就不能算是聚会了。耶特里也希望赞皮耶里看到他做自己拿手事的样子。没人试图阻止他，因为每个人都只想好好享受这个夜晚。仅此而已。

晚饭前，耶特里草草列出了乐队名单：五分钱乐队、林肯公园、伊凡塞斯，或许还有后裔乐队的一些老歌，之后才是他最喜爱的乐队：活结乐队、神经官能症乐队、沉寂黑暗乐团。他希望同伴们的激情都能彻底爆发出来。耶特里原本觉得纸上列出的名字已经足够了，但是，聚会开始以后，他才意识到时间过得远比他预想的要快，他必须跳过一些歌曲尽快到达主题。还没有任何人开始跳舞，气氛比较冷清。耶特里也说不准这是为什么。通常情况下，一旦西班牙语的《漂亮的飞》在图色朵酒吧响起，他就会忍不住冲进舞池跳起来。有些人不太客气地建议他换种音乐，但他置之不理。

"哎，赶紧给我们把这乱哄哄的音乐关了！"西蒙切利从屋子另一头吼道。

耶特里对此充耳不闻。他用眼角的余光瞥到赞皮耶里正向他走来，于是低下头，装出一副忙碌的样子，其实他要做的只不过是挑选歌曲。《漂亮的飞》已接近尾声，而他还没选好下一首歌。他手里攥着那张列有乐队名称的小纸条，上面写着摩托党乐队的名字，但耶特里觉得这个乐队并不适合用来欢迎赞皮耶里，因此开始慌乱不安。赞皮耶里站在了他身旁，耶特里赶紧播放他能找到的第一首歌曲，碰巧那首歌是：《我的灾病》(My Plague)。

赞皮耶里在他面前的桌子上坐下。她是从什么时候开始使他念念不忘的呢？耶特里感到自己全身被百万根针戳着，他坐立不安。

"你没有更上口点的歌儿吗？"

“怎么了，你不喜欢活结乐队吗？”

赞皮耶里做了个奇怪的鬼脸。“我连他们的名字都没听过。”

耶特里低下了头。他再一次浏览那张乐队名单，前前后后地审视着。突然间，他发现没有任何合适的歌曲，没有一首有趣的歌能打动她的心。“你知道自杀倾向乐队吗？”耶特里满怀期待地问道。

“不知道。”

“永不超生乐队呢？”

赞皮耶里摇了摇头。

“我放给你听，永不超生乐队的歌很酷的。”

赞皮耶里叹了口气。“你没有夏奇拉的歌吗？”

耶特里挺直了后背，他感到很气愤。“夏奇拉？她的那些歌都称不上是音乐。”

“但是大家都喜欢听。”

“她只会唱些商业小曲儿。”

赞皮耶里不快地四下看了看。“好吧，起码那样会有人跟着音乐跳起来。你看到了吗？现在没有人动。再这么下去，过不了多久我们就都得捂着耳朵了。”

“如果你们不喜欢，可以找别人当 DJ。我的音乐就是这样的。”耶特里感到既愤怒又屈辱。如果赞皮耶里真的喜欢夏奇拉的话，他很难相信他们俩能够合得来。

“你看看你有多生气！”赞皮耶里说，“你真是个小孩子，就为音乐这点儿事你就生气。”她做出一个蔑视的手势，“你爱放什么歌就放什么歌吧，我一点都不感兴趣。”然后，她起身离去。

耶特里目瞪口呆，手里还傻傻地握着 iPod。过了几秒钟，他才回过神来。《我的灾病》即将结束，但他还没有准备好接下去的歌曲。在“废墟”，现在只能听到小伙子们嘈杂的叫嚷声。赞皮耶里已经回到其他小伙子那里，重新加入了切德尔纳、佩科内和韦尔切林的那个圈子，像只母鸡一样咯咯地笑着，就好像对于他的音乐真的一点都不在意，或者是对他漠不关心。

“到时间啦！”马蒂奥利将双手团成喇叭的样子，冲着 DJ 喊道。其他人报以掌声响应他。

耶特里真是个白痴。他本想出风头，却让自己变得像个傻瓜。他总是这样。此刻，他满面羞愧，只想赶快消失。让他们自己找歌去吧，反正他们对音乐一窍不通。耶特里望着同伴们，一时间非常憎恶他们，就像曾经讨厌托雷马焦雷的小伙子们一样。他们也对音乐一无所知，只听收音机里播放的歌，听那些萎靡无力的意大利歌手的歌。

耶特里握紧手中的塑料杯，愤怒地将之丢到角落。他从“废墟”走了出来。夜晚越来越寒冷，而他的棉 T 恤外面什么都没穿。无所谓。耶特里双手插在口袋里，朝电话亭走去。他还来得及给妈妈打个电话。耶特里原本并没打算给妈妈打电话，因为他要参加那个一无是处的聚会。路上，他遇到了几名士兵，他们正朝相反的方向走去。去吧，你们都去聚会吧，反正你们一点也不会尽兴。

快到电话亭的时候，他看见了雷内。准尉抽着烟，来来回回地踱着步。“你不拿手电筒到处乱晃什么呢？”雷内呵斥他。

耶特里耸耸肩。“我已经摸清方向了。”他说，“你怎么没在聚会那儿待着？”

“太混乱了。”准尉答道。

雷内准尉看起来既沮丧又紧张，这或许表明这次出征并不是一件轻而易举的事。不过，耶特里心中此刻容不下恐惧。他对行动并不感兴趣，而另外一件事却令他非常受挫。“你要打电话吗？”他问道。

“我吗？我不打。”雷内一只手摸了摸自己剃过的平头，“我不打电话。明天见。你尽量休息一下。”

他快步离去，剩下一等兵独自一人。深夜里，作战基地里的寂静与他所知道的别处的寂静都不一样，这种寂静远离了发动机、人声，也远离了大自然。没有小鸟的啁啾声，没有蟋蟀，周边也没有流淌的河水，什么都没有。有的只是死一般的沉寂。

母亲的声音连同其他一些情绪在他胃里翻腾。这种极度的痛苦堵住了他的喉咙。“你的肠胃好了吗？”

“妈妈，那都是多少天前的事了。我现在好得很。”

“但你的声音听起来很悲伤。”

没办法，母亲总是能看穿他试图掩饰的东西。她拥有敏感受体，能感受到耶特里声音里所有细微的变化。“我只是太累了。”耶特里说道。

“我非常想你。”

“嗯。”

“你不想我吗？”

“拜托，我又不是八岁小孩。”

“我知道，我知道。别这么说，八岁的时候你非常可爱。”

那现在呢？现在我是什么？耶特里记得连他母亲也无法忍受他的音乐，因而有那么一会儿他也迁怒于她。她说：“那些都是噪音，对你耳朵不好。”他曾有一次称呼母亲为老傻瓜，因为她说了速度金属乐队的坏话。他只这么叫过她一次，而作为回应，母亲重重地给了他一个耳光，让他头晕目眩。

“妈妈，我会有几天不能给你打电话。”

“为什么？”母亲迅速警觉起来。从某种意义上说，她已经开始为这事责怪他了，虽然这件事根本不取决于他。“几天？”

“至少四五天吧，他们要修理电话线路。”

“但是现在电话线路是正常的啊。为什么就不能保持现状呢？”

“因为不能这样做。”

“既然是正常的，就不应该碰它们。”

“这些事情你不懂。”耶特里打断了她的话。

母亲叹了口气。“对，我不懂，但是我会担心你。”

“没必要。在这儿一切风平浪静。”

“远方的母亲总是会担心的。”

耶特里克制住自己想要全盘托出的冲动，他想要告诉她，这次，唯独这一次，她完全有理由担心。开始的时候与现在不同，那时母亲会有十几个夜晚坐立不安，等他的电话，心悬到嗓子眼。她的失眠根本于事无补，因为耶特里总是更加冷静，比她想象的更加善良顺从。耶特里确信，如果母亲发现了这一点，她会感到失望。她的儿子毫无过人之处，不过是芸芸众生中的一个。“现在我得走了，妈妈。”

“不！等一下。接下来这些天你都不会打给我，再跟我说点儿什么吧。”

告诉她什么呢？所有他需要倾诉的事情只会让她痛苦：告诉她

食物恶心得让她难以置信？告诉她他迷恋上一个女人，一个像他一样的女兵，可是那个女人叫他小孩子？告诉她他们明天要执行一项任务，去往塔利班控制的区域，而他感到恐惧？告诉她自己再过几小时就要出发？告诉她今天早上他看到了一个被砍掉的脑袋，然后他恶心得几乎要把早餐都吐在军靴上，现在，他一合上眼，那副面庞就又浮现在他眼前？告诉她，有些时候他感觉自己既茫然又悲哀，他感觉自己已经老了？没错，才二十岁就已经老了，他一点儿都不相信他曾经是个天才？告诉她所有人一直都把他视作初来乍到的无名小卒，他在部队根本没有找到他所期望的东西，而现在就连他要找寻什么都不知道了？告诉她他爱她，他非常思念她，她是他最在乎的人，是他唯一在乎的人？他连这一点都无法告诉她，因为他已经是成年人了，而且还是个军人。

“我真的要走了，妈妈。”

托尔苏向医生撒了谎，不过是个善意的谎言。他不想成为整个排里唯一一个留在安全区的人，而其他人都准备向山谷进发。假如是这样，等小伙子们完成行动回到基地，他们就会像对待躲避上前线的逃兵那样对待他，而他想不出比这更耻辱的事情。因此，他告诉医生自己感觉好多了，甚至已经完全康复。他发誓近三天他粪便的黏稠度都在正常范围内（事实上，早上他刚刚犯了一次痢疾），而且还在保证书上签了名。当医生走到他身旁，要给他测量体温时，托尔苏告诉医生他更愿意自己量，然后谎称自己的体温是三十六度，而实际上是三十七点五度。只不过比发烧线高出一点而已，又能怎么样？他混过去了，因为医生今天心不在焉，想尽快结束诊断。

“那我可以走了吧？”

“你想走就可以走了，我这里没有任何问题。”

“您觉得我们在那儿会有麻烦吗？”

医生的目光注视着某个不确定的地方。他们称不上是朋友，不过还算熟悉。托尔苏成天都待在医务室里（毫无疑问，他察觉到了中尉和那个女军官之间那种可疑的默契）。埃吉托并没有回答，他将两盒退烧药递给托尔苏，打发士兵离开。

自从形式上不再是个病人之后，托尔苏就将某些不必要的担心抛诸脑后，其中就包括腿的问题。现在回想起来，他感觉那与精神错乱引起的幻觉差不了多少。不过，为了安全起见，他还是从后勤兵那里借来了一把米尺，量了量自己的下肢，从脚跟一直量到胯部。经过反复测量，结果显示两腿长度相差仅仅半厘米，他这才放下心来。

然而，与 Tersicore89 的冷战始终让托尔苏非常忧虑。为了惩罚他，他们吵架以来，她再也没有联系他。他发的信息她一条都没回，甚至连托尔苏说他们准备去沙漠里执行几天任务，并且稍稍夸大了危险程度，她都无动于衷。托尔苏开始不抱希望了。他心灰意冷，连在“废墟”举办的聚会也没去凑热闹。托尔苏被切德尔纳赶出帐篷，只好坐在外面的地上。他把电脑放在盘着的腿上。Tersicore89 的状态显示她不在线，但托尔苏并不相信。他简直能够肯定她正在读他的恳求。此时正是他们平常——曾经——习惯聊天的时刻。

THOR_SARDEGNA：我们就不能谈谈吗？

TERSICORE89：

THOR_SARDEGNA：我已经跟你说过抱歉了。说过很多次了，你还要我怎么做？我当时心情不好，人心情不好的时候说错话很正常，每个人都会这样。

TERSICORE89：

THOR_SARDEGNA：求你了，说点儿什么吧。你骂我也好。告诉我你在线。

TERSICORE89：

THOR_SARDEGNA：我对明天可能发生的事很害怕。我想跟你聊聊。

TERSICORE89：

THOR_SARDEGNA：你真自私！

这样的独白占了满满两屏，道歉、恳求和愤怒的辱骂交替出现。托尔苏对她已经不抱幻想了。有那么十几分钟，他什么都没有写，而是把下巴抵在拳头上。每当屏幕变暗，他就恶狠狠地用手拍一下键盘。他已经习惯了每晚都要发烧。现在，他额头发烫，脑子里一片混乱，对此他已经见怪不怪了。

一名士兵突然从黑暗里跳出来，吓了托尔苏一跳。“是谁？”

“耶特里。”

“你干吗摸黑走来走去的，呆子？”

耶特里冷得打哆嗦，他用手蹭着光溜溜的胳膊。“我散散步。”

“不带手电？你真是个白痴。”

耶特里耸了耸肩。“我回去睡觉了，”他说，“聚会真是恶心。”

“你不能进帐篷。”

“为什么？”

“切德尔纳嘱咐我不让任何人进帐篷。”托尔苏回答，“他和赞皮耶里在里面。”

“和赞皮耶里？他俩干什么？”

托尔苏将视线从电脑屏幕上移开，注视着耶特里黑色的轮廓。“你觉得呢？”

耶特里一动不动。

“你怎么了？”托尔苏问道。

“没事。”

最后，耶特里再次消失在黑夜里。真是大傻瓜！托尔苏又将目光聚焦在空荡荡的显示器上。

THOR_SARDEGNA：如果有必要，我会一整夜都等在这儿。

TERSICORE89：

THOR_SARDEGNA：除非你回复我，不然我会一直等着。

TERSICORE89：

蓝色的进度条显示加载完成，不幸的是，一切都毫无变化。

“不，”托尔苏喃喃自语。没有人能听到他的声音，可是他仍然不停地重复着，“不不不不……不。求你了，我乞求你，别这样。”

初级上等兵安杰洛·托尔苏并不能像他承诺的那样整晚都等在那里，但再等半个小时还是可以的，这段时间足够切德尔纳和赞皮耶里在帐篷里完成他们的事儿。而几乎与此同时，耶特里消失在基地里，他好几次都险些绊倒，摔断脖子。他试着哭出来，但是就连那个也做不到。他甚至不能像预期的那样绝望。现在，耶特里迷失了方向，他担心自己找不到返回查理连队的路。他觉得自己好像走到一处从未到过的地方。耶特里循着从一个帐篷里透出的光亮走去。帐篷渐渐靠近，他掀起帘子，探了探头。

“耶特里，我的兄弟。进来，快过来。”

迪·萨尔沃正躺在一堆五颜六色的垫子上面，他既没有穿上衣，也没有穿鞋。从电热取暖器炽热的炉架里飘出的热气朝耶特里扑面而来。他的一边脸被冻得发紫。帐篷里充满了浓烟，悬浮在半空中。

“阿比比，这是罗贝尔托，我的朋友。我的好朋友。”

迪·萨尔沃说话的样子好像吸了毒。阿比比转身向耶特里打了个招呼，然后又闭上了眼。另外两个翻译连动都没有动一下。

耶特里羞涩地走进去。他避开散落一地的各种物什，挨着迪·萨尔沃坐下，机械地接过他递来的烟管，放在唇边。

“用力吸一口。干得好。尽量把它留在里面。你会看到的，它会让你非常轻松。已经感觉到了吗？这个味道很特别。”

一等兵又吸了一口，之后又是一口。刚开始，除了一阵咳嗽，他并没什么反应。对于像他这样的人，一个小毛孩儿，就连毒品都不起作用。接着，一股强大的困意袭来。他抵抗住了这种困倦，想把烟全部吸入肺中，直到肺里一点空间都没有。他吸了长长的一口，烟雾灼伤了他。

“嗞，”迪·萨尔沃紧贴在耶特里耳边，发出嗞嗞的声音。

迪·萨尔沃提到过的那尊雕像就放在三条腿的小桌子上，旁边还有一些剥开的卷烟和还没吸过的烟草，以及一根燃着的熏香，不过这根香完全没有起到改善室内空气的作用。耶特里注视着雕像：它只是一个用小刀雕刻的拙劣木雕，雕像的头发是用干稻草做成的。耶特里又吸了一口，并尽可能长时间地将烟留在肺里。高层军官们喜欢比赛谁能坚持最久，他们把这个过程称作死亡传递。在烟管传到自己手里之前，他们不能将肺里的烟吐出去。有时候，他们会有十个或十一个人，有人会故意延迟传递烟管的时间，这样其他人的脸就会变成红色，然后是紫色和蓝色。耶特里吐出烟圈，伴着一阵咳嗽。刹那间，他看到切德尔纳把脸埋在赞皮耶里两腿之间，而赞皮耶里则双腿叉开，愉悦地呻吟着。耶特里又吸了一口，屏住呼吸。毒品的劲儿上来了。大麻使他越来越觉得喉咙发干。上学时他就是这样了，他的口气令人生厌。耶特里必须喝下好几升冰茶，才能让这种味道从嘴里散去。阿比比的雕像用黄色的眼睛盯着他，它只不过是块朽木。在托雷马焦雷的市场里，摩洛哥商人贩卖大量诸如此类的破烂。每次妈妈带耶特里到市场，她总会顺着他，想要什么都买给他，全部都买给他，以讨他开心。耶特里很清楚这一点，并总是利用它。八岁的时候多么美好啊！多么美好啊，切德尔纳是这样说的，现在剩下的他都想要，所有剩下的东西。这些该死的叛徒。耶特里冲阿比比的雕像吐了吐舌头，面向死亡吐出的舌头。他倒希望死亡能把他带走，反正他什么都不在乎。迪·萨尔沃发出一阵急促的大笑，他也吐了吐舌头。

“噗噜噜……呜呜呜呜呜呜呜！噗噜噜……”

他们就像两只动物，发出动物的声音。他们在捉弄死亡，然后捧腹大笑。

“噗噜噜……呜……呜啊啊啊啊……”

迪·萨尔沃告诉耶特里，抽这个玩意儿能让人感受到很多东西，所有的东西。都是蠢话。耶特里感到的就只有忧虑，而且越来越强烈，越来越沉重。帐篷从四面八方收拢过来，紧紧裹在他的身上，外面的高山压在他身上，还有黑夜，所有的事物都排山倒海向他袭来，压在他身上，而他就好像一只蜥蜴。他的瞳孔向后翻着，脑袋陷入那层舒适的垫子里。

“棒极了，小伙子，棒极了。你看到啦，这个很特别。”

第二部分

玫瑰山谷

黎明时分，队伍缓慢地蜿蜒前行，绵延达两公里远。广场上装车的工作进展迅速，尽管最后几分钟出现了一些麻烦。那些阿富汗卡车司机纪律松散，他们突然间固执地不愿意把野营用的那些破烂拆掉，因为在最近的几个月里，他们都是在那里度过的。他们这样做，就好像是尽管制造了所有那些麻烦，却不太愿意扔下成堆的帐篷和污秽之物。巴莱西奥上校坦率陈词，虽然语气中满含不确定，但足以说服士兵们收拾行装准备出发。小伙子们还很疲倦，不过显得信心十足。他们静静地听完了上校最后几分钟的部署，然后就解散队列，踏上了行程。队伍由五十多辆车组成，其中包括军用车辆和民用卡车。伊蕾娜·萨马蒂诺从前线作战基地远远地注视着他们。

亚历山德罗坐在装甲救护车上。这辆救护车很好辨认，因为尾部车门上印着红十字的标志。伊蕾娜久久望着这辆车，直到它消失在地平线上。她思念埃吉托中尉，一想到不能再见面，她内心就非常不安。过两天，她也要离开基地了，而且他们今后没有什么可能再次见面。命运对他们已经够慷慨了。

昨夜，她钻出睡袋，来到亚历山德罗的行军床边。但是，还没碰到他，她就听到他冷冰冰地说：“你在这儿干什么？”

她一动不动地站在帐篷中央两张床铺的中间，说：“我不懂你在说什么。”

“伊蕾娜，你这是在把人置于死地。希望你事先就意识到这一点，因为事情一旦发生，你就再也找不到任何借口了。”

亚历山德罗斥责的口气为伊蕾娜带来的痛苦，已经超出了她的承受能力。不过，她尽量不让这种情绪流露出来。“作为雇员，我和其他人一样，只是在做本职工作。这一点我已经向你解释清楚了。”

“你现在说自己只是在执行命令，而不是那个做决定的人。我还不了解你吗，伊蕾娜？你生来就会操纵别人。”

“可是我从来没有操纵过任何人啊。”

“没有吗？真奇怪，在我印象中可不是这样。”

“你说哪件事？”

“哪件事？伊蕾娜，你问我哪件事？”

“你是指我和你做的事？”

“我们分开好几个月后，都好几个月了，你也是这样神气地出现，你不记得了吗？你像只苍蝇围着我转，纠缠着我，无处不在。更不用说你……算了，不提也罢。这次情况更糟糕，你有长进了。”

伊蕾娜踩在地面的双脚慢慢变冷，寒冷很快蔓延到踝骨、膝盖以及身体的其余部分。她低声说：“我很难过你居然这么想。”她抬起一只手，伸向亚历山德罗的头部，伸向想象中他头部应该在的位置，然而他的反应很激烈，她只得立刻把手抽了回去。伊蕾娜回到自己的睡袋，久久不能入睡。

伊蕾娜·萨马蒂诺后悔了。今天早上，她本该吻他，用一只手拖住他的下巴，让他的嘴向自己的凑过来。她敢肯定，之后他会顺从并且感激她。

瞭望塔上的士兵挥舞着双臂欢送他们，然而，队伍中的人并没有向后看，此时他们只想着前方的道路。

“您认为会有危险吗？”伊蕾娜问指挥官。

上校的舌头在口腔里来回动着，把脸颊顶得鼓了起来。伊蕾娜看见他那蠕虫般的舌头在皮肤下面移动。巴莱西奥用右手握着生殖器官，轻轻抖动着。“请原谅我这个迷信的手势，”他说，“愿上帝保佑他们。”

天色亮了，埃吉托中尉等待气温上升，这样他就可以脱件外衣。他们指派优秀上等兵萨尔瓦托雷·坎波雷西担任司机，到现在为止，两个人还没说过几句话。埃吉托只是坐在乘客的位置上，仔细打量这名士兵，试图从外部特征猜测他最突出的性格特点。萨尔瓦托雷鬓角的发际线非常靠后，胡须整齐，长长的睫毛看上去很女性化。他的二头肌饱满，就好像肩膀下面塞了两个土豆。这是个不错的年轻人，看起来比他的真实年龄还要年轻，就像许多持枪步兵一样。埃吉托知道，让坎波雷西和他的战友们在一起会比较好，他们就坐在紧随其后的兰斯装甲车上。不过，对此他无能为力：命令就是命令，规定就是规定，军衔就是军衔。

后面的车厢里载着担架、急救设备和各种血型的血包，但愿不需要用到它们。阿比比和其他翻译也在这里。不过，他们也不太想跟他说话。因此，驾驶室里就只能听到发动机的巨大轰鸣声和镶钉轮胎摩擦碎石的声响。

队伍完全是以步行的速度在前进，因为走在前面的 ACRT 正在探测每一寸土地。当救护车越过安全区域那道无形的界限时，埃吉托感觉到自己的身体发生了变化，就像无数长时间死寂的神经末梢重新苏醒过来一样。“从这里开始就是红色区域了，”他自言自语。

坎波雷西咂咂嘴：“谁知道他们是不是也了解情况呢，医生。”

印在描图纸上的地图就放在仪表盘上面。中尉把它抓起来，不过更多是为了不让太阳光反射到眼睛上。他凝视着错综复杂的等高线，目光在那张 1：50 000 比例尺的地图上沿着行军路线移动。他们将要穿过长长的一段无人区，那里的一片片建筑通常被标注为废墟。随后，山谷的道路更为曲折，仿佛蜿蜒的羊肠小道。再接下来，就是另外几个相距很近的村庄。从博加尔到格基内，到处是黑色的斑点。昨晚他们最后一次谈话时，巴莱西奥用手指着地图上加拉维的位置说：“要是他们伏击我们，那么就会在这里。”他一边说，一边不停地吃着从市集上买的腰果，然后把棕色的皮吐在手里。从一个特殊的角度看，埃吉托依然能够辨认出上校的手指接触过之后留下的那块油渍。

然而，上校说错了。队伍已经穿过了格基内的最后一片居住区，不过连一个人影也没有看见。一片崭新而广阔的区域在队伍面前展开。这些地方埃吉托一个也不认识。回程穿越山谷的时候，他应该是心不在焉，要不就是过分激动。

到了中午，前行的队伍在转弯的时候拐了一个直角，于是中尉看到了整个队伍。周围黄色的尘雾在他眼里仿佛某种幻影。他想，这是一群迁移的野牛，是一种有秩序的迁移。汽油的恶臭令人作呕。现在，他仍然能够闻到那种气味。不过他明白，过不了多久，感官就会决定不再接收这种气味。不过，它并不会消失。

他们沿着干涸的河滩前行。千百年来，河流的冲刷形成了山谷，而它本身却在山谷的腹地消失。小路在两个更高更陡的斜坡中间有一段舒缓的下坡。队伍走得很快，因为这片区域看上去很安全。坎波雷西已经用尽了浑身解数，但是，每次他轻轻一踩刹车，救护车都会颤抖。由于防雷外壳的重量，这辆车缺乏良好的减震器。车子的左右摇晃、黎明到来之前就被迫起床，以及精神压力的突然降低，使埃吉托的脑袋耷拉下去。他张着嘴睡着了。

醒来的时候，埃吉托发现队伍不动了。一些士兵在车辆附近有限的区域内闲逛。车辆两侧、前方和后视镜中的景象全部都是朦胧的淡红色山脉。地图从他的腿上滑落到座椅下面，他得解开安全带，然后把手伸到下面才能够到，不过他决定先不管它。

没必要询问坎波雷西队伍停下的原因，埃吉托自己就意识到了，至少从无线电设备传出的断断续续的声音就能立刻了解情况。工程兵发现了一个 IED，正在进行处理，以便拆除它。这本来不算什么震撼的消息：阿富汗到处都埋着地雷，就像是播种后的南瓜地。不过，有一点让他觉得奇怪：这个爆炸装置似乎用肉眼就可以看到，土壤刚刚被翻过，爆炸装置也没有被完全覆盖住。这说明很多问题，但是，敌人潜意识里想要传达的讯息，在中尉看来有三条是显而易见的：一、我们知道你们从哪里来，要往哪里去；二、这是警告，我们在为你们提供最后一个掉头的机会，卡车司机的问题我们会自己解决；三、从这里开始就要动真格的了。

很久以后，当埃吉托再次想起这件事的时候，他才终于确定，从发现第一个IED开始，士兵们心中对于能够顺利而又毫无障碍地完成这次任务的幻想就完全消失了，他们意识到自己陷入了一个巨大的麻烦。很明显，在那之前，每个士兵都抱着同样的幻想。一方面，他们突然之间丧失了乐观情绪，认为从一开始一切都没有意义；另一方面，他们彼此之间传播着这种不安的情绪。低落的情绪像病毒一样蔓延开来，可是每个部队都不能允许这种情况存在。

紧张的情绪难以言表，只能通过其他途径发泄出来。坎波雷西不停地用手指敲打方向盘，这让中尉很反感。优秀上等兵试着敲出更为复杂的节奏，但又不能把它保持下去。尽管并非本意，不过，听着这种扰人的声音，埃吉托还是感到了绝望。饥饿感突然袭来。奇怪，他已经好几个月都没有胃口了——由于食物太糟糕，再加上精神极度紧张。自从接受任务起，他瘦了将近六公斤。然而现在，灰尘中的硝酸盐等待着他们，确切地说是等待着他，消化器官向大脑发送了信号，就好像他的身体需要为接下来发生的事情做准备，需要积攒力量以防紧急情况。

中尉四处查看，寻找储备食品。他在一副担架上发现了一份K种口粮的残留物，那是一个队友的零食。

“这是你的吗？”他问阿比比。翻译示意他随意享用。

埃吉托将口粮中能吃的部分全部掏出来：薄脆饼、鲭鱼罐头、浓缩牛奶。现在，他连荷兰奶酪的残渣都无法抗拒，尽管奶酪上明显残留着阿比比咬过的痕迹。这些还不够，埃吉托又打开一罐肉馅饺子。本来应该先加热一下的，但是，他把这些难吃的东西全都生吞了下去。中尉一边专心填饱肚子，一边饶有兴致地参与到两名士兵的谈话之中。那个站在装甲车上的士兵他认识，是安杰洛·托尔苏。他患过急性肠胃型感冒（几天前，埃吉托派人把他送到赫拉特。在那里，他被确诊患的不是马耳他热或者其他更严重的疾病）。另一个抓着前面一辆兰斯装甲车车门的士兵，他已经见过很多次了，不过还是记不住他的名字。“他叫什么来着？”埃吉托指着他，询问坎波雷西。

“弗兰切斯科·切德尔纳。你居然没注意到他，他可是个活跃分子。”

通过仅有的几次碰面，埃吉托明白了切德尔纳是个精力充沛而且还有点儿神经质的人，是会在酒吧吵架的那种，他姐姐认为军队里这种人比比皆是。切德尔纳的眼神透露出令人不安的讯息，睫毛的跳动比一般人更明显。

埃吉托猜想他正在取笑托尔苏。两名士兵之间的矛盾越来越激烈，直至第三个人的介入才让双方冷静下来。两人交换了位置，不过没过多久，托尔苏就从装甲车上下来，摘下头盔放在地上。埃吉托看着他打开一个黑色的袋子，把它放在头盔里，然后脱了裤子，坐在那个临时厕所上面。

现在，埃吉托看见他坐在头盔上面，像个鸡蛋一样蜷缩着，表情痛苦。中尉的脑海中掠过一丝怀疑：他允许托尔苏来是不是太草率了？但是，已经没有办法补救了。他们所到之处不允许走回头路。这名年轻的士兵既然来了，就只能咬紧牙关。

托尔苏好像听到有人叫自己，于是抬起头看着对方。埃吉托竖起拇指问他的身体可好，士兵表示他很好。他没办法隐藏自己的实际状况，因此也就没有试图那么做。埃吉托觉得既没必要移开视线，也不能放弃把铁皮罐里的汤喝完，即使是在士兵站起身做必要的清理的时候。他的私处因此一览无余。一般情况下，埃吉托会移开视线，至少不会再吃东西，这次他却没有这样做，而是这样边看边吃。自从他们离开安全区域，更确切地说，是自从一名出色的士兵发现了第一个爆炸装置，他身体中的某样东西就真的改变了。他们现在位于山谷之间，在一片沙漠之中，羞耻和愤怒变得无影无踪。人类区别于其他动物的一些特点都消失了。从现在开始，埃吉托感觉自己不是作为人类存在的。他变成了一种抽象的东西，成为纯粹的注意力、反应力和耐心。从父亲死的那一天起，埃吉托就千方百计寻求那种人格缺失，此时却突然与它如此的接近。

中尉看着托尔苏解手，优秀上等兵坎波雷西看着他，切德尔纳和其他士兵也在看着他：所有人都不动声色，仿佛是在享受队友托尔苏污秽的表演。

埃吉托把罐头倒过来，吮吸着冰凉的残汤，直到喝完最后一口。然后，他将罐子扔在一旁。一股酸气从胃里涌上来，不过他克制住了。

切德尔纳把手伸进嘴里，拉出一块嚼过的口香糖，扔在托尔苏身上。“你总是要大便，”他大骂，“你他妈就是个消化道！”

排雷工作持续了两个多小时。重新出发的时候，士兵们十分苦闷。他们被野外的炎热烤得半熟，一个个无精打采。由于酷暑，驾驶室变成令人窒息的牢笼。已经到了下午，最初的热情已经荡然无存。烟雾使景象变得模糊，同时也影响了士兵们的情绪。

对于耶特里来说，情况更糟，可是他已经习惯于认为这是稀松平常的事。这仅仅是行程的第一天，他就已经难以忍受：耶特里坐在后座上，迪·萨尔沃站在旁边。每次给机关枪调换方向的时候，他的枪托就会碰到耶特里的大腿神经。迪·萨尔沃总是会碰到他，而不是佩科内，似乎他是故意而为。迪·萨尔沃总是动个不停，因此枪托在耶特里大腿上同一个地方撞了无数次。

此外，从他的角度观察赞皮耶里和切德尔纳是最佳位置：他们坐在前排的座位上，相视而笑，讲着俏皮话。在耶特里看来，这些俏皮话都与性有关。他们并不想向全世界炫耀他们的所作所为。赞皮耶里脖子上有一个青色肿块，跟硬币一般大小。一连几个小时，耶特里都饱受折磨：他想象切德尔纳抱着她的头，亲吻她的皮肤。耶特里深深地陷入自己的幻想之中，如同亲眼见到赞皮耶里的血液从毛细血管涌到皮肤表面，使肿起来的皮肤充血。他们应该是有了那种完全的关系吧？肯定是这样，切德尔纳不会退却，也不会让事情半途而废。但是，从这点来看，二者并没有什么差别。耶特里决定，从今往后不会再爱上其他女孩，也不会再有最好的朋友。这种想法让他觉得孤独难受，悲痛欲绝。

迪·萨尔沃的枪托又碰到他大腿的神经。“操！你小心点！”他忍不住骂了一句。

“小处男，你在后面兴奋什么？”切德尔纳插话。

最让耶特里感觉到受伤的，是朋友完全没有看出他有多么愤怒，也完全没有意识到他早晨讲话时的态度。现在，耶特里有两种选择：粗鲁地回答以表达自己的不满，或者假装他不存在，继续保持沉默。然而，就在他思索如何回应时，切德尔纳已经忘记了他的存在。

通过无线电接收器，雷内坚持要队伍加速前进。在之前的一个小时里，由于托尔苏肠胃不适，他们已经额外休息了两次。他第三次提出下车的要求时，雷内拒绝了。现在，士兵只能站在兰斯车的战斗位上解决排泄的问题，米特拉诺和西蒙切利的头和他的骨盆刚好处于同一高度。他脱掉裤子，内裤脱到膝盖处，排出一摊秽物，然后尽可能收拾干净。

“真是个可怜虫，”耶特里想。他从后视镜隐约可以看见那辆装甲车。但是，他并没有继续表达对他人的同情心，因为这时候也该可怜可怜自己了。他任由这种糟糕的感觉把自己拖进越来越阴郁的幻想之中，直至痛不欲生。他只知道如此抚慰自己，也就是任由自己滑入忧伤的谷底。

耶特里将目光转向车窗外，但没有什么东西能够吸引他的注意力，就连一棵树或者一间房子都没有，除了岩石和黄沙，别无其他色彩。突然，他开始思念自己的故乡。上初中和高中的时候，他讨厌托雷马焦雷，讨厌那里人烟稀少的道路。他当时是方圆一百公里唯一的重金属乐队成员，炫耀着超级杀手乐队那件可怕的线衣，仿佛那是抗议的吼叫。如今，他不惜一切想回到那个时候，哪怕只是一会儿。他想在那张高大的床上打个盹。床头是用铸铁制成的，它所在的房间一到下午就洒满阳光，能够令人沉沉睡去。他想支着耳朵去听妈妈在厨房里做饭时敲响锅子的声音，倾听因为不想吵到他而音量很低的收音机。

为什么他总是渴求太多？特别是那些得不到的、过去的东西；或者情况更糟，因为他还想得到那些将来也不会属于他的东西。这是对他的惩罚吗？刚刚二十岁，他就开始期盼所有这些愿望消失得无影无踪。总应该有那么一个时候，人不再被一分为二，刚好处在自己愿意待的地方。

一只隼从令人晕眩的高空俯冲而下，耶特里注视着它的飞行轨迹。贴近地面的时候，它又猛地冲向高空，冲入一股气流，在半空中平稳翱翔。一等兵由此受到启发：对了，这才是他应有的状态。

兰斯装甲车突然一个急刹车，耶特里被抛向前方，他撞到了座椅的加固杆，然后又被弹了回来。士兵并没理会颈部受到的冲击，因为他想首先弄清楚发生了什么事。

迪·萨尔沃大叫了一声，一屁股跌倒在驾驶室里。有个军需品箱子翻了个儿，子弹撒得到处都是，还有一些掉在他腿上。切德尔纳骂了一句，然后在装甲车的仪表盘上拍了一下。“你们还好吧？”他问道。

耶特里机械地回答：“是的。”这一次，他不能再保持沉默。

起初，他们以为是水沟。不过，它完全像个火山口，而且还这么深。向里面望去，会看到水光粼粼。这是荒漠之中的一口井，简直令人难以置信。装甲车的右前轮完全陷了进去，另外三个轮子都翘了起来。赞皮耶里试着发动装甲车的时候，轮胎在空中急转，掀起的尘土溅得到处都是。最严重的问题是，汽车底盘卡在了一块突起的石头上。把它拖着向前走会有风险，因为可能会毁坏油箱；把车扔在那里也不行，因为军队的规定不允许（如果敌人将它据为己有，那么就只有上帝知道他们会如何处置这辆兰斯装甲车）。唯一的解决办法就是将它抬起来，然后向前拉。可是，装甲车有十吨重。

这里视野不错，所以几乎所有人都下了车。至少在最开始，对于创造了这次休息机会的人，他们还是心存感激的。士兵们抓紧利用这点时间活动活动筋骨，弯腰抓着脚踝，交替着向两侧扭一扭，放松后背。接着，他们着手减轻车子的负担：行李和军需品被卸下了车，切德尔纳和迪·萨尔沃也把勃朗宁自动机枪从战斗位上拆了下来。到了这个地步，再没有什么东西可以拆除了，除非按照有人提出的大胆建议，把座椅也拔起来。

一切都无济于事。起初是六个，而后是十二个健壮的小伙子一起试图将装甲车抬起来。但是，它纹丝不动。雷内非常愤怒，而且愤怒的不止他一个：马谢罗上尉在无线电接收器里怒吼着，表达他的蔑视。他表示一点也不想仅仅因为金色鬈发（的小姐）不会驾驶装甲车，就在这里停下来。马谢罗下令暂时兵分两路。准尉不敢提出异议，虽然他知道这是一个风险极大的决定。他很清楚，假如自己那样做，上尉就会对他进行攻击，之后还会我行我素。

马谢罗同工兵部队以及大部分军车一起沿小路前进，为排雷行动争取时间。一旦兰斯装甲车的问题解决了，他们就能够以更快的速度赶上。三排的士兵们与卡车司机看着先行的车辆消失在深山里。现在，这些士兵成了孤儿。他们的处境非常凄惨：在处理汽车的麻烦上耗费的时间越多，就意味着要在缺少 ACRT 掩护的情况下走更远的路。他们在突如其来的情况下成为队伍的最前沿，如同被蒙住眼睛，赤着脚走在布满地雷的土地上。时间浪费得越多，就越有可能使一次愚蠢的事故变成更大的灾难。

因此，他们忙活起来，每个人都尽其所能。在抬车的过程中，很多人的二头肌拉伤了，手也被划破。小伙子们喊着“一二，用力啊”，直到喘不过气来才松手。甚至连阿富汗司机都意识到了危险，他们围在装甲车旁给予建议，但是没人听得懂他们在说什么。

只有一等兵赞皮耶里站在一旁。为了让这堆废铁前进，她几乎烧坏了离合器。现在，她用尽全力抑制住哽在咽喉的泪水。她是怎么了？难道她没看到那口井么？她想到自己当时差一点就睡过去了。她硬撑着不让自己闭上眼睛已经有一个多小时了，但是，趴在方向盘上好好睡一觉的想法强烈地吸引着她。她没有往头上倒一瓶水，而是接受了那个诱惑。

我是笨蛋！赞皮耶里真想给自己几巴掌，结果她只是啃着右手的大拇指。指甲周围的皮肤都已经咬破了，指甲也已经被啃得不能再啃了。咬指甲会产生一种迅速的镇定效果。定期体检时，医生多次生气地提到过这个坏毛病，不过赞皮耶里从不在意。现在，她又将这种恶习从受到折磨的大拇指转移到中指（不过，啃中指并不能得到同样的满足感，只能从破坏某种完好无损的东西上感到快乐），并且正在逐个经历她非常了解的、在类似情形（也就是她制造的那几次混乱）下需要经历的阶段：羞愧，想在人们面前消失，强烈的愤怒，还有渴望报复。

切德尔纳把身体靠过来，用一只手臂搂住她，不过只是出于友好，而非爱情。昨晚，赞皮耶里确信他果真爱上了自己。现在看来，那只是由于他一时激动。当他们走进帐篷时，赞皮耶里就感觉到切德尔纳只是找不到更好的对象，才愿意跟她消遣消遣。一直以来，朱莉娅·赞皮耶里都是个供男人消遣的女人，没有人跟她认真。他们享受她的身体，却完全不在乎她的想法。这些她都知道，但表面上一点儿也不在乎。

赞皮耶里尝试着享受这种娱乐。后来，在睡不着的时候，她开始冷漠地评价切德尔纳的能力，就如同男性冷冰冰地评价他们的床伴一样。他与别的男人没有什么不同，总是匆匆忙忙而又反反复复。女兵试图不去理睬心里始终得不到的满足，以及对于不仅仅是在性方面的更多更好的东西的渴求。入睡时，她怀疑自己爱上他已经很长时间了，这段时间长得令人无法接受。同时，她又担心越轨行为会戳破感情这层薄纸。

“谁都可能犯这样的错，”切德尔纳说，“确实，这真他妈是个灾难。谁都可能犯错，也就是说，几乎所有人。不过，在我身上就不会发生。”

赞皮耶里默默甩掉切德尔纳搭在她肩膀上的胳膊。

“如果障碍物遮住了视线，你就应该把车横过来，”他接着说，“因为你不知道后面的路有多陡。”

“操！你在教我怎么开车吗？”

“喂，你别生气。我只是给你提个建议。”

“我不需要你的建议。走开，让我一个人静静！”

切德尔纳冲她挤挤眼睛。他完全是在自吹自擂。自己怎么会喜欢他这样一个人？

他凑到她耳边轻声说：“或许你只是有点累了，在那张行军床上你太投入了。”

开始了吧。切德尔纳就是这样看她的。她就是这样的女人，男人在她面前肆无忌惮，可以对她说出你在那张行军床上太投入了这种话，毫无拘束地坦白所有那些他们平常只能想象的秽事。

赞皮耶里狠狠地推了他一把。“我一点儿都不累，你懂吗？你要是真想知道为什么，就别在这儿耗着了。你已经开始让我讨厌了。”她说话的声音很大，所有人都听见了。事实上，小伙子们都好奇地转过身来。

切德尔纳抓住她的胳膊。“操！你把我当成什么人了？”

“弗兰切斯科·切德尔纳，现在或许是时候说说你究竟几斤几两了。大家都是知道的。”

“闭嘴！”切德尔纳举起右手，想扇她一巴掌，但是不确定自己是否有胆量打她，因为这时耶特里突然出现了，拦在了他们中间。

“发生了什么事？”

“滚开，小处男！”

“我问你是怎么回事？”

切德尔纳才到他鼻子底下，因为耶特里比他高一头。“我说了，滚开！”

“不，切德尔纳，我不走，该滚的是你！”耶特里情绪激动，声音都变了。

赞皮耶里视野的最右边是陷入井口的兰斯装甲车，士兵们正在它周围忙碌着；她的视野中间是切德尔纳挑衅的身影，而左边则是怒不可遏的耶特里。她在场，不过内心一片空白。她双臂颤抖，脸颊发烫。男人总是知道如何利用她，不过现在她也学会了如何对付那些男人。

赞皮耶里缓缓转过身，伸出一只手勾着耶特里的脖子，将他拉到自己身边。她亲吻耶特里的嘴唇，并非因为那其中有任何感情的成分，而是一种纯粹的报复和自卫行为，以便让这只正在威胁自己的凶猛动物退却。

他们的嘴唇分开时发出了很大的声响。赞皮耶里斜眼盯着面色苍白的切德尔纳，说："你应该让你的朋友教教你，知道吗？他可不是小处男，他知道应该怎么做。"

已经是下午五点多了，太阳沉到了地平线以下。雷内决定全力以赴，他说："把装甲车挂在救护车上。"

"这样的话两辆车都可能会散架。"

"我说过了，把装甲车挂在救护车上。"

小伙子们用一根双股牵引绳将两辆车连接起来，雷内则亲自坐到了司机的位置上。准尉不想让其他任何一名队员再因为犯错而承担责任，他希望士兵们能够对他的大度表示感激。然而，当他准备操作时，士兵们却用狐疑的目光打量着他，甚至有人认为他是想把功劳都揽到自己身上。雷内努力不去理会这些。现在他明白了：指挥官最重要的品质就是懂得放弃任何形式的感激。

准尉用力踩下油门。救护车的轮胎全速摩擦地面，掀起了大片灰尘。转速表飙升至六百，发出尖锐的吱吱声，士兵们不得不捂上耳朵。装甲车歪歪斜斜地扭着，似乎要侧翻。然而，随着一声猛烈的震动，它终于从井口出来了。事故在底盘上留下了一道银色的划痕，就在与车门连接的地方。

雷内重整部队继续前行。不过，这支残余部队并没有走太远。太阳已经落山了。此外，他从望远镜中发现了一片居住区。是拉尔泰。雷内不知道自己是否应该感到恐惧。马谢罗上尉已经带着他的士兵完好无损地通过了这片区域，也越过了居民聚集区，目前正在另一块视野更开阔的地区等待掉队的士兵们。之前，他们没有预料到两队会距离这么远。上尉闭口不谈自己在估计形势时犯的错误，也没有表达任何歉意，而是通过电台抱怨说，在到达布吉关口之前都没有合适的地方过夜，所以才一直向前走，仅此而已。雷内本想尝试赶上他们，但是，他不能冒摸黑被困在一个村庄的危险。

这是雷内第一次全权指挥一个名副其实又危险重重的远征行动，也是第一次要做出极其微妙的选择。如果他们在这天早上给雷内一个这样的机会，他也许会兴奋得不知所措。但是现在，他并没有先前想象的那种满足感。毫无疑问，雷内感到的更多是苦恼，而非自豪。

雷内下令在此安营。尽管在这些人中埃吉托中尉的军衔最高，但是，马谢罗把他们丢在了这里，而准尉是更有经验的战略家，医生也服从他的命令。

雷内让所有车辆排成一列——万一遭到伏击，他们能够以最快的速度上路——然后安排好了站岗的顺序。他筋疲力尽，直到关闭了发动机，屁股底下的座椅停止振动时，他才真正意识到了这一点。他感觉颈部酸疼，四肢僵硬，特别是背部下方传来一阵阵剧痛。更不要说到处都奇痒难忍。雷内不习惯抱怨，不过，这次他真的忍不住了："我受不了了。"

"准尉，你在跟谁说话？"马蒂奥利问。

可是，雷内认为其他人的情况不会跟他的一样糟糕。没有人像他这样还肩负着指挥的重担。

准尉解开了安全带。这并非普通的安全带，而是由一个金属环和上面拴着四条紧绷的皮带组成，其中两条皮带始终紧紧地勒着他的生殖器。他摘下头盔和墨镜，这两样东西让他感觉已经到了深夜，而实际情况并非如此，他们其实可以再前进一小段。见鬼吧！现在该休息了。雷内又摘下手套，然后向着方向盘的位置探出身去，以便做那些更复杂的动作，好脱掉防弹衣。他解开两侧的尼龙搭扣，像乌龟似的缩一缩脑袋，从头上费劲地把衣服脱下来。刚刚脱掉上衣，雷内感觉到腹部强烈的灼痛，就像要掉下一块肉来。是痉挛吗？他弄不明白是怎么一回事，所有疼痛都交织在了一起。准尉将防弹衣丢在方向盘上，又把棉线衣从裤子里拽出来，卷到腹部。

看到腹部的伤口时，雷内不禁惊叫了一声。一条紫得发黑的伤痕从腹部的一侧延伸到另一侧，那正是放置铅板的地方。伤口有一指宽，一些地方还有擦伤和干了的脓块。马蒂奥利不禁发出感叹："雷内，你真倒霉！"

其他士兵也凑过来看，连托尔苏都蹲下来朝驾驶室里头张望。他脸色苍白，活像一具尸体。现在有人和他的情况一样糟糕，这对他来说几乎是个安慰。所有人都急忙脱下衣服检查是否有隐藏的伤口。在外人看来，士兵们的动作非常可笑，因为以他们那种坐着或者蜷着的姿势，想要脱掉身上的装备实属不易。他们身上也有发红的痕迹，不过没有人像雷内伤得这么重。

"你得到医生那儿去。"马蒂奥利说。

"去做什么？"

"上点儿药。"

“只是青了而已。”

“还流了血呢，这里，还有这里。”

“你就像做了剖腹产手术似的。”米特拉诺说。

“笨蛋！剖腹产的伤口哪有这么长！”西蒙切利说。

“那我怎么知道？谁见过啊！”

雷内妥协了，同意与坎波雷西暂时交换位置。即使这样一个普通的动作，他也需要付出一定程度的努力。准尉不可能就这么简简单单地下车，然后走十五米，到医生那里去。晚上八点的时候，顺着岩石裂开的地方，可能正好有狙击手。因此，首先就要用防弹车组成一个安全通道。

最终，准尉还是从驾驶员的位置下来，上了救护车。医生让他平躺在后面空出来的区域里放置的担架上。敷在伤口的治疗药物就像纯酒精一样灼烧着他，说不定用的就是酒精。雷内的腋下还有一个弓形肿块，背部也有一大块。医生用浸了消毒剂的棉球填充伤口。几秒钟过后，灼烧感减弱了，取而代之的是一种清凉的感觉。

“准尉，吸气。”

“嗯？”

“您还憋着气。可以呼吸了。”

“噢，好吧。”

雷内闭上眼睛，全身舒展开来，让背部的肌肉放松。放松四肢让他全身上下都产生一种兴奋感。

医生开始用温热的手为他按摩肩膀的肌肉。雷内从未与男性有过如此亲密的接触。起初，他感觉有点尴尬，然后就开始尽情享受。他多么希望医生的手永远不要停下来。

雷内的脑海里闪过一个念头：在救护车里躺着过夜，而不是僵硬地坐在满载士兵的兰斯装甲车的驾驶员座位上。由于方向盘挡着，在里面转个身都困难。但是，他占着的这副担架无论如何都是属于坎波雷西的。那个士兵一整天都在驾驶这辆装甲车，这个任务正是自己分派给他的，现在跟他换位置简直是无赖行为。但是，准尉太疲惫了。在他的职业生涯中，自私与正义第一次激烈地斗争起来。

每个士兵都会这样做的。没有人会为我牺牲什么。

不过他很清楚，事实并非如此。

其实，他们都是自私的人。我们都是自私的人。为什么我要表现得比他们更好呢？既然他们以后什么都不会补偿我，为什么这一次我还要这样表现？我比所有人付出了更多的辛苦。我必须休息，明天我还要引领他们穿过村落。

不不不！不对！这个位置是坎波的。

雷内明白，若是他屈服于诱惑，躺在这副担架上，他的自尊心永远都会不安，因为利用自己的军衔获取了更舒适的位置。假如他这样做，那么就会和很多他蔑视的上级一样了。

所有人都利用军衔为自己谋取利益。我们都是婊子养的，只不过方式不同罢了。不过，我这样做也仅仅是这一晚而已。

准尉要坐起来，医生表示反对，并且要求他躺下，直到止痛药起作用为止。“只要一小会儿。”雷内说。

准尉伸手将汽车前部的无线电接收器拉过来，联系上前面的装甲车，然后叫坎波雷西接听。

“我在这儿，雷内。”士兵回答。

“咱们换位置吧，今晚我留在救护车上。”

另一边是长时间的沉默。

雷内用拇指按下按钮。“我留在救护车上。完毕。”

依然是沉默。

“坎波，你听见了么？”

“收到。完毕。”

躺回担架的时候，雷内却感觉不如之前那么舒服。他突然感到担架硬邦邦的，而且发现仰卧时手臂会瘫软地垂在身体两侧。所以，他必须像棺材里的死人一样把双手交叉放在腹部。或许仅仅为争取这么一小块空间就玷污自己的良心并不值得，不过，这已经成为事实。令他吃惊的是，内疚感并没有那么强烈。

埃吉托中尉用一柄塑料圆刷子刷了几下牙，然后躺在雷内旁边的担架上。他们两个人是剩下的这支部队中军衔最高的，所以晚上也休息得最舒适。这样做是可耻的，而且也不公平，不过现实世界就是如此。或许是雷内接受这种做法的时候了。他呼吸了一口这种不健康的空气。

现在是第一天的晚上。这一天他们只前进了十五公里。

黎明时分，玫瑰山谷寒冷彻骨。安杰洛·托尔苏和恩里科·迪·萨尔沃从兰斯装甲车的战斗位里探出头。这两名士兵眼睛里满是眼屎，双腿疲惫不堪。在一直裹到脖子的羊毛毯子里面，勃朗宁枪的枪杆隐约可见。

“喂！”托尔苏说。

“嗯。”

他们低声交谈。

“我得下车。”

“不可以，你再坚持一下。”

“不行，我真的要下去。”

“要是被雷内抓到，你就完蛋了。”

“他睡着了，我从这里能看见他。你在后面掩护我。”

托尔苏消失了几秒钟，就像跳进池塘捕鱼的鸭子。再一次出现的时候，他用牙齿紧紧地咬着一卷卫生纸，然后离开了战斗位。士兵从弹药箱上走过，张开双臂以保持平衡，一只脚先着地，而后跳了下去。

“你快点！”迪·萨尔沃小声催促。

托尔苏早已确定了自己要去的位置：那是河滩正中的一块大石头。从前，当这里还是一条河的时候，水流很可能被它撞碎，化作一个个小小的漩涡。在一种类似于困倦的迟钝状态下，有时候托尔苏会怀着渴望看看这个被满月照亮的地方。

士兵并不担心会有子弹从高处直射他的后颈。如果敌人想杀死他，早就该动手了。他更害怕可能隐藏在地下的东西。从兰斯装甲车到岩石之间有四十余步，也就是有四十次可能他会失足踩错，因此从地球上消失。马谢罗上课的时候讲过：爆炸是那种你还没感觉到就已经把你杀掉的东西。

托尔苏尽可能迈着大步，并努力做到优雅地落地（他知道这样做一点用都没有：如果他踩到雷管，那就永别了）。一开始他有点犹豫，每走两三步就回头望望迪·萨尔沃，好像是为了安心。同伴示意他继续前进，雷内随时都可能醒来，而他自己也会受到惩罚，因为萨丁人违反军规时他保持了沉默。

托尔苏又走了一步。走“之”字或径直前进并没有太大区别，还不如选择最短的路线。

走到一半，他自信多了，步伐也轻快起来。他的肠胃已经预感到排泄的快意，绞痛也越来越严重。托尔苏加速前进，跑完了剩下的几米。他俯身捡起一块石头扔向前方不远处，以赶走蝰蛇、蝎子、毒蜘蛛或其他生物。

终于只剩下他一个人了。他脱下裤子，寒冷刺痛了裸露的大腿。他的生殖器蜷缩着，就像一粒榛子。托尔苏用手指轻弹了几下，但生殖器还是没什么反应，只排出一股小溪般细细的尿液。

太丢人了！他这么长时间都待在战斗位里面，又累又脏。如果没有加入到护送队伍会怎样？他是有权利留在前线作战基地的。那为什么还要来？展示自己的价值和忠心吗？他又是向谁表示忠心呢？

肚子早就排空了，现在仅仅是在抽搐。不过，托尔苏觉得待在那里任由肠胃痉挛也不坏。自从生病以来，初级上等兵就养成了和自己的消化器官说话的习惯，仿佛那是他身体之外的另一个生命。疼痛太强烈时，他会责备它，一切正常时，他又会夸它表现不错。现在，他试图让消化器官安静下来："我们还有好长一段路要走。今天你要是不听话，西蒙切利真的会开枪杀了我。"

托尔苏一边跟肠胃说话，一边捡起地上的碎石子当玻璃球玩，或者用指甲抠地。他的身体蜷曲着。为了不让后脚跟叉得太远，他像僧侣一样前后摇晃。他本来还想吹口哨，但觉得没有必要。

托尔苏抬起头，能够感受到新一天第一缕阳光直直地照射在他的脸上。那光线既清晰又细微，并没有带来温暖。太阳非常贴近高山，他似乎能看到太阳在移动。那个大火球探出头，好像转瞬之间就要冲向地面，燃尽一切。一道道橙色、黄色和玫瑰红的光线在深蓝色的天空中延伸开去。托尔苏从未见过如此明净壮丽的黎明，即使是夏天和朋友早起去萨丁岛的科阿夸杜斯海滩时都没有见到过。

"真他妈壮观！"他惊叹道。

要是 Tersicore89 在就好了，她肯定能找到比这更贴切的词语：她是个诗人。可是，Tersicore89 已经不要他了，因为他的怀疑让她非常生气。托尔苏因此灰心丧气。

等到对初升的太阳也失去了兴趣，托尔苏就用行军壶里的水洗了洗，但是找不到擦干生殖器的东西，结果只好用围巾了。

看来附近没有敌人。他们没有把他当靶子。如果不算昨天他们找到的IED——它可能之前就在那里了——如果不把那个麻烦算在内的话，那么这里就完全没有敌人的痕迹。托尔苏第一次这么想：他们给自己制造了那么多无谓的烦恼，可是说不定队伍能够十分顺利地到达目的地。

“真够蠢的！”托尔苏一边低声骂着，一边迈着从容自信的步伐蹦蹦跳跳地向装甲车跑去，甚至将双手都插入口袋（不过仍然专注地沿着与来时一样的路线前行）。

“你在说什么？”迪·萨尔沃小声问道。

托尔苏示意别问了。他现在状态好多了，心情也不错，已经准备好再次启程。

六点半钟，队伍再次上路。马谢罗保证在他们到达之前不会离开他们目前所在的位置。埃吉托中尉睡一阵，醒一阵，这主要是因为寒冷。夜间，气温骤降，他在半睡半醒中裹着防水毡子发抖。每隔一刻钟，雷内准尉就会从担架上爬起来，进入驾驶室发动马达，这样才能让车厢里暖和起来。但是，为了不浪费燃料，过一会儿他又不得不将马达关闭。最后，他厌倦了这样来来回回走动，只好放弃睡觉，留在驾驶室里，眼睛死死地盯着夜空。埃吉托对准尉这种非凡的毅力表示钦佩。他觉得向一个更年轻的男人寻求安全感有点可笑。担架上空出的位置很快就被阿比比占据了，他鼾声大作，睡姿也很难看：双腿岔开，一只手臂弯曲枕在脑袋下面。

埃吉托应该活动一下面部紧绷的肌肉。他感觉自己有感冒的征兆：鼻子堵塞，骨头酸疼，头重得像灌了铅的球。或许还有点发烧？疑惑之中，他吞下一颗扑热息痛药片，然后漱了口。埃吉托很清楚过量服用乙酰氨基酚对肝脏的损害，不过现在不是钻牛角尖的时候。

与坎波雷西相比，雷内是一位更加温和的司机。行至洼地时，他懂得减少减震器的压力。他们现在是队伍中的第三辆车，所以前面并没有扬起太多尘土，还能看清路面。准尉向坎波雷西问了声好，然后便沉默了，好像是对士兵刚刚醒来的这种反应迟钝表示尊重。然而，准尉并没有表现出退缩的迹象，尽管他几乎彻夜未眠，腹部的伤口也还在隐隐作痛。

仅仅几分钟之后，他们就毫发无损地离开了拉尔泰。

“又过了一个村子。”雷内说着，深深呼了一口气。

埃吉托递给他一个能量棒，准尉接受了。他们权且以此作为庆祝。与此同时，阿比比正在大声地擤鼻子。乙酰氨基酚的药效逐渐达到顶峰，各处关节疼痛消失了，感冒引起的眩晕也有所好转。中尉永远可以依赖药物产生的这种柔和的镇静效果。

他们把布斯塔村甩在了后面，然后绕过赛达尔村爬上山坡。这并非准尉的战略选择：他们唯一能做的（而且应该做的）就是沿着前方车辆留下的痕迹前进。沿着马谢罗队伍中的车辆留下的轮胎印前进，就能保证不出意外。

七点半钟，他们看见了特瑞克海村的居民。从地图上看，这个地方显得更为重要，而实际上就跟一片牧区差不多。他们沿着山坡继续向上，车队驶过半个山坡，接着转而向下，朝着河滩的方向前进。随后，车队再次来到山谷突然收缩成沙漏形的地方。奇异的景象就出现在这里。

一眼望不到边的淡红色羊群挡住了道路，还有另外一些羊从两侧汇集过来。羊群冲下山坡，蹄子在山坡上打滑。两群羊恰好在他们前行的路线上汇合，形成一股羊毛的旋风。绵羊彼此蹭着，嗅着身体的后部，时不时会有一只羊抬起头来，向天空发出一声刺耳的叫声。

这些突然袭来的动物令埃吉托感到惊讶。“这得有多少只啊？”他问道。

雷内没有回答。他发现了一些东西，而中尉却因为羊群或者大脑的海马区中血清素流动失控而分了心。准尉伸手握住方向盘，咬了咬上唇。“没有牧羊人，”他说，然后拿起挂在座位上的望远镜，开始观察这片区域。

确实如此，没有牧羊人，一个人也没有，只有几百只羊。它们就像被大山直接吐出来的一样，惊慌失措地往山下跑，而士兵们却看不到导致它们恐慌的是什么。

“我们得离开这儿。”雷内说。

埃吉托注意到他脸色变了。“怎么离开？”他问道，“我们被堵住了。”

“那就开枪。”

“向羊群开枪？”

托尔苏站在距离他们几米外放置勃朗宁枪的战斗位上，看起来兴致勃勃。他不停地把战斗位的盖子关了又开，开了又关，瞄准成灾的羊群。

雷内拿过无线电接收器，提醒队伍最前方的切德尔纳注意。然而，同事讽刺的回答—— 一声羊叫——被他们身后一枚火箭推进榴弹爆炸时震耳欲聋的声音掩盖了。中尉用余光从反光镜中看到了爆炸的闪光。接着，就只能看到一辆车上升起黑烟。埃吉托屏住呼吸，试图弄清楚到底发生了什么事。当发现那是一辆民用卡车时，他才松了一口气。很长一段时间以后，他才意识到自己在那个瞬间丧失了人性。

随后发生的事，直到萨尔瓦托雷·坎波雷西驾驶的兰斯装甲车被二十公斤的炸药抛到空中为止，整个过程仅仅持续了三分钟，或者最多四分钟。车上的人几乎都被炸得粉身碎骨，只有一人得以幸免，因为他被抛到了距离绵羊好几米远的地方。

托尔苏、迪·萨尔沃、罗韦雷以及后面车上的驾驶员们用勃朗宁枪拼命射击。他们在朝着某个看不见的人扫射，有点儿不假思索，主要是冲着高处。

马蒂奥利在射击。

米特拉诺在射击。

没有人顾得上确认火箭推进榴弹是从哪个方向发射来的，因此士兵们就瞄准冲下山的羊群，就好像威胁是来自它们。但是，很快他们就会明白，因为敌人开始铺天盖地地向他们射击。迫击炮从特瑞克海村和汗贾克村射来。看得出，炮手们有时间做准备，因为射程只有几十米远。轻型武器的射击主要针对队伍的前方及两侧；还有火箭筒和榴霰弹在空中炸裂，然后如冰雹般落下来，掉在士兵们头上。地狱，人间地狱。

佩科内、帕萨拉夸、西蒙切利都在射击。

切德尔纳辨认出了高处九点钟的位置上两个拿着枪的身影，不过，直到把两个影子都消灭了，他才停下来。第一个身影应声向后面一弹，然而，命中目标给他带来的满足感并没有预计的那样强烈。因为事情发生得太快，而且目标太远，几乎可以说命中射击场的靶心更能令人满足。

鲁菲那提也开枪了。

耶特里以极大的热情履行他的职责，尽管他能做的并不多：他递给迪·萨尔沃几条子弹带，然后用闲下来的时间一条一条路搜寻，力图从望远镜中发现敌人的身影，接着把位置告诉切德尔纳。他真冷静，就好像并未意识到正在发生的事情。一只羊在金属车门上蹭来蹭去，然后用眼睛盯着他看，他也出神地望着那只羊，直到迪·萨尔沃大声冲他喊：“给我子弹，傻瓜！”

阿雷斯、坎代拉、韦尔切林、安福西都在射击。

雷内冲着无线通讯设备大喊：“冲啊！冲啊！冲啊！冲啊！”

赞皮耶里是那个应该向前冲的人，因为她位于队伍最前端，但是她吓呆了。她大脑里一片空白，只能看见那些绵羊，想着它们在这里做什么，尽管更确切的问题应该是她到底在这里做什么。

坎波雷西按响喇叭，想让赞皮耶里清醒过来。但是，没有人听到喇叭的声音，因为噪音太大了。

一枚火箭推进榴弹把另一辆卡车抛到了空中。

迫击炮射出的一枚炸弹炸死了十几头羊，耀眼的亮光使埃吉托在几秒钟的时间里感到眼花。救护车也在颤抖。

“冲啊！冲啊！冲啊！”

羊群疯狂了，掉头向山上跑，与那些冲下山的羊撞在一起，它们一齐翻滚了几米，但是一直没有掉下来。

“冲啊！操！冲啊！”

为了避开赞皮耶里的车，坎波雷西猛踩油门向右急转。转弯时，轮胎擦出尖锐的声响。一些羊向旁边躲闪，以便给他让路，另外一些则被他无情地碾轧在车轮下面。他驾驶的车来到了车队的最前面，在一片羊叫声中，左前轮压在用 1.5 伏特碱性电池上拆下来的两个石墨薄片构成的压力盘上，从而触发了压力盘下面的爆炸装置，装甲车随即飞到了空中。

烧成炭的兰斯装甲车的残渣散落在干草上。耶特里透过溅满泥土的车窗看到了它们。他本来可以用胳膊将玻璃擦干净，以便看得更清楚。但是，士兵身体里的一部分明白，泥点主要在玻璃外侧，擦也没有用。他更加努力地看着，发现地上一些最小的黑色残骸并非机械零件，而是人体残肢。比如，一只两栖动物笔直地竖起来，上方还粘着什么东西。至于其他一些残骸是什么东西，他就不得而知了。耶特里想：“人体就是这样变得支离破碎的。”

吞噬了汽车的大火又烧到了荆棘，随后又径直向前，蔓延了几米远。

爆炸中会有多少只羊丧命呢？或许五十多只，也可能更多。羊群的尸体如同一块滴血的羊毛地毯，滚滚浓烟从燃烧的汽车残骸上升起。百牲祭这个词出现在恩里科·迪·萨尔沃的脑海里。如果是在昨天，甚至几分钟前有人问他这个词的意思，他都不知道如何解释。百牲祭。百牲，什么？然而现在，它就摆在眼前，那个教科书里面的词突然出现在记忆中，精确而又欠妥，如同一支箭插在井中：百牲祭。

萨尔瓦托雷·坎波雷西、切萨雷·马蒂奥利、阿尔图罗·西蒙切利和文琴佐·米特拉诺都不在了。他们已经非物质化了。

在这场“烟火表演”之后，安杰洛·托尔苏仰面躺在距离被烧毁的车辆三十步远的地方。他失去了知觉，但很快又恢复过来。四肢中的任何一个都没有知觉。他什么都看不见，而且呼吸困难。在思考那些更重要的问题之前，托尔苏首先担心羊会不会过来舔他，在黑暗中感觉那粗糙的舌头会让他害怕。士兵明白自己几乎浑身都在流血。

雷内准尉在心里给他的士兵点了名。他比平时做得都慢，不过，点名的结果符合事实。他这个排里面缺少了坎波雷西、马蒂奥利、米特拉诺和西蒙切利。托尔苏在那儿一动不动地躺着，恐怕也要算在阵亡者里面。准尉的眼里噙满了泪水，这种反应在他身上真的是一件新鲜事。

要想成为英雄，只有勇敢是不够的。

敌人停下攻势，但是几乎马上又得意洋洋地继续射击。只有切德尔纳做好了准备进行回击。开枪，装弹，开枪，装弹，开枪，装弹，一刻都不敢停歇。

在罗贝尔托·耶特里对于父亲的回忆的最后几个片段中，有那么一个晚上，父亲把他叫醒，带他去看谷物燃烧后的残茬。田地里火光冲天，整个达乌尼亚都在燃烧。黑夜里，山丘都被火光映红。

赞皮耶里在盘旋的烟雾中辨认出一些奇怪的形状：一棵树、一只手或是一条巨龙。这一切不可能是真的。

随着“咯”的一声响，托尔苏的横膈膜又恢复了运转，眼睛也重新见到了光明（并非完全如此，他左眼肿胀，眼皮只能睁开一半）。托尔苏只能看见天空的一隅。无论他身在何地，都应该让其他人知道他还活着，如果还有其他人的话。他将身体里仅剩的一点力量都集中在右胳膊上，然后艰难地把手举起来。

“他还活着！托尔苏还活着！”

雷内也发现了他举起的手。所有车辆的无线电接收器传来的都是同样的话，他们要求行动起来拯救战友的生命。但是，任何暴露的人都要冒有去无回的危险。由于托尔苏的过错，他又一次要做出艰难的决定。这该死的萨丁人！雷内准尉是有骨气的人，一个希望成为上尉的士官，一个勇敢的士兵。然而，他不知道该如何去做。

“查理三排一号呼叫指挥官。查理三排一号呼叫指挥官。请求允许救回伤员。完毕。”

雷内转身望着埃吉托中尉，毕竟他才是指挥官。“医生，我们该做什么？”

如果不想让枪杆融化，迪·萨尔沃就应该停止再用勃朗宁枪射击。他将步枪扛在肩上，继续扫射。

一架直升机转动着螺旋桨向他们靠近。不，是两架。两架直升机！他们来了！我们有救了！

埃吉托回答：“再等一等吧。”

托尔苏的手垂到地上。他哭了起来。

鲁莽会使年轻人做出意想不到的事，而耶特里正是所有士兵中年纪最小的，他刚刚二十岁。他看见托尔苏的胳膊抬起又落下。耶特里告诉自己，我是一名士兵。我是一个男人。赞皮耶里的吻依然在他的嘴唇上燃烧，给予他勇气。操！我是士兵！我是男人！“我去把他带回来。”他说。“你待在那儿别动！”比他军衔更高的切德尔纳反驳道。在对他做了那种事情以后，切德尔纳怎么还能给他下命令？耶特里打开车门，从车上跳了下去，绕开羊群和其他战友的尸体，片刻就跑到朋友身边。“我这就带你走。”他许诺着。不过，他不知道具体该怎样做，是拖着他的手或脚前进，还是把他扛在肩上？如果他的脊椎已经断了怎么办？现在，他来到战友身边，却开始犹豫了。“你坚持住！”他说。这句话更像是对自己的鼓励：采取行动！

敌人不慌不忙地瞄准目标。子弹同时从四面八方射向耶特里，他的前胸和后背中弹的数量几乎一样多。因此，尽管罗贝尔托·耶特里的身体摇摆不停，却惊人地站立了一段时间。后来的尸检结果显示，致命的一发子弹从肩胛骨射入，划出一道奇特的曲线，然后直穿右心室。终于，耶特里瘫倒在托尔苏的身上。

夜晚，田野在燃烧。在返回汽车的途中，耶特里在父亲怀里睡着了，因为他很少睡得这么晚。不过，第二天一早，他就从床上爬起来，给母亲讲述昨晚发生的一切。母亲耐心地听着，即便这已经是第三遍或者第四遍了。或许这并不是一等兵在临死之前计划思考的最后一件事，不是他事先准备好的那个，不过这个也不错，毕竟它并没有那么糟糕。生活并没有那么糟糕。

托尔苏的胸骨被战友压在下面，他又开始艰难地喘气。这时，他颤抖着，害怕会死掉。他的脸上有种奇怪的感觉，仿佛他被放置在冰面上。他啜泣着。他没想到事情会是这样，没想到自己会死，而一切事情都没有结果。因为自己的所作所为，以及一贯的举止，特别是对待 Tersicore89 的态度，托尔苏觉得自己很愚蠢。找出真相有什么用？会有什么区别？她喜欢他，了解他。他本该满足于此的。现在，看看自己身在何处吧：被压在同伴的尸体下面，不能为任何人感到惋惜，也没有一个名字可以呼唤。安杰洛·托尔苏抱着罗贝尔托·耶特里那再无生气的身体，以便不再感觉那么孤独。他紧紧地搂着耶特里，好让那躯体中人类的热度再逗留一会儿。

巴莱西奥上校把伊蕾娜以外的人都打发走了。等部下们出去以后，他用臀部把椅子往后挪了挪，然后趴在交叉的双臂上。他一动不动。是睡着了吗？她该做些什么？比如走过去推他一把？她不敢这么做。他们之间的关系远远没有亲密到这种程度。

那么她呢？她伊蕾娜感觉如何？总之，她还是松了一口气，因为阵亡者名单上并没有亚历山德罗的名字。伊蕾娜的确惊呆了，仿佛真正的惊愕正在慢慢向她靠近。你这是在把人置于死地，希望你事先就意识到这一点，因为事情一旦发生，你就再也找不到任何借口了。

巴莱西奥提供了关于这次战斗的简报，还宣读了阵亡士兵名单。他每读一个名字都会停顿一下："优秀上等兵西蒙切利，优秀上等兵坎波雷西，初级上等兵马蒂奥利，一等兵米特拉诺。他们当时都在兰斯装甲车上。一等兵耶特里是被轻型武器击中的。受伤的是初级上等兵托尔苏。幸存者仍处于敌人火力范围之内。现在你们都离开这儿。"

上校每读到一个名字，就会有人叹气、呻吟，或者咒骂。从这上面可以有效地判断出死伤者在士兵中受喜爱的程度。

伊蕾娜站起身，从饮水机里接满一杯水，小口喝着。之后，她为指挥官也接了一杯，放在写字台上他脑袋旁边。巴莱西奥抬起头，他的额头由于压在手上而留下了一道红色的条纹。上校一口气喝完水，然后停下来凝视这个用加工过的塑料做成的半透明杯子。

“您知道吗，头儿？对于这些小伙子，我想说点儿个人看法。今晚，大家期待我谈起他们的战友时，能像一位父亲那样对他们进行缅怀。”说到父亲这个词的时候，他露出傲慢的表情，“任何一名优秀的指挥官都能做到这一点。他会说：那名士兵多么诚实，多么勇敢，对于发动机是多么精通。要就每个士兵讲一个他妈的小故事。他们这样要求是有道理的。但是，您知道实际上是怎么回事吗？我一个小故事也想不起来。我不是他们的父亲。如果我有像士兵们这样的儿子，那么我的时间都会花在踢他们的屁股上面。”他将印有阵亡者名单的纸攥在手里，然后又后悔了，于是用手掌把它铺平。“我不记得他们任何一个人的面孔：阿尔图罗·西蒙切利，天啊，他是谁啊？文琴佐·米特拉诺，这个有印象，不过很模糊。这个我好像也记得：萨尔瓦托雷·坎波雷西，他个子高高的。您觉得我可以这样说吗：让我们哀悼我们的朋友萨尔瓦托雷，他是个个头很高的小伙子。另外两个？耶特里和马蒂奥利。对于这两个人我一点印象都没有，或许我根本没见过他们的正脸。头儿，前线作战基地有一百九十名士兵，一百九十名基督徒都要听我的，要看我早上起床时的心情好坏。我从来没有费心区分过他们的长相。您说呢？您不觉得有趣吗？要我说这很有意思。您想把情况汇报给上司吗？那您就去吧，反正我他妈完全不在乎。”

“指挥官，求您别说了。”

“他们都是一样的。这一点您也告诉他们：贾科莫·巴莱西奥上校这样评价他的士兵，冒号引号，对我来说他们都是一样的。这个死了而那个没死。那又怎样呢？没有什么区别。您就跟那些恶毒的上司说吧。根本没有任何区别。他们只是一些不知道自己在做什么的小伙子。”

巴莱西奥上校气得脸色发紫。在一定程度上，伊蕾娜任由他发泄，只要他别针对自己。她自问，如果真把指挥官这番陈词汇报上去会有什么后果。他正在对她说的话是一种声明，尽管讲得极其混乱，但毕竟还是声明，因此合情合理。她有勇气这么做吗？上级让她汇报前线作战基地的详细情况——他们指派她完成这项工作。但是，她一旦汇报，他们就会掌握全部信息——上校的话她也要汇报吗？这样做除了保证她工作的完整性之外，还能带来什么好处？在这个问题上，她认为没必要一定遵循自己的严谨态度。若是指挥官能够住口，那就更好了。伊蕾娜试图打断他，但是做不到。

“他们丧命是因为犯了一个错误。他们犯了错误。我派他们前往那个地方同样是个错误。您报告里写的情况与事实本身及其复杂性又相去甚远，这会是另一个错误。头儿，坦白说，因为您并不了解战争。”

指责最终还是来了。我希望你找不到任何借口。她会听完这句话，然后转身离开。

“另外，在您和我犯错之前已经发生过无数错误。不过，那并不能成为我们犯错的理由。”巴莱西奥额头冒着汗，双手却一动不动地按在桌子上，仿佛一座狮身人面像，“我们都有罪，头儿，每一个人都有罪。但是，我们当中有一个人……呃，他的罪过最大。”

从直升机上往下看，山谷深处车辆围成的圆圈仿佛一个神奇的符号，一个让邪恶的灵魂避而远之的圆圈。这个场面值得拍下来，不过没有人这么做。

对于兰斯装甲车上的士兵来说，眼前景象带来的冲击并没有那么强烈：依然在燃烧的一部分残骸，那些被肢解、砍头、碾轧的羊，还有被另一名士兵的尸体压在下面的初级上等兵托尔苏。

汽车围成一个圆圈，车头朝外，以便保护伤者。这种做法令人不悦——很多车辆不得不用车轮将已经死亡的羊身压扁——而且不谨慎——几乎所有车都离开了前面车辆留下的痕迹，因此冒着遭遇其他 IED 的危险。

时间一分一秒过去了。自从枪声停止以后，埃吉托中尉的眼睛捕捉到了一些新的、不太明显的细节：他的车窗溅上了鲜血，一些羊仍在晕头转向地游荡，脖子上还系着绳子。令人吃惊的是，阵亡士兵的武器都完好无损地留在那里。

医生冲托尔苏大喊，叫他每隔一分钟就举起胳膊作为信号，确定他是否还活着，神志是否清醒。假如托尔苏发出的信号中断，中尉就得想办法对他进行急救。当然，还需要有人同他一起冒险。但是，托尔苏举起右臂，然后努力用它敲击地面。他一共这样做了七次。

我还活着。

我还活着。

我还活着。

我还活着。

我还活着。

我还活着。

我还活着。

直升机还有足够的时间击溃余下的敌人，然后在空中盘旋两圈以确保安全。接着，它们尝试着陆，一次、两次、三次，都没有成功，到了第四次，一架“黑鹰”直升机安全着陆，其余的直升机重新升了起来，继续在高空盘旋巡视，在一个很大的范围里画出螺旋形的弧线。

有人通过无线电接收器联系上了埃吉托，不过不知道是从什么地方，或许是从几百公里以外，从另外一片荒芜的沙漠中心的某个地方。不过，那里的报务员能喝上放在电脑键盘旁边的热腾腾的咖啡。向他发出指令的人语气很柔和，那声音应该用在一个在城市郊区走失、认不出周围景物的孩子身上。然而，他是医生，不是吗？好吧，很高兴和他说话，一切都会好起来的，他们会被带出那个地方，只需要听从指令就可以了。你们现在留在那里，等到这片地区被清理干净，就会发出自由通行的信号。中尉，您……您是中尉吧？中尉，您的名字是？好，埃吉托中尉，您从士兵中选出一些人来，让他们准备好。等我们向您发出信号，你们就一起下车去抢救两名伤者，你们会看到……”

“他们两人当中有一个不是受了伤，”埃吉托打断那人的话，“我认为他……”埃吉托说不下去了。那名士兵身上中了那么多颗子弹，而且那样蜷缩着，还有可能活着吗？不，不可能。

无线电接收器里又传来那人的声音。他十分冷静地说："那么就是一人受伤一人阵亡。您完成安置伤者的工作以后，将他们两人都带上直升机。"

埃吉托感觉一只手抓住了他的胳膊。他转头一看，是雷内。"尸体就留在我们这里吧。"准尉说。

"但是……"

"士兵们不会原谅我的。"

对于雷内的要求，埃吉托既理解又有些疑惑。这是团队精神，作为非战斗人员，埃吉托一直都注意到了这一点。无论如何，现在轮到他做决定了，因为在这里他是指挥官。他不太清楚这种情况下应该采取的礼仪，然而，他觉得准尉的要求好像违反了一系列规定。不过，谁又会在乎这些？

"尸体留在我们这里。"

"中尉，这可不行。"无线电接收器中的声音反驳道，语调发生了变化。

"我说了，尸体留在我们这里，还是您想亲自过来把他带走？"

无线电接收器里呜哩哇啦地响了几秒钟，然后回答："收到，埃吉托中尉。请您等候信号。"

看上去，雷内的激动情绪并没有得到改善。他的嘴唇毫无血色，脑袋前后摇晃，如同突然患上了帕金森症。埃吉托递给他一杯水，要求他喝下去，然后他自己也喝了一杯：他们需要保持体内的水分，同时继续完成要做的事情。

接下来的行动由埃吉托负责安排。他向准尉解释："一会儿您和我一起下车，再带上一名士兵，一名就足够了。到那里去的人越少，对所有人越好。我们只负责身体完好的士兵。首先，要将那个小伙子的尸体移开。他叫什么名字？”

“耶特里。罗贝尔托·耶特里。”

“好的。之后我们要安置伤者，把他抬到直升机的担架上。准尉，看到鲜血、伤口、暴露出来的骨头，您能挺得住吗？”

“当然没问题。”

“您要是受不了这些其实没有什么，很多人都做不到。不过，那样我就要再叫一个人。我需要您保持清醒。”

“我撑得住。”

“您的人要收集尸体的残骸，”埃吉托顿了一下，他再次感到喉咙干涩。中尉将嘴里的唾液积攒起来，然后咽了下去。怎样才能找到合适的语气，说出现在他要说的这句话呢？“告诉他准备四个塑料袋。”

接着，埃吉托中尉记忆中印象最深的时刻来临了。每当回想起山谷中发生的事，当时的情景就会最先浮现在脑海中。有时，即使不去想那些事，一个景象也会突然在他脑海中闪现：“黑鹰”直升机从地面升起，扬起的尘土形成一个漩涡，向士兵们迎面扑来。

托尔苏已经安全地躺在直升机里。他的头被一动不动地固定在聚乙烯项圈里面，身体被弹性绷带绑得严严实实，前臂上插着输液管，生理盐水正一滴一滴输入他的身体。静脉注射是由埃吉托亲自完成的。然后，他用棉球填住伤口，再用纱布裹住。医生又确认托尔苏的脊椎没有受到损伤。托尔苏咬紧牙关呻吟着：“好疼，医生，好疼，我什么都看不见了，医生。”埃吉托安慰他说：“一切都会好起来，我们会带你离开这里，你现在很安全。”奇怪，几分钟前无线电接收器里传来的是同样的话，但是他一点也不相信。为什么托尔苏就更相信他的这些话呢？埃吉托将托尔苏的防弹衣脱下来，检查他身上还有没有其他出血的地方。还好，只有一些刮伤。至于他脸上的烧伤，脸颊上失去的肌肉，还有眼睛，医生就无能为力了。他是外科整形医生，懂得在伤口处涂上石膏。大学期间学习的上百门课程、实际操练、书本知识，还有进修课程，此时都起不了作用，即使全神贯注也没有用。只有埃吉托的双手还记得应该做什么和按照什么顺序去做。医生应该给士兵注射吗啡，不过，此时他似乎能够承受这种痛苦。或许，他只是受了惊。该如何判断别人的痛苦呢？必须用吗啡，因为他被烧伤了。该死！现在为时已晚。在他们的视野中消失之前，托尔苏最后一次挥了一下手，就像在与战友告别，抑或是发出最后一条信息：我还活着，医生。

载着托尔苏的直升机升上天空。雷内转身向山顶望去：切德尔纳在被烧毁的兰斯装甲车周围转悠，仿佛是在寻找蘑菇，拿在手里的袋子里装着士兵的残骸。刚才，他愤怒地让雷内和埃吉托离开，奢望能够独自搬运耶特里的尸体。切德尔纳用双臂抱着他，就好像他是个孩子（埃吉托不愿想起那些棘手的细节：耶特里的尸体比那个箱子要长出一截，他们只能把他的腿弯过来。几个小时之后，等到要把他从里面抬出来的时候，他应该已经浑身僵硬，但还保持着那个姿势，所以，他们将不得不打碎他的关节，才能使双腿恢复舒展的状态。冰冷僵硬的软骨被敲碎的声音将成为记忆中不可磨灭的一部分）。在救护车上，切德尔纳用行军水壶里的水为他清洗面部，还在他耳边轻声说话。虽然这是在浪费时间，但中尉没有勇气阻止他。

山谷一片寂静，发动机都熄灭了。就这样过了好长时间。切德尔纳时不时弯下腰，拾起一个什么东西，或者放在黑色袋子里，或者扔掉。

随后，雷内准尉头也不回地忽然说：“我决定了，中尉，我会留着那个孩子。我甚至不能肯定他是我的孩子，不过我会留着他。无论将来会发生什么，他终归是一个漂亮的孩子。”

面对成堆的遗体和衣服碎片，切德尔纳捂着脸啜泣起来：“操！我怎么能认出他们谁是谁，嗯？他们全都烧焦了，你们没看到吗？他们全都烧焦了，操！”

后来，埃吉托提出了建议。他的标准虽然合情合理，不过令人惭愧：“这样吧，每一堆中至少得有一块完整的部分。是谁的并不重要，只要堆出来的尸体看起来像是我们的士兵就行。那些块头大的，我们就堆大一点。”

就这样，所有士兵在没有请求允许的情况下从汽车上下来帮忙。此时，那些活着的或死去的羊全都凭空消失了，仿佛一个集体的幻觉。

埃吉托看到士兵们的眼神都集中在四堆残骸上。切德尔纳敞开袋子，其他人往里装。随后，袋子都被打结封住，切德尔纳用马克笔写上他们名字的首字母。坎波雷西的袋子比其他人的都重。要是昨天和他聊聊就好了，或许情况会有所不同，至少他不会像现在这样难受。

士兵们如同梦游者一般踏上另一条道路，来到另一片沙漠。雷内绝望地抽噎着，不过依然紧紧地握着方向盘。中尉不知道跟他说什么，只好保持沉默。

寒冷的夜晚，上亿颗耀眼而高傲的星星相互竞争，比赛谁是最亮的一颗。士兵们留在车里，睁大眼睛望着它们。

整整一个下午，亲友络绎不绝，因为他们从广播或电视上得知了消息。从那时起，门口就一直有人出现，或者两个，或者四个，又或者全家都来了，直到耶特里女士下到地窖里，把工具箱打翻在地，拿起十字改锥，卸下大厦内部对讲机的盖子，并用剪刀切断了电线。像她这样失去了丈夫独自生活了十三年的女人，某些事情会自己做：她知道如何更换烧坏的灯泡，即使它们的高度难以够到；知道如何连接电线，自然也会切断电线。耶特里女士将房间里所有的百叶窗都拉下来，可是，那些讨厌的人还是锲而不舍，并且开始疯狂地打电话。只要她不接电话，他们就不罢休。这是一场围攻。最后一位是巴莱西奥上校，两天前他还见过她儿子，当时他还活着。“他瘦吗？”“不，不是很瘦。”“他高兴吗？”“看上去是的。”“您和他说话了吗？”“我……呃，没说什么，但我看到他了。”耶特里女士把所有她想到的问题都问了，问完之后，她仍然不满足。她没有流一滴眼泪，并因此感到骄傲。女人想把眼泪留到自己的样子能够见人的时候。一切都很混乱，她甚至连头都还没梳……她还没准备好出门，手持帽子的军官就已经到了。看看，连裤袜上有多可怕的一个洞！他们一定注意到了。耶特里女士似乎再也没有力气为自己打扮一下。她本该一直这样下去，穿着露出大脚趾的尼龙袜子和宽松睡衣。我的天啊！你们对他做了什么？她又是孤单一人了。然而，旧伤未愈又添新伤，令她痛苦至极。我可怜的孩子，他只有二十岁。她大脚趾边缘的指甲油已经脱落了。真丢脸啊！作为士兵的母亲，这个样子真是耻辱啊！耶特里女士忍不住号啕大哭起来，她又想起了沙漠中的儿子。

雷内手下的士兵筋疲力尽，他们失去了自己的战友，可是必须继续赶路。已经是第三天了，然而相对于行军进度表，他们已经迟了很多，而且储备水有可能在到达目的地之前告罄。那时，他们会遇到更大的麻烦。

每个人都积攒着体力，尽管他们甚至都不知道自己还有没有这样的体力。这一次，直升机在高空与他们同行，就像守护天使一样，地下也没有发现什么异常。

三排终于赶上了前方部队。他们越过布吉关口，在甘德再次遭到迫击炮的扫射。但是，敌人埋伏在对面的山坡上，所以这次进攻并没有起到多大作用。马谢罗的部队极其猛烈地进行回击。三排的士兵们因为太过虚弱，连扛着步枪都觉得费力。交战中，他们表现得很漠然，就好像这一切与他们并不相干。敌人很快就散去了。队伍离开山谷，来到一片无边无际的平原上。

救护车上，耶特里的尸体用床单覆盖着，双脚露在外面。阿比比完全无动于衷，甚至在收拾他包里那些没用的东西时都倚靠在尸体上面。埃吉托中尉在驾驶室里闻到一股甜得令人作呕的气味，它越来越强烈。难道尸体已经开始腐烂了？根据逻辑推理，人在死去的那一刻身体就已经开始腐烂，但臭味不会立刻散发出来，而是随后才能闻到。或许只是一种毛骨悚然的心理暗示。

“医生？”雷内说。

“嗯？”

“您觉得他们会因为我们在战斗中的表现给我们颁发勇敢勋章吗？”

“不知道，可能会吧。假如这个对您重要的话，我可以提议授予您勋章。我看到了您在战斗中的表现。”

雷内拒绝他提供的镇静剂，而他自己并没有那么勇敢，因此就着一小杯K种口粮中的烈酒吞下双份剂量的胶囊。被迫中断的生活又重新开始，色调柔软而又温暖。

“如果有人把勋章挂在我胸前，我就用上面的别针挖出他的双眼，医生。”

“最好不要这样。”

“确实，最好不要这样。”

现在，他们快速前进。围绕在队伍四周的云雾重新浓密起来，就眼前能够看到的景物来判断，埃吉托觉得他们完全是在独自行军。一个服了药的中尉，一个疲惫不堪的准尉，一个阿富汗骗子，还有一个死人，他们都被包裹在一片黄色的烟雾之中。“您说的关于那个孩子的事是当真的吗？”埃吉托问。

雷内从仪表盘上敞开的盒子里抽出一支烟，把它夹在脏兮兮的手指间点燃，说：“我想教他骑摩托车。也许等讨厌的战争结束后，我会带他到这里来骑摩托车越野。您能想象吗？我想做一件正确的事，医生。”雷内再次激动起来。为了抑制他的情绪，埃吉托试图打断他的话。“五名士兵被杀，二十七人中已经死了五个。您明白吗？”烟灰掉落在座椅之间，救护车内俨然变成了垃圾堆。“不过，也许会生个女孩。我真希望是个女孩。”

下午三点，他们到达了环路，然后就让阿富汗卡车司机自行离开了。司机们按响汽笛向他们致谢。这将是士兵们能够带回家的唯一感谢。见鬼去吧！

军队在沥青路上继续前进，直到迪拉腊姆基地。在巴莱西奥上校的安排下，小伙子们留在海军陆战队的营地里休息几天，以恢复体力。

在巨大的营房里，一个脸上有疤的西班牙裔美国人用自己的语言向士兵做了简单的介绍，然后分发需要填写的表格，以及印有该基地内部规章制度的油印材料。不能喝酒。不能喧闹。不能开枪。不能拍照。小伙子们将纸卷起来，放在口袋里。

尽管食堂专门为他们在常规时间外多开放一小时，并提供他们已经不再习惯的美食，比如大量的糖水饮料，还有上面装饰着五彩糖霜的一拃高的蛋糕，但很少有人去享用那些东西。小伙子们更愿意独自躲到热热的淋浴下面，埃吉托中尉亦是如此。他任由热水冲到面部充血，然后用指甲全身上下地揉搓。干裂剥落的皮肤同脏东西一起沿着大腿滑下，打了两个转，终于在污水口消失。

一架直升机带走了耶特里的尸体，同时把一位部队心理医生留了下来。在跑道上，他面带笑容地和所有的人握手，好像是来参加聚会，只不过迟到了。医生名叫菲尼齐奥，是马丽娜护卫舰上的中校。见到他，你就会觉得他过于年轻，无法参透任何人的心思，也包括他自己的心思。医生的一只眼睛有轻微的斜视，这使他看上去略显慌张，绵软无力。尽管新来的这位医生军阶更高，马谢罗上尉还是让自己的话清晰有力地传到他的耳朵里："这个人对我们有他妈什么用？"

海军陆战队的所有办公室都占满了，所以心理医生的诊室就临时设在食堂的一个角落里，靠近发放热饮的机器和一台时而会启动的发电机。发电机运转的时候，他只好提高音量。心理医生可以在餐后一小时到餐前一小时这段时间里接待小伙子们。他逐个帐篷散发了自己手写的一份命令。对于那些当着他的面把那张纸撕掉的士兵，医生明确地告诉他，这次心理谈话并不是一个机会，而是一位上级的命令。

雷内准尉自愿第一个去，因为他希望成为一个好榜样。不过，事情并没有那么简单。他需要发泄，因为他觉得自己遭到了一种有毒气体的侵蚀。这种气体充斥着他的脑袋和胃，甚至藏到了他的指甲下面。这是一种导致神经错乱的气体。令他备受折磨的想法有三四个，它们彼此不尽相同。雷内曾经想过向一位美国神父忏悔，他跟在他后面穿过基地，一直走到小教堂门口。不过，语言障碍以及一种技术方面的考虑——向一个新教神父忏悔难道不是罪上加罪？——阻止了他。心理医生无法洗涤他的罪行，这一点是肯定的，不过，这至少有可能让他放松一点。雷内第二次握了握马丽娜护卫舰上的中校菲尼齐奥的小手，然后说："先生，我得事先告诉您，我不相信这些方法。"

"别担心，准尉。先坐下，放松点。"

雷内坐在凳子的正中间，后背挺直，脑袋骄傲而僵硬地抬着。

"坐得更舒服点儿，准尉，就好像现在您是自己一个人。要是觉得有必要，也可以躺下来。您可以闭上眼睛，把脚搭在桌子上。您想怎么样就可以怎么样，觉得怎样自然就怎样。"

雷内一点儿也不想躺下，更不想闭上眼睛。他把屁股向后面移了移，以显示他的认真，然后就恢复了之前的姿势。在上级面前把脚搭在桌子上？怎么可能！

"这样我就很舒服。"

和雷内不同，菲尼齐奥有一把真正的椅子。他放松地靠在椅背上。"我想让您知道，这是一个自由的地方，准尉。在这里只有您和我，没有别人。没有摄像机，也没有话筒。我不会做笔记，现在不会，之后也不会。我们所有的谈话，都局限在这个空间里。所以，我希望您能够畅所欲言，没有遗漏或者删减。”他把一双小手握在一起，歪着头，开始专注地望着雷内。确切地说，准尉感觉自己处于医生两道目光的交叉扫射之下。心理医生沉默了好几秒钟。

“应该由我来开始吗？”雷内终于试探着说。

“除非您觉得有这个必要。”

“什么意思？”

“意思是说，假如您觉得想说什么，就可以说出来。否则并不一定要说话。”

这到底是什么意思？他们要在那里大眼瞪小眼吗？“您不能问我问题吗？”雷内说。

“我更愿意跟随您的思路，而不是去影响它。”

“要是我做不到呢？”

“咱们可以等。”

“保持沉默？”

“也可以保持沉默。为什么不呢？沉默也没有任何不对。”

就这样，时间又过去了一分钟，一丝忧虑从准尉心中掠过。一言不发地面对一个陌生的男人也使他感到不自在，那感觉就像是被抓了现行。他在脑袋里盘算着可以从哪些话题谈起，不过思绪相当混乱。有一件事他想谈一谈，因为对于他来说这件事比其他任何事情都重要，也就是如何在救护车上抢了坎波雷西的位置，以及后来坎波雷西如何与其他小伙子一起被炸上了天。他无法将两件事情之间的联系从头脑中抹去。然而，一旦要把这件事情说出来，他又不知该如何开始，才不至于在上级面前夸大他的缺点。雷内首先想对上级说，他的意图是好的，他的选择背后有一个战略计划，而不是单纯的自私。也就是说，或者有那么一点自私，不过只有一点点，就像所有人都有的那样。该死！另外，他已经有两天没合眼了。两天不睡觉，在布满沙砾和炸弹的大路上驾车行驶，肩上背负着所有那些人的性命，您有没有想过这意味着什么？没有，我敢打赌您从来都没有尝试过，没有任何人尝试过肚子上有一个伤口，灼烧得就好像魔鬼本人朝那里吹气，就像在上面敷了盐酸。那不是自私，请相信我，一点也不是。事情发生在短短几个小时里。假如他知道，假如他能够预料到将要发生的事，他会回到那里去，回到兰斯车上去，这一点可以相信，他会代替坎波雷西去牺牲。那么，现在他就不用对着心理医生唠里唠叨，他将是一堆灰烬和残骸；又或者他已经避免了那场灾难的发生。他当然会避免那场灾难的发生，因为他是一个好头儿：一个知道自己在做什么、喜欢自己的部下、愿意为他们牺牲的头儿。我可以发誓，我会那样做的，我从来都愿意为别人牺牲，这是唯一一件我对自己有把握的事。是呀，那么为什么我会在这里？为什么我还活着，我，恰恰是我？

“您看到啦？”菲尼齐奥说。

“什么？”

“您呼气的方式改变了。您正在使用横膈膜呼气，这样好多了。”

雷内没有注意到自己的呼吸方法有什么不同。相反，他感觉自己的脖子正在变短，脑袋正在缓慢地陷入胸腔，就像乌龟一样。一只无形的手正在从上面向下压他的脑袋。

“准尉，您感觉还好吧？您有点儿苍白，想喝水吗？”

“不，不，谢谢。不需要水。”

他越是不说话，思绪就越是纠缠在一起。现在，他觉得向下压他的头的那只手与菲尼齐奥有关，是菲尼齐奥在向它发号施令，就好像那是他的身体无形的延伸。菲尼齐奥正在偷走他的氧气，以吸入自己的身体里。菲尼齐奥始终盯着他，也许是企图为他催眠。雷内低下头，试图躲避他的目光。“中校，您能不能给我提问题呢？这样可以帮助我。”

心理医生又笑了，带着那种勉强而又令人生气的谦和。“我们现在进行得非常好，”他说。

“非常好？可是我们还没有开始！”

菲尼齐奥把双臂微微张开。他的每个动作都不可避免地让雷内联想到神父。曾经有人对雷内说：你应该和一个神父谈谈。这好像是很久以前的事了。

“我会有一个孩子。”很明显，是肚子在没有他建议的情况下以单词的形式排出了这股气，这是他的横膈膜的功劳。

心理医生表示赞同，但是，他的微笑没有丝毫改变。这是雷内的另一个暗示，还是他已经知道自己会说什么？

“是个好消息，预计什么时候出生？”

出生？他不知道。他还没有算过。“还要六个月，”他脱口而出，“差不多六个月。”

“好的，那么您还来得及回去。”

“是。”

他们重新陷入沉默。

“我希望是个女孩，”雷内说。

“为什么？”

“因为女人……嗯，她们不会陷入某些麻烦。”

“您是指前天早上的事故？”

雷内攥紧了拳头。“不是。也就是说，可能吧。”

他没有从这次谈话中得到任何愉悦，反而遭到了新的打击。心理医生跟他说话时语调极其平和，好像因为某种事情要指责他。现在，当他默默地待在这里时，情况就更糟。很有可能这种精神上的支持只是一个圈套。中校在怀疑什么呢？背叛？滥用权力？谋杀？他不会上当的。

“准尉，您知道创伤后应激综合症这种说法吗？”

“是的，在之前的预备课程上讲过。”

“那么，您现在认为创伤后应激综合症可能会与您扯上关系吗？”

“不会。”

“您肯定吗？”

“是的，我已经跟您说过了。我既没有颤抖，也没有幻觉。前天夜里，我睡着了，也没有做噩梦。”

“所以说，您现在并不是在经历一个创伤后应激的阶段。”

“颤抖，幻觉，梦魇，那种病的症状就是这些，我记得。”

“这就是它的所有症状吗？”

“是的，课上教给我们的就是这些，我没有这些症状。”

“可是，您梦到了什么呢，准尉？”

“我从来都不做梦，先生。”

“从来不？”

“从来不。”

轮到切德尔纳的时候，他更加不合作。同伴们拉长的面孔令他心情欠佳。大家现在都争相表现谁对于已经发生的事更痛心，他觉得这样做很可笑。应该事先就想到。的确，这件事令人伤心，非常令人伤心，他也很难过。不过，他肯定没有必要在别人面前把这种情绪表现出来。另外，现在是在打仗，他们想什么呢？难道打仗不会死人吗？他是一个现实的人。有时候，现实非常残酷，因为生存是残酷的，会让你受到伤害。然而，假如你想做一个有意义的人，就要永远睁大眼睛。可是，他们却逼他去见一个心理医生。而且，那还是一个海员。在军队强迫他服从的所有蠢事中间，这无疑是最糟糕的一件。

"……因此，我希望您自由地说，不要有遗漏和删减。"菲尼齐奥说完了他的开场白，然后就开始等待，切德尔纳却准备好了反击。"我完全尊敬您，"他说，"不过，我没有什么要跟您说的。"

"咱们放弃这些形式主义，切德尔纳。这样吧，从现在开始，我不再是中校。您看，我把军阶摘掉。现在，我只是安德烈。那您呢？我可以叫您弗兰切斯科吗？"

"叫我切德尔纳就可以，舰长。要是叫我优秀上等兵切德尔纳就更好了。或者'噢士兵'，假如您觉得这样叫舒服的话。弗兰切斯科是给朋友叫的。"

"您认为我不是您的朋友？"

"我觉得我很难会有一个像您这样的朋友，舰长。"

心理医生受到了打击。切德尔纳强忍着才没有露出满意的冷笑。他把舰长握在了手心里。

"为什么？"

他耸了耸肩膀 。“我的朋友都是凭直觉挑选出来的，我用鼻子闻。他们没有对您说吗，我是一只狼。”

“不，他们没有跟我说。那么您在我身上闻到什么呢？”

“不需要删减对吗？”

“我跟您说过啦。”

“妥协的臭味儿，还有小便的味道。”

“小便？真的吗？”

“您要是待在这个地方，就会把小便解在身上，中校。您想舒舒服服地坐在一张写字台后面，远离那些肮脏的地方。可是，看看他们把您派到什么地方来了。”

菲尼齐奥表示同意。他的困惑令切德尔纳感到享受。

“有趣，我会想想的。那么，您是想给我讲一讲这个肮脏的地方啦？我都还没有参观过。也许您可以说说你们穿过的那个山谷。”

“为什么我要这样做呢？”

“因为我没有去过。”

“您在谷歌上面找找吧，只要输入名称就可以了。试试写上‘该死的地狱’，这样，您就可以坐在写字台后面欣赏了。”

“我更愿意听您讲。”

“我一点儿也不想讲。”

“好吧，切德尔纳，我知道在这个时候沟通是多么困难。你们感到的不是愤怒，而是另外一些强烈的情绪。一切都还历历在目，痛苦令我们缄默。您害怕在揭开那个盖子的时候，会有更多痛苦从里面溢出来，而您会无法承受。可是，我在这里，我可以帮助您。”

“痛苦一点也不会令我沉默。我想说多少就说多少。吧啦，吧啦，吧啦，吧啦。看到啦？还有，吧啦，吧啦，吧啦，吧啦。我没有什么要和您说的，护卫舰的舰长先生。”现在，心理医生会赶他走了，这件愚蠢的事也会就此结束。就让他去写那份恶毒的汇报吧。切德尔纳的履历能够使任何一个委员会见了都另眼相看。要想进特种部队，他们肯定不会看这些心理学的玩意儿。

菲尼齐奥抬起头，脸上的表情不再像之前那样和颜悦色。“我发现，是由您负责给您的朋友们收尸的，”他突然说，“那应该是一件令人难过的差事吧。”

“谁跟您说那些是我的朋友？”

“您也不允许他们叫您弗兰切斯科吗？”

“他们如何叫我不管您的事。”

“他们身上也有小便的味道吗？”

“闭嘴！”

菲尼齐奥查阅了一份文件。“我还以为他们是您的朋友，尤其是其中的一个。我应该把他的名字记在什么地方啦……在这儿，一等兵罗贝尔托·耶特里。你们曾经是……”

“请不要提他。”

“这里写着你们……”

“我跟你说闭嘴，混蛋！”

心理医生不动声色。“您想谈谈这个吗？谈谈一等兵耶特里？”

血液在切德尔纳耳后跳动。在耶特里的尸体边上低语之后，这是切德尔纳第一次明确地想到他。当切德尔纳触摸他的额头时，那额头已经冰凉了，两腮的胡子还清晰可见，不过上面沾了一些唾液。耶特里不太懂得怎样让它们保持清洁，他还没有来得及学习。

不知不觉中，切德尔纳站了起来。“我真的可以把脑袋里想的告诉您吗，中校？”

“当然，请吧。”

“我在想，您是一个令人恶心的混蛋。您到这里来，对我们说痛苦使我们缄默。您说的我们是指谁？当时您不在场。您在另外一个地方，在一条船上读那些他妈的心理学教材。我认识那些像您一样的人，知道吗，护卫舰的舰长？那些上过大学的人。你们认为自己什么都知道。可是，你们什么也不懂。您喜欢进入他人的大脑，对吗？喜欢翻那些他妈的旧账。您想让我给您讲自己的事。您希望这样，是的。您那个躲在桌子下面的玩意儿就会感到刺激。您这个丑陋、斜眼、堕落的混蛋，不要再试图在我面前提到一等兵耶特里的名字，明白吗？他和其他人一样。您敲错了门，心理医生。这里到处都是同性恋，您要是愿意，就到外面去找。很遗憾，对于您来说，我不是其中一个，我不会把自己的事讲给第一个遇到的人听。谈话结束。”

切德尔纳甩门走出了食堂，他想打人，用脑袋撞，用手打，射击，杀死。然而，他却一头钻进一家小酒馆，点了一种最接近酒的饮料，一罐红牛。不过，这并不足以清洗他的大脑。耶特里又回到了他的脑海，先是作为一个死人，然后变成了活人。他当真是朋友吗？毫无疑问，在很长一段时间里，他是切德尔纳碰到的人当中最像朋友的一个。成年人并没有真正的朋友，这是一个令人讨厌的事实。最美好的年代已经逝去，你只能满足于回忆。不过，耶特里比回忆要好。可是，自己到底怎么啦？怎么成了一个哭哭啼啼的人？小处男不在了，就是这样，结束了，是硬起心肠面对现实的时候了。

就在切德尔纳徒劳地试图让自己平静下来的时候，他听到了两名海军陆战队员的交谈。他们说的话他听不太懂，不过，他听到那两个人提到了女按摩师，她在基地里提供服务。对于切德尔纳来说，一个在军营里提供服务的女按摩师只能意味着一件事情。事实上，那两名海军陆战队员谈到她的时候也是眉飞色舞，同时还做着明确的手势。要想平息他心中的怒火，需要的正是这个：性。这样他就可以把那些没有血色的羔羊、耶特里血污的头发、那次伏击、把他当成蛇的阿涅西，还有那个该挨耳光的心理医生，统统从脑袋里清除掉。他会把所有这些一扫而光。

切德尔纳加入了两名士兵的对话，问他们怎么才能找到那个女人。

晚饭后，他到了那里。按照士兵们的指引，他来到了监狱附近一座用金属板搭成的院子，那是一个隐蔽的所在。院门上用胶带粘着一张纸，上面写着健康中心，不过没有写明营业时间。

切德尔纳敲了敲门，没有人应声。他把门推开，一个女人骑坐在一把塑料椅子上，正在抽烟。她身上穿的白色罩衣垂到臀部以下，使她看上去像个厨师。女人的脸部轮廓既不像西方人，也不像东方人。毛衣下面的胳膊应该是肥胖而松弛的。

“按摩？”切德尔纳说。

女人在烟雾后面点了点头。她做了个手势，示意他等一等，然后站了起来，在一个满满的烟灰缸里把香烟熄灭，并拉开一个帘子。那个帘子把房间一分为二。在帘子后面有一张小床，上面放着折叠的毛巾，地上有一碗水，水面上漂着四片花瓣。

“三十分钟，十美元。”

“嗯？”

“三十分钟，十美元。”女人一字一句地说。

切德尔纳不知道女按摩师每个小时的价钱，对于妓女的价钱也只有一个模糊的概念。不过，他觉得这完全是敲诈。十美元！基地里没有任何东西这么贵。可是，他非常绝望，因此渴望那双手放到他身上。“好吧，”他说，然后向那张小床走去。女人拦住了他。“先付钱。”

该死的吝啬鬼！切德尔纳在钱包里翻找着。他给了女人一张五元的钞票。“五欧元，就等于十美元。”

她严肃地摇摇头。“十美元，十欧元。”

“好吧，好吧，去你妈的。”他把一张皱巴巴的十欧元钞票丢给那个女人，就好像她是在打劫。女人并没有慌张，而是让他躺下来。“脱衣服，”她命令道。

“什么？”

“你自己脱衣服，你要裸体，”她打着手势向他解释，然后拉上了帘子，把他一个人留在里面。

这里正是应该发生那种事情的地方。切德尔纳背着光检查了一下毛巾，发现上面有些地方已经破损，变得透明，然后他又把它凑近脸闻了闻，随后感到一种模糊的不自在。假如耶特里还活着，他们会一起到这里来。对于一等兵来说，这次一定可以，他会摆脱身上的那个外号：小处男。也许不会，因为之后切德尔纳会继续这样叫他。他们会一起喝一杯，他会逼着耶特里把最小的细节都说出来。切德尔纳有点头晕，他不得不靠在床上，以防跌倒。为什么他的思绪总是会回到那些事情上面？他一点也不想背负一个幽灵，他要立刻把这个幽灵赶走。

切德尔纳解开腰带，迅速脱去身上的衣服，不过还是用了一些时间把军装折叠起来。他要把精力集中在自己身上。要想活下去就得这样做，除此以外别无他法。他花了十欧元，所以，对于他来说最好的结果就是彻底享用它们。切德尔纳把内裤也脱了下来，然后光着身子站在那里，不知道该做些什么。也许他不应该把衣服全都脱了，女按摩师没有说清楚应该把内衣怎么办。突然，他感到尴尬。于是，他重新穿上平角内裤，然后躺在小床上。不过，他又迅速思考了一下，然后从床上跳下来，重新把内裤脱掉，然后趴在床上，用一条毛巾搭在臀部。

“准备好了？”声音从帘子的另一边传来。

按摩从身体的末端开始。女人的力气令切德尔纳吃惊。她的手指插入脚上每个缝隙的深处，然后向外拉，好像要把他的趾骨扯掉。然后，她又用一个拇指按住脚掌中央的一点，一阵颤抖于是飞快地在士兵身上扩散，直到他的脑袋。接下来是按摩小腿。涂了带香味的按摩油的手掌在切德尔纳的肌肉上滑动。

切德尔纳的眼睛盯着漂浮在碗里一动不动的玫瑰花瓣。

从大腿开始，她的手伸到了破毛巾下面，抚摸他的屁股。按摩师的双手向下移动的时候碰到了生殖器，然后就迅速收了回去。切德尔纳没有得到满足，他的身体非常紧张，很难放松下来。

不要想，不要想。停下来。不要想。

后背的按摩令切德尔纳感觉疼痛，不过他咬紧了牙关。按摩师在神经密集的地方停留了很久，用拇指折磨着他。当按摩师将一个胳膊肘插进他的肩窝时，切德尔纳呻吟了一下，把她推到了一边。

“按摩得太重了？”她问，不过一点也没有害怕。

手表不允许他实话实说。“不，一点也不重。继续。”

无论如何，按摩师还是放慢了挤压的速度。当她的手按摩后脖颈和头皮的时候，切德尔纳感到很舒服。他挣扎着不要睡着，直到女人粗鲁地命令他翻过身来，平躺在那里，然后重新开始按摩。脚面。脚踝。四头肌。现在，她的动作显得有点儿匆忙。按摩完腿部之后，她迅速地拿掉了毛巾。切德尔纳勃起的阳物赫然出现在她面前。

好了。终于到了。

他的眼睛睁开了片刻，斜眼望着那个女人。她好像并没有慌乱，这让他有点儿生气。她心不在焉地为他按摩腹部。

切德尔纳从来没有和外国女人做过爱。从这种女人身上很容易传染疾病：艾滋病，淋病，或者某种不为人知的可怕的病症，那些使生殖器外形受到破坏的传染病中的一种。无所谓，之后他会考虑。他会好好洗一洗。现在，他只想摆脱突然出现在他面前的耶特里那张土色的面孔。

女人熄灭了屋顶的氖气灯，然后点亮涂成红色的球形台灯。小房间惨淡的颜色稍显柔和，不过并没有完全改变。当她继续在生殖器四周按摩和刺激他时，一种巨大而又沉重的忧伤落到了优秀上等兵身上。突然，他开始思念阿涅西、耶特里，以及某种他特有的、无法辨别的东西，就好像是一种很久以前他曾经了解，然后又遗忘了的秘密。

“按摩宝贝儿吗？”

“嗯？”

“你想不想按摩一下宝贝儿？”

切德尔纳在忧伤中挣扎。按摩师按照海军陆战队员们比划的那个姿势俯下身。在红色的灯光下，切德尔纳从下往上仔细观察她，发现她并不迷人。不过无所谓。切德尔纳抓住她的一条胳膊，试图把她向自己这边拉。她挣脱了，又一次显示出她的力量。“不！没有性！”她尖叫道，“只有按摩。”

切德尔纳感到惊愕，然后就放弃了。“没有性？可是我给了你十欧元！”

“没有性，”女人坚持说，她后退了一步，手臂交叉抱在胸前。

切德尔纳用拳头捶了一下床铺的侧面。

“按摩宝贝儿，要还是不要？”

他投降了。好的，按摩宝贝儿，什么都可以，只要你把他送回他来的地方去。他任凭自己的胳膊垂在身体的两边。

“要听音乐吗？”

“不，不要音乐。”

在迪拉腊姆基地的人行道边上，在排出雨水用的渠道里面，堆着各种各样的垃圾。一群流浪猫小心翼翼地在垃圾中间移动。它们会不时停下来，瞄准某个东西，然后纵身向前跳去。雷内连一只大耗子也没有看见，不过这里肯定有很多耗子。

他走进设有电话的那个区域。相对基地里那些临时掩体来说，这里就好像宇航局的控制中心。他在电话簿中寻找罗萨娜的名字，然后毫不犹豫地拨通了那个号码。他已经犹豫得太久了。电话响了四次，最后，她终于接电话了。

“是我。我是雷内。”

“噢，我的上帝。”

信号的滞后为最后的一点点不确定争取了时间。这真的是他想要的吗？他要与一个勉强认识而且年龄比他还大的女人建立关系？他们仅仅做过四五次爱，一起看了一些老电影。他会遇到大麻烦，落入连他自己也不知道的麻烦或不幸之中。同意和反对重新在他的脑海中展开战斗，不过，这一次雷内击退了它。他知道如何做才是正确的，他能够清楚地看到自己和孩子在一起的情景：他们一同躺在碧绿的草地上。总之，这是很久以来他有过的最美好的幻想。

“你怎么样，受伤了吗？”

“不，没有，我很好。”

“我在新闻里都听说了，他们提了你的名字。多么残忍啊，雷内。多么可怕的暴行。可怜的小伙子们。”

“罗萨娜，听我说。我曾经有过怀疑，我想了又想。我曾经以为自己做不到，认为你是……总之，我们刚刚认识，不是吗？而且我们之间有很多不同。不过，这里的生活让我睁开了双眼。上帝选择了我，让我不要去死。他决定让我照顾我们的孩子，让他能够在父亲身边成长。我曾经以为还有很多事情要为自己做，而事实上我没有什么可以为自己做的，我不感兴趣。我想要孩子。我准备好了。我准备好了，相信我。”

“雷内，听我说……”

“我都想过了。昨天夜里，我躺在行军床上，嘴里叼着手电。我做了笔记，还列了一张表。有很多事情需要安排，不过我们还来得及。你可以搬到我那里去。房子不是特别大，不过足够了。我得把书房腾出来，里面只有一些破烂。它甚至不是一个真正意义上的书房，只是我这么叫它罢了。我可以把所有东西都扔掉，腾出空间来。我会是一个好父亲，罗萨娜，我向你发誓。我曾经是一个差劲的头儿，让五个手下丢了性命。不过，我会补偿的，我会是一个完美的父亲。我会一直把他带在身边。我会教他骑自行车，踢球，还有……所有一切。哪怕是个女孩。我真的希望是个女孩。他们告诉你了吗？是男孩还是女孩，罗萨娜？告诉我，求你了，我想知道。”

他听见罗萨娜在电话另一边呼吸。她开始哭泣。他希望她在这儿，希望能抱紧她，拭干她的面颊。她哭泣是非常正确的，因为对于他们来说，这是一个悲喜交加的时刻，是他们故事的开始。很多年之后，他们都会回想起这个时刻。

“你是个傻瓜，雷内。”

“不，罗萨娜，我会把一切做好，我发誓。我们两个人……我们会找到一种办法。”

“闭嘴！你不明白吗？”

“明白什么？”

“现在已经太晚了。”

雷内觉得嘴巴发干。他说了很久，语速也很快。美国人说话的声音非常大，他们在听筒里尖叫，像狗叫一样，不太顾忌别人。巨大的喧嚣令他头晕。“你做了什么？”雷内问。

“太迟了。”

“罗萨娜，你他妈做了什么？”

一群绵羊从斜坡上跑下来，光秃的蹄子支撑着摇晃的身体，面孔因为恐惧而变得紧张。有什么事情不对头。没有牧羊人。他们想让我们上当。射击，射击，用所有能使用的武器射击。卡车轰隆一声爆炸了，耳朵里面留下一阵呼啸。只要有所准备，只要提高警惕。那个孩子还没有成为一个孩子，只是一只蚊子。他们用一个管子把他吸出去，五分钟之内就都结束了。

“永别了，雷内，”罗萨娜说，“照顾好自己。”

女按摩师名叫奥克萨娜，三十八岁，不过看上去要更老一些。她来自土库曼斯坦。在切德尔纳的想象中，那只不过是北边另外一个声名狼藉、不值得认识的地方。她没有让他知道更多，因为每当士兵试图开始一个话题，女人就会打断他，然后指指那张床。在他们结束之后，她就指指房门。对于他的问题，女人只是用单音节词回答，而且从来不问他任何事情。为了报复，切德尔纳迫使她缩短按摩时间。他抓住按摩师的手，把它放在自己感兴趣的地方。对此她并不满意。不过，职业训练使她能够不那么反感。对于这一点，切德尔纳不会麻木到感觉不到。于是，一切都在短短的几分钟内结束。然后，士兵重新回到了院子外面，迷失在美国基地里，继续对付非但没有减弱，反而在不断增加、增加、增加的躁动。他的同伴们固执地留在帐篷里，沉默地忏悔。走在回帐篷的路上，他又想要了。他想要奥克萨娜。他无法去想别的。他的肾上腺不停地制造大量的种子。

仅仅一天的时间，切德尔纳就到女按摩师那里去了五次，手提供的服务也不再那么起作用，不能使他完全满足。不过，他又能做什么呢？假如他想得到更多，她就会拒绝。当他看到院门关闭的时候，就会对它拳打脚踢。“出来！”他大声喊道。切德尔纳在基地里漫无目的地转一圈，不到半个小时就又回来了。她在那儿。他用话语攻击她。他怎么可能因为一个妓女而吃醋呢？她只是出去洗了个澡。然而，他就是难以让自己平静下来。

在第三个晚上去迪拉腊姆基地之前，切德尔纳已经花光了所有的钱。他试图说服奥克萨娜为他提供一次免费服务，可是她甚至不允许他接近那张床。切德尔纳将一连串的辱骂倾泻到她的身上，却什么也没有得到。

回到营地的时候，优秀上等兵比之前更加躁动。他让迪·萨尔沃借钱给他，后者是他仅存的最好的朋友。

“我连一毛钱也不会借给你，该死的混蛋。”

“求求你。”

“不行，切德尔纳。去跟别的什么人请求施舍吧。”

切德尔纳转而去求佩科内，罗韦雷，帕萨拉夸，甚至阿比比。他们所有人都对他说没有钱，或者干脆对他说不借，非常无礼。他认为自己不应该受到如此的对待。最后，他去试探赞皮耶里。

“你干什么用？”

“我不能告诉你。”

赞皮耶里的眼神很坚决，说：“反正我不会借给你。”她表情冷漠，眼睛的虹膜使他想起奶奶还活着的时候，她有白内障，所以眼睛好像蒙着一层纱。

“是紧急情况。”

“不，紧急情况已经结束了，现在没有任何紧急情况。”

“是啊，赞帕，帮帮我。”

“你知道我多少个小时没有睡觉了吗？八十四个小时。我数过了，八十四个小时。我想我永远也睡不着了。”

她表情呆滞地走开了。切德尔纳甚至没有筹集到一个欧元。假如找不到钱，他不知道应该怎么办。

晚饭前，切德尔纳又来到奥克萨娜的院子前面。他会给她点儿什么东西作为交换。他有一把漂亮的刀子，价值超过十欧元。这把刀的刀柄是橡胶的，刀锋上涂了防反光的油漆。要和这把刀分离令他很伤心。不过，回意大利后他会买一把一模一样的。

切德尔纳闯进那个小房间。这次，她在帘子的另一边，和某个人在一起。那人把切德尔纳赶走了，还用他的语言辱骂他。优秀上等兵在院子外面席地而坐。天开始黑了，他想象着女人正在和另一个士兵做什么。她肯定会允许他得到更多，肯定，因为那是一个美国人。男人出来的时候，切德尔纳用手电迅速照了他一下。一个黑人。奥克萨娜刚刚是和一个黑人在一起！他愤怒地走了进去，“砰”的一声把门关上。他想把半裸的她当场抓住。然而，奥克萨娜身上仍然穿着那件罩衫，她正在把干净的毛巾放在床上。

“你和那个人在一起？”

女人傲慢地望了他一眼，她耸了耸肩，并没有听明白。

“这是什么？额外工作？你也为黑人服务？”

“你有钱吗？”她问，不过并没有转过身来。

“没有，”切德尔纳说。

“没有钱，没有按摩。”

她已经准备好再次把他赶走。他要安静下来。切德尔纳把刀子从腰带上抽了出来。“我有这个，”他说。

奥克萨娜猛地向后一跳，身体紧紧地贴在墙上。“把它拿开！”她大叫着，手伸向一个有轮子的家具的抽屉。

女人误会了他。切德尔纳并不想伤害她。他笑出了声。“看看你的声调现在变成什么样了？”

“把它拿开！”女人又说。

她以为他是谁？胆小鬼。“好吧，”切德尔纳说，“你要是这样想的话，那么咱们就玩玩吧。”

他走上前去，用脚把那个家具踢开。女人的眼睛始终没有从黑色的刀刃上离开。

切德尔纳晃了晃手里的刀（他会用手指把刀转动三百六十度。由于这点小手段，他遭到很多人的嫉妒）。“唔，唔，唔，”他说，“没有钱，没有按摩？前面那个有吗，有钱吗？”

奥克萨娜把身体缩成一团，蹲在地上。“求求你，”她哀求道。

到了这个时候，切德尔纳彻底明白了这个一百六十五毫米长、被漆成黑色的钢制刀刃为他提供的机会。他的钱都用完了。奥克萨娜只有一个人。她会去向谁抱怨呢？在官方记录上，她并不存在，军事基地里没有妓女。再过几个小时，他就会登上一架直升机，回到基地里去。要是这个女按摩师也有某种内部保护——这是有可能的——她的朋友们也没有时间组织起来，然后去找他。

从分析到行动仅仅用了几秒钟。军队里训练他们要迅速反应。

切德尔纳和善地帮助女按摩师从地上站起来。奥克萨娜服从刀尖的命令，就好像它是一根魔法棒。她身强力壮，但并不能阻止他用左手把她的两只手抓住。优秀上等兵用右手给自己和她脱去衣服，仅仅是必不可少的部分。有片刻工夫，他用牙咬着刀子，然后就用刀子抵着她的下巴。刀尖浅浅地陷进了肉里，不过并没有把她割伤。他不想伤害她。

你真的是个原始人，弗兰切斯科·切德尔纳。

我是一只狼，他们没有对你说吗？

奥克萨娜不再叫喊了，而是在不断呻吟，可能是在鼓励他。当他在她的肩膀上咬了一口，她的身体变得僵硬了，切德尔纳觉得她这样做是鼓励他继续下去。他要让她死去活来，他要咀嚼她。切德尔纳的口水流到了她的脖子和头发上。就这样，先前的那些想法终于消失了，幽灵蒸发了。对于优秀上等兵来说，这就够了，他所求并不多。他是一个士兵，人家不给他的东西，他知道如何才能得到。

之后发生了什么事，他不太记得了。逃离那个院子之前，他向女按摩师投去最后一个目光。切德尔纳看到，她的毛衣在后背上被卷起了一半，罩衣丢在地上，长裤和内裤胡乱堆在脚踝处，两条丰满的大腿在红色的灯光下显得苍白，其中一条还在颤抖。切德尔纳那满足、高挑、带着疑惑的身躯，融入了夜色中。

朱莉娅·赞皮耶里在美军基地里转悠了很久。这里同样很黑，不过不像他们的基地里那样漆黑一团，因为每个营房的入口处都有氖光灯。她的大脑里空荡荡的，就好像有人拿消防水管冲洗过一样。转过一个帐篷，她发现了一个秋千。这是一个手工制作的秋千，两根锁链把一个轮胎吊在金属三脚架上。那些海军陆战队员要一个秋千干什么？这好像是一个笑话：“一个美国士兵在秋千上干什么？”赞皮耶里心想。在秋千上唯一能做的就是摇晃。

她坐在轮胎上，身体陷进那个洞里面，然后用大腿推了一下。锁链开始吱嘎作响，她的脚尖重新擦过地面，然后开始重复一个世纪之前，在之前的那段生命中，他们曾经教给她的动作：弯曲，伸直，弯曲，伸直……她把上身向前弯曲，以加大晃动的幅度。秋千像一个摇篮，在沉寂、温暖、黑暗的空气中前后摇晃。

当士兵们回到 ICE 基地的时候，天气已经变了。连续下了三天雨，雨水纤细而绵软。其中有很短的一段时间，这个地区的降水量与往年持平，然后就变成了往年的两倍，甚至三倍。地上的泥土变成了泥浆，随后又完全化作液体。某个地方哪怕只有一个小小的斜坡，就会有泥浆流淌。这些小溪汇成了湍急的水流，自北向南穿过基地，从大门涌了出去。帐篷的局限逐步显现了出来，也包括在搭建过程中无数个不够精细的地方。比如有必要在帐篷四周挖掘壕沟，修补漏洞，还要在上面铺防雨布。对于小伙子们来说，这是延续人间生活的一种残酷而又玩世不恭的锻炼：有人死去了，活着的人却要卷起袖子，保证自己能够在干燥的地方生存。

埃吉托中尉仅仅在地上放了个桶，以收集从顶棚裂缝处漏下来的雨水。水滴有规律地落下来，发出钟摆一样的叮当声。他还在门口放了一些破布。这样，士兵们就可以在进门的时候蹭一蹭鞋底。无论如何，来的人很少。在那次行动之后，一种前所未有的羞愧在基地里传播开来：有五个同伴死在了敌人的枪口之下，另外一个也几乎无法服役，谁还会厚着脸皮因为结膜炎、流感或者对身体无害的腹股沟疼痛去要求治疗。埃吉托也从来没有像现在这样对自己疏于照顾：他再也没有刮胡子，饭只是勉强吃两口，洗漱都非常简单。

伊蕾娜已经走了。埃吉托在一个装抗抑郁症药的瓶子后面发现了一张卷着的纸条。她把瓶子里的药换成了一把软糖。这个举动既亲切，同时又是一种责备。纸条上只有她姓名的首字母和电话号码，既没有客套话，也没有评论。为什么她选择把纸条留在那里？他该把这个纸条怎么办？埃吉托把纸条藏在个人衣物中间，相信以后不会用到它。

中尉并没有感到痛苦，不论是因为她的离去，还是因为那些小伙子已经不在人世，后者显然更加严重。也许是那些胶囊让他感觉不到痛苦，又或者是因为他已经没有能力感觉痛苦。假如说第二种假设令埃吉托不安的话，第一种也不能给他多少安慰。他正在尝试某种从前就已经知晓的东西：使那些因为他人而产生的痛苦、折磨和同情都化作纯粹的生化成分：激素、神经递质抑制或者释放。当他意识到这一切的时候，出乎意料地感到一种气愤。

于是，埃吉托决定，既然他已经无法感知某种更好的东西，那么就要强迫自己那样去做，从而以个人形式为自己见到和参与的那些卑鄙行为赎罪。一个星期五的晚上，他突然停止服药。埃吉托拧开胶囊，任凭里面的粉末掉进垃圾筐，然后吃了一个覆盆子软糖作为替代。他突然中断了持续八个月的治疗，很高兴能够对制药厂那些骗人的叮嘱置之不理。

在停止服药之后，中尉等待着谁知道怎样的错乱现象发生。然而，几天过去了，假如不算失眠和偶尔短时间的幻觉，什么也没有发生。他的灵魂是一片平原，痛苦凝固在了别的地方。中尉开始怀疑自己的绝对存在。在食堂里，有一个来视察的神父主持了葬礼，不过埃吉托并没有感动。在跟初级上等兵托尔苏通电话——他说话的声音很含糊——的时候，他同样没有激动。托尔苏目前在意大利，正准备接受第三次颌面部重塑手术。听着妮妮脆弱而又心不在焉的声音，看到几天以来太阳第一次穿透幕布似的乌云，用它金黄灿烂的阳光照亮山脉的时候，他同样没有激动。

午饭之后，埃吉托照常去接受巴莱西奥上校的召见。一开始，上校好像不太肯定在全军哀悼的时候该持怎样的态度。后来，很明显，他觉得最好还是听从自己的直觉，也就是继续以前的生活，就好像什么都没有发生过。他自有一套改善精神状态的方法，虽然效果并不明显。两个人沉默的时间越来越多：巴莱西奥专注于不久以前炫耀过的烟斗，埃吉托则注视着那些烟圈：它们从上校的唇间升起，然后在空气中消散。

反应首先从身体开始。埃吉托开始发烧。高烧。体温在夜里升到了四十度左右。他的体温从小时候起就没有升到过这么高。那时，埃内斯托用口罩把嘴和鼻子完全保护起来，然后用听诊器为他检查。埃吉托把自己裹在睡袋里，大汗淋漓。他在颤抖。他在床上躺了两天，没有请求帮助，只让人端来一盆水，这样就可以不用出帐篷。巴莱西奥来看过他一次，不过他病得非常严重，所以后来并不记得上校对他说了些什么，以及他回答了什么。他只记得上校把那张满月一样的大脸靠近他，不停地说话和做手势。

接着，这次突如其来的高烧迅速退去。中尉就好像是处在幻觉当中，精神却出奇地好。他对一项还没开始进行，甚至不太明确的行动做出了决定。埃吉托想走路、移动，每天在基地里来来回回走很多圈。假如可以，他会从基地里跑出去，跑上几公里，也不会觉得疲倦。

不过，离开这里的唯一途径好像就只有打电话。在迟疑了十天之后，埃吉托决定打电话给马里安娜。

“我给你写了八封邮件，八封。我给部里所有那些该死的官员都打了电话，好和你通话，而你却不屑于回电话。你能想象我有多难过吗？真的是太残忍了。你没有想到我有多么担心吗？”

“对不起，”埃吉托说。不过，这个道歉很机械。

“现在，我希望他们能把你遣送回家。立刻。”

“我的任务还有四个月才到期。”

“是，不过你受到了创伤。”

“就像这里的很多人一样。”

马里安娜喘着粗气：“我不想再跟你讨论这些问题。我……累了。你至少给妮妮打过电话吧？”

这么多年以来，马里安娜第一次表现出对母亲的关心，因为妮妮可能也在为他担心。埃吉托吃了一惊。

很明显，他想错了。幻觉仅仅持续了几秒钟。

“你跟她说房子的事了吗？”马里安娜继续说。

“没有。”

“亚历山德罗，我曾经求你负责这件事。现在正是房屋买卖的时候，我们甚至已经迟了。由于房地产危机，那里的房子每天都在贬值。”

到了现在，埃吉托才明白她的意图：那不是同情，不是怜悯，也不是痛苦。之前压抑着他激动情绪的那个塞子，现在被压力推了出来。它其实是一种纯粹的愤怒。这种愤怒从胃出发，在周身的骨髓中蔓延，然后再通过神经传递到身体的末端。

“你可以去跟她说，”埃吉托说。

“亚历山德罗，你疯了吗？我跟她不说话。”

“你对卖房子感兴趣，你可以跟她说。”

“听着，你所经历的事应该不会令人愉快，我感觉到了。不过，你没有权利因为这个跟我生气。”

“我爱那个房子。”

“你不爱那个房子。我们都不爱那个房子。你还记得吗？你还记得我们怎么称呼它吗？”

我们叫它“捷克斯洛伐克宫殿”。“那是很久以前的事了。”

“这不能说明任何事，亚历山德罗。任何事。他们甚至没有来参加我的婚礼，你记得吗？他们不在乎。”

“你从来都没有问过我这里怎么样。”

“你在说什么？”

“你从来都没有问过它怎么样。这里。”

“我认为自己可以想象出阿富汗是什么样子。”

“可是你不能，你不能想象。这里有一座很大的山，没有一棵树，也没有一簇草。现在，大山被白雪覆盖，雪和岩石之间的边界非常明显，所有人都感觉无法想象。这里还有其他的山，不过距离很远。黄昏的时候，每座山之间都有细微的差别，就如同幕布。”

“亚历山德罗，你的情况不太好。”

“这里非常漂亮。”脸上的那些斑一起跳动起来，几乎要爆裂。或许下面有一层新的皮肤，一层完好的表皮。又或者下面只是鲜活的、浸满鲜血的肌肉。“我还要告诉你一件事，马里安娜。那天我们向祭坛走去的时候，我们并不是不可战胜的。我们只是这样说说而已。我们对彼此说，这样也好，甚至更好，所有人应该都看到我们……自由、独立。不过，并非如此。他们认为我们不过是两个疯子。他们为我们难过。”

现在，马里安娜沉默了，中尉却因为说了这么多话而兴致勃勃，他已经超出了先前那道连看都不敢看的界限。

“咱们很快还会通话的，马里安娜，”他说。

他还是听到了姐姐最后那句低声的抗议：“你站到她那边啦？”埃吉托的心猛地一缩。他无可奈何，于是放下了听筒。

不，他没有站到妮妮那边。他不再和任何人站在一边。

第三部分

人

河狸鼠清白的一生

在生命最后的日子里，埃内斯托会在每天下午晚些时候出门，沿着河堤散步。他身上穿了过多的衣服，长袖运动衫外面又套上了毛衣，就像是要给予躯体它逐渐失去的厚重感。埃内斯托低着头向前走，表情中带着怀疑。他来到河流拐弯的地方，这里的水面比较宽。他在距河岸不远的一张涂了油漆的金属长凳上坐下来喘口气，同时借助腕表在喉咙处测量心跳的频率。等各种指数恢复正常以后，他就从口袋里拿出一个放着干面包的小纸袋，用手指把面包搓碎，同时还会清清喉咙。有时候，他会带上一些切碎的苹果，而不是面包。

埃内斯托喂的河狸鼠是一些肮脏的动物。它们其实是一种壮硕的老鼠，脸上挂着眼屎，留着又长又浅的胡须，以及湿润光亮的皮毛。这些动物居住在池塘和泥泞的河岸之间，彼此聚集在一起。“看到啦？”有一天他对我说，“它们就像孩子一样。为了得到一点点食物，它们就会你追我赶地争抢。它们是这么无辜，那么需要帮助，这些讨厌的机会主义者。”

当那些啮齿动物聚集到食物周围的时候，埃内斯托却说起马里安娜，说她小时候的事。他会重复那些我已经听过几十遍的文字游戏，如今，即使作为回忆，这些游戏也已经讲得令人厌倦了。他无法将这个游戏与女儿对他进行的报复相提并论，也许甚至不能把它视为报复。“为什么要报复呢？”埃内斯托会这么说。他从来都不愿意怀疑自己，而且总是满足于种种幻想。至于那个仍旧在某个地方生活的女儿，他没有提到。按照直线距离计算，她所在的地方与河狸生活的这个池塘应该相距不远，然而，距离他的心肯定有几光年那么远。回想起来，这就是我与父亲共同度过的最后日子里那个惊人的发现：之前我一直认为他没有心。到了现在，我才看清楚他的心碎了，再也无法复原。

当父亲的身体情况突然恶化之后，我请了三个星期假，搬回家里去住。我是妮妮和埃内斯托的客人，是我在里面长大的那个房间的客人。我躺在床上，望着马里安娜住过的房间的门。从前，我曾经无数次盯着它，忧心忡忡，试图猜测门的另一边在发生什么事。下午，当我们的父母不在家的时候，马里安娜会把自己和男孩子锁在里面。

我有一套自己的毛巾，洗漱包里也装着牙刷。每次用完之后，我都会把它们放回行李箱。我不想把属于自己的东西留在浴室或者别的地方。每件家具的表面都浸透着过去的回忆。这些回忆会在瞬间将这个表面吞噬，并且把它带到另外一个遥不可及的时空中。晚上，当我在镜子里端详自己的面孔时，我的目光会停留在那些长颈鹿和大象贴画上。每个有先见之明的孩子都会认真刷牙。他会经常用牙线一颗一颗地清洁牙齿。我默默地重复他们的儿歌，既无怨恨也无怀念。

家里依旧保持着妮妮住在这里时的那种谨慎而又一成不变的秩序。几个星期后，就在父亲去世那天，她提着一个轻巧的行李箱搬到了她姐姐（已经先她成为寡妇）那里，再也没有回家。那时我才明白，她对于我们曾经一起生活过的那个家的依恋少得可怜。假如说她曾经爱过那个家的话，那么从某个时候开始，她突然不再爱它了，而我们中任何人都没有觉察到这一点。我本来可以感受到那些信号，我已经发现没完没了的家务越来越让她疲累（妮妮雇了一个外国女人，她每隔一天来帮助妮妮做家务。母亲的这种做法，一下子就违反了她自己制定的《基本节俭章程》里的三四条）。不过，我已经有很长时间没有注意妮妮，她日渐衰老。

在马里安娜与他们反目之后，母亲的精力和体力越来越弱。她的生命靠着一层纤细的薄膜得以延续，这层薄膜从外面把她包裹起来。受到刺激的时候，她还是会有反应，就像人们所期待的那样：或者更确切地说，就像人们能从一个六十来岁的瘦小女人形状的机器人身上所能期待的反应。当妮妮笑的时候——这种情况非常少见——她的笑容是空洞的。我还记得，在任何情况下，自己都永远不会成为足以使她重新快乐起来的理由。埃内斯托同样不能使她快乐，妮妮目睹他的病情急转直下，就好像那是对他们两个人的神圣惩罚。从前，她会用一句这样的话来表达那种沉默的情感："你瞧，这确实是我们应得的！"

每天早上，埃内斯托都忙着在医院里看病，以及大量相关的令人沮丧的事情。父亲在同一家医院工作了三十一年，他所在的大楼距离现在就诊的泌尿科仅仅四十来米，外加两级台阶。埃内斯托距离被任命为主任医师仅仅一步之遥，但就诊时并没有多少特权。他和所有病人一样，坐在楼道里那排蓝色的塑料椅子上，等着就诊。他十分躁动，不停地说话。在那个时期，他因为化学溶剂里掺入了用来涂抹这个走廊墙壁的油漆而烦恼；令他烦恼的还有电磁污染，以及医院食物塑料包装里大量的邻苯二甲酸盐，正是这些东西导致了前列腺癌。他估计自己摄入了大约三十七公担①被污染的食物，就好像现在知道了这些事情能有什么不同似的。

有时候，会有某个年轻的同事认出他，停下来和他交谈几句。埃内斯托会借这个机会把他叫到角落里，批评他现在的治疗方案。他会展示自己在夜间研究出来的不同治疗策略，同时引用外国的相关材料，以及很多对于目前肿瘤学的怀疑。除了他自己以及他的直觉，埃内斯托永远不会相信其他专家，即使这个领域不是他的专长。在那些即兴发挥的医学课程上（通常会超出普通教学的范围），埃内斯托仍然坚信能够说服我。然而，事实再清楚不过了，他对我有一定影响，不过仅此而已。穿白大褂的大夫对病人的话表示同意，不过仅仅是表面上的。虽然他白天还会经过那里，但不会再停下来了。

一天早上，我对他说："时间不会倒流。"因为我敢肯定，一个类似的想法正折磨着他。埃内斯托耸了耸肩膀。他不愿意回答。年龄使他性格的很多方面遭到了破坏，不过，他仍旧尊重符合逻辑和推理的思考，这一点并没有改变。他不能容忍对于真理的胡编乱造，除非能够找到一些东西来证实。另外，他好像是在用沉默回答

① 一公担相当于一百公斤。

我：很明显，生命不会把你应得的还给你。

二月的一天夜里，他呼吸困难。救护车把他接走，送到了医院里。他被送到了恢复机能病室，身上插满管子，同时还进行静脉注射。他们慎重地给了他一间单人病房，从窗户可以看到白雪覆盖下的一角山脉，黎明的朝霞将会把它染红。埃内斯托明显撑不了多久了，妮妮小心翼翼地对我说："去给她打个电话。求求你。"

我从大厦里走了出来，忘了穿大衣，因此外面凛冽的空气令我吃了一惊。我走到一株光秃秃的欧洲白桦树边，手扶在树干上，那里面的汁液正缓慢而顽强地流淌。我思索着植物沉默的斗争，突然感到一阵愤怒。真的要发展到这个地步吗？两个人声明在余生都势不两立，并因此摧毁他们周围所有的东西，直到绝望让他们在医院的一间病房里重新见面，好像什么都没有发生过。我所承受的那些威胁、冷若冰霜、不妥协，那所有的一切，又算什么呢？

马里安娜昏昏沉沉地回答："现在是六点一刻，亚历山德罗。你想要干什么？"

"他们把爸爸送进了医院。"

"你是说埃内斯托？"

"对，是爸爸。"

我听见她安慰丈夫："你睡吧，没什么。"然后是床单的窸窣声，还有脚步声。然后，声音再次传来，比之前大了一些："那么我应该做什么呢？"

"他快要死了，可能撑不了多久。他身上有一处渗血，在……"

"他怎么了我并不关心，不要跟我说这些。是他要你给我打电话的吗？"

“他注射了镇静剂，不能说话。”

“他清醒的时候说得够多了。”

“马里安娜，现在不是时候说……”

“说什么？可怜可怜我，亚历山德罗。再过一个小时我的闹钟就要响了，我不想这么疲惫地去上班。”

“你说的是真的吗？”

“你觉得我像在开玩笑吗？你很清楚，我再睡着有多么困难。我想，现在我会在床上睁着眼睛一直到七点。”

我朝树干踢了一脚。一小块白色的树皮剥落了，掉在地上。下面的树皮光滑又干净。我俯下身去抚摸它。愤怒就这样消失了，留下的是巨大的痛苦，就好像是最后一个救赎的希望：直到前一刻它还被你遗忘，然后却突然出现在你面前。马里安娜应该来找我，马上，这至关重要。要是她不赶快去搭乘第一辆碰到的出租车，要是她不趁埃内斯托还有呼吸的时候去他的房间见他，要是泪水没有从她的眼睛里流出，要是她没有紧紧拥抱妮妮，要是所有的这一切都不能实现，那么，我们就没有任何得到救赎的可能。我们经历了过多的痛苦，我们还可以承受其他痛苦，但我们一定会发现，那个巨大的痛苦其实没有任何意义。

“来吧，”我恳求她，“我们的父亲就要死了。”

马里安娜沉默了一会儿。我支着耳朵，希望能够听到哭泣的迹象。它将拯救我们，我们所有人。

“对于我来说，他并不存在。”

八年前，另外一个同样沉重，但语气更加顺从的电话，标志着我姐姐所经历的那个黑暗阶段达到顶峰，也决定了她与妮妮和埃内斯托那个了无生气的世界最终的决裂。现在回想起来，我发现，在我们埃吉托家，那些决定性的时刻都是以同样的方式结束的，也就是通过电话。在我们面对面的时候，仅仅是提到某些话题都会让我们无法承受，只有借助绵延数公里、外面裹着保护层、深埋地下的电缆，那些事情才显得可以接受。

妮妮将马里安娜的成绩单完好地保存在碗橱最上面抽屉里的一个文件夹里面，成绩单上写满了令人惊讶的九分和十分。在取得这些辉煌的成绩以及四面八方汇集而来的夸奖之后，马里安娜的求学生涯戛然而止。不过，这之前也不是没有一点迹象。在高中的时候，曾经有几个月，马里安娜因为生病浑身无力，她变得懒散，平均分也停滞不前。不过，每一次她都通过巨大的努力摆脱了那些迷茫的阶段，重新回到她的领先位置，以至于情况的恶化几乎无法察觉。然而，假如埃内斯托像评估世界上其他任何事情一样，对此也进行严格的数据调查，假如他把马里安娜从小学到大学毕业之前每四个月的成绩绘制成一个图表，就会立刻发现，那是一条呈下降趋势的曲线。

从春天时在马里安娜脸上出现的那些明显的雀斑中，我觉察到了那种不间断的轻微变化。我始终认为，姐姐脸颊上那些色素沉淀导致的小斑点正是她奇迹般力量的源泉。难道她不是因此而不同于我们，不同于我们这些平庸的人吗？不过，这些斑点每年春天都会出现，而且越来越明显。后来，她养成习惯在夏天到来之前用太阳灯把自己的皮肤烤成古铜色，那些斑点就再也辨认不出来了。到了大学第四年，在她几乎成为一名艺术史——这个学科并不比其他学科更令她感兴趣，不过，由于我们全家一致认为她在创造性学科方面具有天赋，她也就顺从地接受了——毕业生的时候，那些雀斑完全消失了，就好像一座污染的城市上空的星星。她也止步不前了。

那次考试并不比之前的难，是威廉·布莱克的一段独白。第一次考试的时候，马里安娜拒绝接受老师给的二十一分①。她吵闹了一阵，但是时间很短。她的绝望以及对于向她提问题的那个助理的痛骂——那个助理没有放过她对于红色的大龙和身上洒满阳光的女人这句话不够清楚的诠释——好像只是装装样子，然而，它却隐藏着一个事实，那就是马里安娜内心对这个学科非常不感兴趣。一个月之后，她又试了一次，结果授课老师本人给了她不及格。在饭桌上，面对我们的惊愕，她把那个老师描述成一个没有能力的人，一个混蛋，一个想要满足自己那方面需求的、丑陋冷漠的女人。妮妮紧紧地握着餐具。她无法容忍这一切，却不敢对这些评价表示反对。

和往常一样，我支持马里安娜。当我们单独在一起的时候，我容忍她把她的才能淋漓尽致地发挥在描绘那位老师粗暴的形象上。真应该让威廉·布莱克为她画一幅可怕的画儿。留给我插嘴的机会很少，不过我还是试着鼓励她。

不过，鼓励的作用并不大。之后又有了第三次和第四次失败，而她并没有把具体情形讲清楚。第五次，马里安娜没有带剧本。她坐在老师和她的助理面前，沉默地盯着她们，直到那些人感到不耐烦，让她离开。

---

① 满分为三十分。

考试后，她来找我，要我那天晚上无论如何都要回家。是呀，那是必须的。一年前，我不顾全家人的反对，提前入伍，开始了我沉默的逃避（可能是我觉察到了即将来临的灾难，并试图寻找一个避难所）。此时，我已经住进了军营。不过，我给上级帮了个忙，作为交换，我得以满足她的要求。

晚饭的时候，马里安娜歇斯底里地哭了起来，嚷嚷着要退学。没有人靠近她，也没有人去抚摸她被泪水打湿的扭曲的面孔。我们望着她如同捕兽器里的野兽一样挣扎着，她的痛苦我感同身受，但我不知道如何才能令她的痛苦得到缓解。妮妮希望我说点什么。埃内斯托仍然小口地吃着饭。最后，在那种他认为是女儿典型的孩子气的举动结束之后，他说："明天早上到医院去。跟我一起。"

我没有立刻明白他的意思，尽管事情显而易见。像埃内斯托·埃吉托这样的专业人士、受人尊敬的医生，从来都不承认在人类的身体，以及按照自己的想法对身体进行指挥的大脑意愿之外，还存在其他什么东西。诊断结果只能有一个：他窥测到马里安娜有整整几个下午坐在写字台旁边。所以，假如问题不是出在她的意愿上面，那么就一定存在于她身体中的某个部分。他的小女儿难道不是一直在班里名列前茅吗？难道她不是最顽强和唯一从来都不会失败的那个吗？噢，可是我得去学校！她对穆佐纳说。她机体的运转应该是在某个地方卡住了，而他会发现问题到底出在哪里。

接下来的几个月里，在医院各个科室里发生的事情，我只得到一些间接的消息，那是我在家里度过仅有的几次假期时，埃内斯托给我朗读的一些报告。他列举了对马里安娜进行的各项检查，简单地解释了越来越多的临床病例，就好像他是在为一项科学著作积累实验数据，又或者是为我正在大学里学习的课本提供一些鲜活的实例。马里安娜并不参与这些，也不加以评论，就像个透明人。她很少会表示同意，她只是撅撅嘴，露出一个浅浅的、没有热情的笑容。

埃内斯托所做的第一件事，就是为她的大脑照 X 光。有好几天，我们都要听他对于我姐姐颅骨结构的优点与缺点的评价。总之，额头部分较窄是一个遗传方面的特点，这无疑应该归结为妮妮的家族，或许这标志着她在抽象逻辑思维方面缺乏天赋。尽管我不同意龙勃罗梭的解释，这与我父亲一贯的严谨又是如此可笑地对立，但是，我觉得自己没有能力反驳他。

心电图反映出一种轻微的早搏现象，而埃内斯托想要重新做这项检查。他将这个现象与骨骼和血管方面的异常联系在一起，由此推测淋巴系统的功能不正常，而且这种方法也被他一直坚持下去，甚至连她可能感染的疾病所能引起的可能性最小的后果都进行了研究。然而，最终结果表明，一切检查都是徒劳的。血液和尿液的检查排除了一系列普遍存在的小毛病，尽管他认为胆红素指数过高与肝脏的某种病理有关。他批评马里安娜摄入过多的酒精，然而，这种假设非常荒唐，因为她几乎不喝酒。所以，就连一直非常关注检查进展的妮妮，也不再相信他所做的调查。最终，埃内斯托只得满足于认为我姐姐具有 Gilbert 综合征，这有可能也是她最近的失败（如今他这样称呼它：她的失败）的一个原因。

又有几分升①的血液被从马里安娜不透明的血管里抽了出来，以便从中找出一些罕见的疾病或者自身免疫性疾病的初期症状。必

---

① 一分升相当于四分之一升。

须扩大视野，考虑诸如狼疮、糖尿病、麸质过敏症、库欣氏症和克罗恩症……在跟着埃内斯托从一个科室到另一个科室的第二个月里，马里安娜表现出的主要是贫血症，尽管她的红血球数量表明情况恰恰相反。他们为她做了两个分层造影和一个核磁共振，以及另外一些颅骨和胸部的透视，而且，这一次参加讨论的还有埃内斯托的同事们和一位著名的瑞士医生，联系他是为了在必要的时候进行咨询。所有这些人都无一例外地被埃内斯托激烈的演说，以及他作为家长的担忧所感染。马里安娜的案例如今尽人皆知，我们几乎忘记了这些穷追不舍的检查其实是因为大学里有一门功课没有通过。如今，我们都认为马里安娜病得很重，甚至有生命危险。她自己还是那么虚弱和疲惫，因此无力反对。后来我才明白，她很有可能是想看看埃内斯托到底能做到哪一步，以便向全世界展示他有多么疯狂，为此甚至不惜把自己的身体也搭进去。然而，在那个时候，我本来可以从她不时投给我的闪烁的目光猜到这一点。她同意切除左耳朵后面的一个无害的皮脂腺囊肿，然后又让他们把一个小钻头从喉咙伸进去，接着沿食管向下，以便测量胃壁的厚度。

胃镜检查的报告呈阴性，之后，妮妮出人意料地决定到此为止，不能再对女儿进行折磨。她早就知道，女儿的机体没有任何异常。要反对丈夫的意愿太难了。不过，现在他应该停下来了。他们之间爆发了争执。这是埃内斯托的习惯，也就是在妮妮反对他的时候——这种情况极其少见——他会将自己封闭在无情的沉默中。他会在黑暗中待好几个小时。人们可能会发现他躺在浴室的小地毯上，仰面朝天，双臂交叉放在胸前，如同一个死去的法老。一天晚上，他没有回家。在那个时候，妮妮要马里安娜做了一件后来会叫我去做的事情。“去给他打电话。向他道歉。让他回家来。”

“我向他道歉？”

“对，你。”

“为什么？”

“他就是这样。”

妮妮没有再说什么。在埃吉托家，要在没有人给你解释的情况下明白需要做的事。马里安娜不用人去求她。她好像是第一次考虑她引发的这件事情怪异而又可以预见的发展，只不过是隔着一层防弹玻璃。她毅然决然地走向电话，拨了埃内斯托的号码，用单调的声音对他说：“我向你道歉。回家吧。”

与此同时，大学的问题解决了，没有人敢再提起它。那些没有意义的检查也是一样，一切都被沉默吞噬了。在学年剩下的时间里，马里安娜都把自己关在房间里，就好像是在守斋。我看到她的时候，发现她非常幸福和无忧无虑，这是我很长时间都没有见到过的。

夏天，我和她还有一些朋友去旅行，我们的目的地是令人伤感的波罗的海海岸。然而，在越过奥地利和捷克边境之后，马里安娜说她想回去，她要我送她到最近的火车站，她会在那里登上第一趟能够把她送回家的火车。“我觉得不自在，算了吧。我不喜欢这些地方，它们让我焦虑。”

她强迫我们在布尔诺附近一个不知名的小镇停留了一天。最后，除了我们两个，其他人继续旅行。时间的延迟使他们感到厌倦，而且因为我们开车离开，他们的车里会更挤。“我不懂为什么你没有跟他们一起走，”马里安娜抗议道。不过，很明显她为此心存感激，认为我这样做是对的。我说服她不要完全浪费这个假期：既然已经到了那里，我们至少可以参观一下维也纳。“维也纳不会让你焦虑的，”我向她保证。

假期最后几天的记忆混乱又支离破碎，就像一阵飓风，会突然在睡梦中出现。马里安娜变得无法相处，仿佛随时就要大哭起来。她吃得很少，几乎是在绝食。在我们停下来吃午饭的餐馆或者凉亭里，她注视着饭食，好像是在审问它们，直到厌倦了，把它们放到一边。

两天后，我也不吃饭了。饥饿感成为了连接那次旅行中那些彼此不相干的片段的唯一因素。当马里安娜凶狠地盯着埃贡·席勒那些水彩画上被折磨的女人身体，然后命令我从那里出去时，我感到饥饿：“咱们马上出去，我恨这个博物馆。”当我们睁大眼睛，尴尬地躺在一张双人床上，一件件回顾过去那些令我们微笑或者难过的事情时，我感到饥饿。当我们坐在车上沉默地游览城市时，我饿得都要昏过去了，同时还感到恶心。马里安娜转过身来，用我熟悉的那种空洞的眼神望着我说：“我和他们再也没有关系了，再也没有了。”在没有尽头的归途中，在自始至终都在飘落的雨中，我感觉到饥饿。不知不觉中，我们一丝不苟地执行了埃内斯托教给我们的保健方式：在我们能够承受的最长时间里连续保持空腹。

回家以后，马里安娜变得刀枪不入。她严格执行自己设想出来的那种策略，这种严格也是我之前一直欣赏的。她又回去找几个月前曾经毫无激情地交往过的那个男孩，一个迷迷糊糊但是喜欢马里安娜的家伙。妮妮用她所有的沉默表示反对。马里安娜搬到了他家里，一年后让他成为了自己的新郎。她拒绝我们的父母以任何方式介入她的生活，也反对我进行任何形式的调解。她以精湛的技巧做到了再也不对妮妮和埃内斯托说一句话，哪怕是不小心，哪怕仅仅是一句“让我安静点”。她好像是最后一次以一种危险的方式弹奏那个下滑音阶，毫不间断，一直弹到琴键上最低的音符。

就这样，她好像又回到了往昔的时光：埃内斯托的那些斥责，那些欢庆，那种慷慨赐予然后又被收回的爱；妮妮的叮嘱，那些小心谨慎，那些孜孜不倦而又疯狂的学习，她名列第二的数学奥林匹克竞赛，疼爱，试唱；胡乱弹出的音符在五层楼高的大厦里回响，甚至传到了车库里面，然后钻入地下；还有中学时写的句法完美却尽显冷漠的作文，这一切都到哪里去了？马里安娜就如同一个装了弹簧的人偶，这其中的每一个因素都好像为她上了弦。小铅兵的背后上了一百万转的弦，而那个小铅兵就是她。发条钥匙已经跳了起来，她向前走，被派遣到一个目标。这个目标是否会超出桌子的边缘并不重要：对于深渊的含义，我们家里的人都有一定的了解。

婚礼之后，我们几乎不再谈及父母，也不谈论朋友，我们共同的所有东西都失去了它们的重要性。我去找马里安娜的时候，她总是由丈夫陪着。我不明白一个报复行为怎能进行得如此冷漠，如此持久。很久以前，她就决定了一切，包括每一步行动。甚至从来都没有过真正的冲突。每个人都一动不动地留在自己的洞穴里，静静地注视着。另外，通过对骨骼的研究，我至少应该明白一点：最严重的断裂源于静止。当身体决定碎裂时，在几分之一秒钟的时间里，骨骼就会破裂成很多碎片。无法想象如何才能把它重新拼凑起来。

在埃内斯托的葬礼上，问到马里安娜的人并不多。一些人是因为自然而然地选择谨慎，不过，大部分人却是由于在过去的这些年里，他们对于需要闭口不谈的情形有了一个颇为混乱而且恐怖的认识。

葬礼过去几天之后，我去找在部队医院当心理医生的一个同学。我要求他给我开一个处方，却不允许他首先对我进行诊治，也不说明我那样做的原因。我仅仅告诉他，自己这一生中从来没有这么累过，而且这不可思议的疲惫中还掺杂着一种同样强烈的疯狂，二者混在一起，令我无法入睡。我请他决定给我开什么药，任何能够让我安静下来的东西都好，我只想要休息，消失。“要是你不给我开，我就去找别人，或者我自己在处方上签字，”我威胁他说。

同学极不情愿，他潦草地开了处方，并劝我一个月后再到他那里去。我没有去。我通过部队订购了药物，这样做更方便。我订了一定数量的药物，足够使用很长时间。每天一粒，每一粒都用来清除随着时间的流逝，我仍然无法回答的问题：家庭是什么？为什么会爆发战争？如何才能成为一名士兵？

草不停地生长

完成任务回国的时候，春天已经到了，这对于阿尔卑斯山地狙击兵来说无疑是个不幸。这个季节过于悲伤，是一个真正的打击：白昼漫漫，传递出一种无法平复的疯狂；空气里弥漫着各种气息，令应该被忘却的记忆重新浮现，疲惫则如影随形。雷内准尉竭尽全力保持心平气和。他知道，只要少许自律，就能战胜任何形式的痛苦。只需将生活安排好，让自己有事可做。

雷内放弃了休假。回国后的那个星期，他就已经到部队报到了。住在塞尼加利亚的父母因此发了火，不过，雷内最不希望的就是面对他们那两张令人同情的面孔。早上，雷内六点半起床，长跑的服装已经在卧室的椅子上准备停当。他用工作把时间填得满满的，有的事情甚至要做两遍。下班后，雷内去健身房，一直待到不能再待下去为止：星期一，他和佩科内打壁球，星期四上合气道课程，星期五，他会找个人一起出去，或者独自出去转转。周末是最难熬的，他会骑摩托车出去，把自己累得筋疲力尽。他还可能会清理车库，或者进行另一项表面的维护工作。借助电玩，他把可能出现的小块时间也都填满。雷内严格执行这样的时间安排，不对它进行任何实质上的改变。就这样，日复一日，一个星期又一个星期。像他这样的人，能够一直以这种方式活下去。

在这些不太令人愉快的工作中，有一件是探望那些阵亡士兵的家属。即使是这项工作，雷内也同样有条不紊地进行下去，今天，探望完萨尔瓦托雷·坎波雷西的妻子之后，这项工作就要结束了。他之所以把探望她放在最后，之所以把这个探望耽搁了这么久，毫无疑问是值得思考的。不过，准尉并不想对这个问题深究。

他们坐在坎波雷西家游廊的阴影里，已经有几乎两个小时了。这时，坎波雷西的儿子加布里埃莱正坐在台阶上，兴高采烈地玩着。从一开始，弗拉维亚就决定不做任何努力使这次谈话变得更容易。她给了雷内一杯热果汁，还把一包饼干放在他面前。那是个不知名且令人不安的牌子。准尉没敢去碰它。很明显，在这种时候，她不愿意过分拘泥于形式。

他们没有说什么话，只是不停地抽烟。在抽了头几支烟之后，弗拉维亚就不再请求雷内的允许，开始自己拿盒子里的香烟。现在，盒子里只有三四支烟了。雷内想，他们会把那几支烟都抽完，然后就结束这次谈话。尽管这样做并不容易，但是，他并不急于告辞。弗拉维亚·坎波雷西是阵亡战士家属中最年轻的寡妇，无疑也是他碰到的最可爱的一个。寡妇这个词与她本人并不相配。

“你看到情况有多糟糕了？”她突然说，用手指着花园，好像是为了让雷内把始终盯着她的目光移开。

尽管从外面的栅栏走到房子时，雷内已经注意到院子荒废了，不过还是装作吃了一惊。杂草已经长到小腿一半的高度，有的抽出了绿色的穗子，中间还夹杂着散发有毒气体的野罂粟。沿着围墙生长的篱笆完全不规则，甚至有一簇簇的草从中间伸出来。

“我跟他说过不应该选这样的房子，然而，他就是认定了。萨尔沃的父母住在一个类似的地方。他总是喜欢重复以往的生活，这让我发疯。到了夏天，这儿就成原始丛林了。”

“没有人帮你吗？”

尽管他们事先已经约好，弗拉维亚却没有化妆，她的鬈发用一个皮筋绑起来，头发可能也该洗了。不过，所有这些并不足以破坏她的容貌。

“他父亲来过一阵，负责整理这个院子。可是，在出了事以后，他总是想谈萨尔沃。我会被困在厨房里好几个小时，最后搞得筋疲力尽。我跟他说过，要他放下这件事。”她停了一下，又说，“我能肯定，他主要是想控制我，可是他没有任何权利这样做。”

“我可以帮你。我是说收拾草坪。”雷内脱口而出，随后立刻被一种恐惧震慑住了。他害怕自己走错了一步棋，那感觉就好像朝着流动的沙丘迈出了一步。

弗拉维亚瞟了他一眼，眼神中透着温柔和同情。香烟在灼烧她的手指。“算了吧，雷内。不过，还是谢谢你。”

“我会很高兴那样做。”

“你这是出于同情。”

“不是这样的。无论如何，同情也没什么不好。”

“要是这次你给草坪除了草，一个月以后，院子又会是现在的样子，我就又回到原点。到时候，我不知道该叫谁来，所以就会给你打电话。你不敢对一个寡妇说不，可是你也不想再这么做。于是，每个月都会发生这样的情况，直到你厌倦了，编出一些理由以便不再到这里来。你会有负罪感，而我会觉得被抛弃。我们还是避开这些麻烦吧，雷内。很遗憾，草会不停地生长，我们对此无可奈何。”她突然住了口，随后又说，“萨尔沃的死不是你的错。”

准尉的胸口感到一阵剧痛。要是她知道！要是她知道她犯了多大的错误！要是她知道自己情愿割多少公里的草，只要能够补偿她失去的东西。要想补偿她，雷内必须用一个卷笔刀割掉整个森林。“要是我不想避开呢？”他坚持说。

弗拉维亚把一小团烟灰从毛衣上拍落。“可是，至少你应该知道怎么用它吧，那个除草机？”

“告诉我在哪儿，我立刻用给你看。”

她抬头把烟吐向高处。“不，不是现在。今天不是整理草坪的日子。”

“那么是什么时候呢？”

“星期六，早上。”她把剩下的半截香烟在烟灰缸里熄灭，然后站起身来，好像突然间觉得时间晚了，所以想结束这次来访。“无论如何，你还有时间改主意。你没有必要提前通知我，请不要那么做。”

可是，雷内不是那种会退缩的人。他信守诺言，约会前几天总是想着这件事，除此以外他甚至什么也不想。那天，士兵早早赶到了坎波雷西家，弗拉维亚却还穿着睡衣。她已经忘记了他们的约定，这种遗忘给他带来的不快是他所没有预料到的。

雷内对她说谎了：他始终都住在公寓里，从来都没有从事过园艺工作。不过，他并不觉得这是一件很难的事。他按照自己研究过的一些视频干了起来，那些视频是一些业余爱好者传到网上的。

准尉先推着除草机朝一个方向走，然后是相反的方向。他想象着会出现一条条色调不同的形状，就像足球场上那样。不过，有些事情不太对头，应该有一种他不知道的特别技术。雷内注意到弗拉维亚在游廊下面盯着他，眼神迷茫，好像通过他的举止看到了另外一个人。现在，她换上了一件领口很低的毛衣，里面没有穿文胸。她正好站在太阳能够直接照射到她脸上的位置。“你从来没有做过这个，对吗？”她问。

雷内观察了一下院子里被除过草的地方。既然她已经说了，他得承认，结果颇为令人失望。“很明显吗？”

弗拉维亚笑了。“无论如何，比之前要好。”

结果，雷内留下来吃了午饭，在那里度过了大半个下午。然后，和上一次一样，弗拉维亚的情绪骤变，甚至没有任何预兆就匆匆请他告辞。她向雷内承诺，假如需要帮助，就会给他打电话。不过，从她说话的方式就知道，她根本不想这样做。

开车回家的路上，雷内感到心烦意乱。这一天的进展出乎意料，他需要填满下午剩下的时光。在家里，雷内还需要打完光环游戏第八级，可是，他认为自己没有办法专心玩游戏。雷内预感到，他唯一能做的就是陷入那令人耻辱又非常危险的思念当中，而这种感觉从栅栏门在他背后关上的那一刻起就已经开始了。那是对于一个死去的部下家的花园，以及他那个站在游廊下面的、难以相处的妻子的思念。

这种思念始终伴随着雷内，以至于两天后，他取消了约会，没有去和佩科内一起运动，而是开车来到弗拉维亚·坎波雷西的小别墅外面，然后就藏在那里。雷内在那里一直待到天色暗下来，看着灯光点亮，然后又熄灭。他心想：说到底，在山谷里度过的那几个月是不是真的把他变成了一个疯子？

第二天晚上，雷内又回到那里，还包括接下来的那个晚上。很快，在弗拉维亚家外面的这种守候成了在部队里度过一天后自然的延续。从某天开始，雷内还带上了晚餐。他把汽车停在距离别墅比较近的地方，以便看到一切；同时，他又和它保持足够的距离，以免引起注意。他不知道自己在寻求什么，只是希望能够辨认出窗帘后面弗拉维亚或者她儿子的身影，同时避开他们之间那种令人心痛的亲密，好让自己好过一点，也为了让他的焦虑重新出现，这也正是他守候在这里的理由。好像他始终需要确定没有任何不好的事情发生在那两个毫无自卫能力的人身上。不过，他对坎波雷西遗孀的身体的热情，完全不能与很久以前，也就是青年时期热恋某些姑娘时的那种热情相比。这是一种复杂的情感，雷内不能、也不想去弄懂。

雷内坐在汽车里，关上了收音机。思绪无法在任何想法上长久停留，但总是围绕着相同的念头：给罗萨娜打的那个推迟了太久的电话，装阵亡士兵尸体的垃圾袋，和最终决定模仿他的那个小加布里埃莱——孩子弯下腰，捡起篱笆下面的落叶，一次一片，因为他的小手不能抓住太多叶子。

雷内过去那种有条不紊的生活被完全打破了，不过他毫不在乎。他只想守在那里，这对他来说就够了。准尉寻思着，早晚会有警察的巡逻车从这里经过，他们可能会靠近他，询问他为什么要在这里停留如此长的时间。不过，他没有方法远离那幢涂着紫色灰泥的建筑。萨尔瓦托雷买它是为了延续童年的生活。距离他整理草坪的日子还有很久，太久了，而除了待在这里，雷内没有别的方法延迟心中的焦虑。草会不停地生长，但还不够快。

雷内接到一个旧相识的电话。那个女人名叫瓦莱里娅 · S，是从前他为了增加收入而从事第二职业时的一个顾客。在她之前，没有人再找过他。他不在的这些日子里，她们应该找到了一个人代替他，或者已经知道了发生的事，想离他远一点。雷内只是出于像往常一样无懈可击的礼貌接受了这份工作，因为他想做爱（他最后一次做爱是跟一个怀了他孩子的女人，不过那已经是上一辈子的事了）。

到了门口，雷内怀疑自己香水喷得太多了，这代表一种不安全感，明摆着是已经缺乏训练。没有关系，大部分香气会随着衣服散掉。瓦莱里娅 · S 立刻切入正题。在起居室里，他们就已经扑到了彼此的身上，某种饥渴和绝望把他们联系在了一起。她的身材姣好而柔软。在挣脱了衬衣的束缚之后，她靠在他的胳膊上，把坚挺的乳房送到他的嘴里。没有任何错误的动作，也没有一个不必要的眼神去中断他们急切地向卧室移动的脚步。两个人彼此拉扯，亲吻，抚摸，一刻都没有停下来。甚至连戴上避孕套这种令人厌倦的事，都没有破坏他们之间的和谐。雷内仅仅用一只手就迅速完成了这个任务，同时用另一只手使她开心。

到这里为止，一切都进行得很好。雷内在表演，不过，他表演得如此投入，甚至不觉得辛苦。他把瓦莱里娅按在身体下面，一动不动。她闭着眼睛，表情暧昧。女人抗议说有点痛，他并没有理会。他用门牙咬住一个乳头，直到她忍不住叫了一声。他甚至大着胆子在她的脸上打了一个耳光。

尽管如此，当他们的交合进入重复性的节奏时，雷内凭直觉意识到有什么东西不对头。他好像看见瓦莱里娅变得越来越小，从她所在的地方滑出去很远。不过，事情也可能正好相反，说不定是他远远地离开了。女人距离他的眼睛这么近，变成了一个模糊的东西，就连房间里的声音也渐渐减弱。

在准尉的胸中，一块黑色的东西变得越来越浓，一直冲上他的喉咙。在今天之前，类似的事情从来没有在他身上发生过，然而，他的身体却好像保存了对于一个久远经历的回忆。突然，雷内肯定自己无法射精，几秒钟之后，他甚至无法继续做下去。他刚刚想到这件事，生殖器就产生了这种预感。

后来，瓦莱里娅坚持让他把钱收下。她的理由无懈可击："尽管你没有达到高潮，可是我达到了，所以你的工作还是完成了。"

雷内感觉更多的是犹豫和疲惫，而不是羞耻，以及不久前穿着睡衣时还纠缠着他的那种残留的焦虑。他们说好了价钱是平时的一半：半个性交，半价收费。他显得很诚实。在告辞之前，女人抛给他最后一句安慰的话："这很正常，雷内，想想所有发生在你身上的事。看着吧，你会变回原来的那个男人。"

当他快步跑下楼梯，以避免像个木桩一样站在那里等候电梯的时候，雷内想："问题就出在这里。"他当真想变回原来的那个男人吗？之前的那个男人是谁？

雷内停止了晨跑和在健身房举哑铃，也不再骑摩托车出去转悠。现在，他唯一能做的就是窥视弗拉维亚和她的儿子。他能够意识到这样做的危险，不过却无法抗拒窥视那个残缺不全的家庭那种强烈且令他焦虑的需要。百叶窗清晨卷起，夜晚放下；弗拉维亚总是能够在加布里埃莱刚刚越过栅栏门的时候把他抓住；开车从车库里出来时她万分小心，然后迅速向后视镜里投去一瞥，检查一下自己的面容。对于雷内来说，所有这些都是一种镇静剂，同时也加剧了他的不自在。

有时候——这种情况越来越频繁——雷内敢于从藏身的地方走出来，按响门铃。弗拉维亚会接待他，不过有些时候她会坐回到沙发上，然后就把他忘了。女人仍旧处于第一天的那种状态。自从湿热的空气降临贝卢诺，弗拉维亚就只穿一件纯棉睡衣，而且总是同一件。这件衣服非常短，只到大腿的位置，而肩带总是执拗地滑到胳膊肘上，因此总有一部分乳房露在外面。大多数时候，她并不会注意到这一点。雷内被弗拉维亚的这种裸露强烈地吸引着，完全无力反抗。假如长时间地注视她，他就不得不站起来，找点需要动手的事情，或者用冷水冲冲脸。

自己脑袋里在想什么？他怎么会到这个家里来？那个女人是他手下一名士兵的妻子，是违禁材料，是禁区。雷内习惯于控制自己的性本能，就像指挥他的四肢、武器，还有他那辆德国汽车的真皮方向盘那样。不过，现在这个本能与一种负罪和愧疚的感觉交织在一起，使他的本能更加膨胀和混乱。雷内感觉自己失去了控制。与瓦莱里娅做爱的失败，使他最基本的男性气概遭到了质疑。雷内害怕穿过山谷的那次经历会把他变成一个对于性只能从远处窥测，却没有勇气采取行动的缩头缩脑的家伙，一个性无能的人。他蔑视那种男人，从来都不理解他们。从他在廊柱下面与弗拉维亚交谈以来，三个月已经过去了，他们的关系却没有任何进展。

雷内的探望透露出某些无法解释的东西，这使得他所有的谨慎都变成枉然。一天，在食堂里，赞皮耶里突然出现在他面前，对他说："听我说，准尉，听说你跟坎波的妻子很合得来，是真的吗？"

"不是。"

"不过大家是这么说的。"

"我帮她整理花园。她只有一个人。"

赞皮耶里不停地用叉子敲着下嘴唇。"你真觉得这样做可以接受吗？"

"你想偏了，赞帕。"

"有一次，我看了一个电影，那里面发生的事很类似，不过结局很糟。"

雷内并不十分肯定，不过，自从那天之后，他觉得小伙子们在回避他。雷内努力不去想这些。他没有做错任何事，只是在帮助一个处于困难中的母亲。之所以那么用心，这其中的缘由只与他自己有关，任何人都猜不到，更无法理解。

也有可能小伙子们是因为其他原因受到了震动。从其他部队调来一些士兵，他们取代了那些死去的士兵的位置。到现在为止，雷内的努力并没有创造出一种合作的气氛。开始的时候，他本人对那些新兵的态度也不够友善。雷内记名字很吃力，因此总是要他们重复自己的名字，这种做法肯定不会让他们认为自己已经被接受。老兵坐在一边吃饭，新兵则坐在另一边；老兵在一边训练，新兵又会到另一边；老兵认为新兵不能理解他们曾经经历过的事情，他们这样想也许有道理；然而，新兵并不认为他们因此就有充分的理由虐待他们，他们找出别致的方法表明这种厌恶是相互的。雷内的部下从整体上来看令人泄气。他对自己指挥的这个排曾经有着伟大的规划，他也坚信士兵们会越来越聪明能干。可是现在，他们完全毁了。

也许正是赞皮耶里的厚脸皮给了他之前所缺乏的鼓励，使得他也变得有那么一点厚颜无耻。一天下午，雷内向弗拉维亚提出了一个他考虑很久的建议，不过，他做得好像是刚刚想出来的："你想不想这几天的某个晚上，我们两个人出去吃点东西？"

弗拉维亚仿佛从她的那种漫不经心的状态中清醒过来。她盯着雷内的眼睛，就好像他是一个偷偷溜进来的陌生人，厌恶使她撇了撇嘴，然后她一言不发地离开了房间。在道别的时候，弗拉维亚冷冷地命令他不要再来了。

每年七月末，贝卢诺的军营都会举办体育赛事。参加比赛的六百名士兵并不觉得这是一种强迫，但也没有把它当做消遣，因为这些业余活动最后会对他们晋级有利。比赛会吸引很多地方报纸的记者，还有各种各样的赞助商。后者很愿意提供诱人的奖品，为的是能够把自己的品牌用粗体字印在运动员的衬衫上。围绕比赛，还会进行一系列为数可观的赌博。巴莱西奥对此是知晓的，但并不采取任何措施阻止这种私底下的活动。他认为，和男人的其他恶习一样，赌博是每个好军人血统的一部分。

这一天，风传上校押了二十欧元赌马谢罗能在冬夏季两项上面获胜。参加赌博的人——其中就包括恩里科·迪·萨尔沃——以三比一的赔率赌上尉能赢，他绝对是大家最看好的选手。雷内从来都是最强劲对手，可他今年的赔率却是九比一。对于准尉的这种评价当然是基于他的身体和精神状况：他明显地发福了，缺乏训练，而且神经质。手下的士兵没有人花一分钱赌他获胜，而在这方面他是有责任的。

因此，在比赛第二阶段，当自己的比分渐渐追上的时候，雷内感到非常吃惊。他并没有特别用力就把马谢罗甩在后面几十米，而且射击的总分也高于他，因为雷内直接击中了四个纸板靶心。这是雷内第一次在这个愚蠢的比赛中获胜，但这也是他最不在乎的一次。

不过，站在领奖台上时，雷内因为能够居高临下地看上尉的秃头而感到满足。士兵们在阶梯座椅那边鼓掌，他的那群手下非常显眼，因为他们好像疯了一样。即使从远处看过去，准尉也感觉到这次的胜利使他这个重新组合的排第一次感到骄傲。

“祝贺你，准尉，”上尉咬牙切齿地说。

雷内发现他的手被汗打湿了。“也祝贺您，上尉。”

巴莱西奥把一个收音机闹钟奖励给第三名，钟表上面显示的时间可以映在墙壁上。马谢罗不仅收获了奖牌，还有一块颂拓腕表：不锈钢，防水，表盘很大，功能强大，至少值三百欧元。雷内想，自己的奖品价值应该更高。

雷内弯下腰，让指挥官把镀金的奖牌挂在他的脖子上。接着，他打开了盒子。准尉感到马谢罗冰冷的目光落在他身上。站在高处，雷内很同情他，因为他们还没有从那个无用的比赛中摆脱出来。

他这个第一名得到的也是一块手表：一块可怜巴巴的塑料斯沃琪，表带上是黑绿相间的迷彩图案。雷内狐疑地用目光询问巴莱西奥，可是后者假装不明白。然后，他转向马谢罗，看见上尉正冲着他笑：从指挥官那里总有一些新东西要学。

不过，令他感到安慰的奖励并没有让他等很久。那是一个令人窒息的夜晚，已经深夜一点多钟了，雷内仍在街上窥视，因为弗拉维亚房间里的灯还亮着。他昏昏欲睡，这将不会是他第一次在车里睡着，然后痛苦地在清晨醒来。突然，汽车里被一种金属的蓝光照亮。片刻之后，他的手机在旁边空空的副驾驶座椅上振动起来，手机旁边是剩下的外卖晚餐。电话显示器上出现了弗拉维亚的名字。

准尉支着耳朵，想听听附近有没有警笛声，不过他什么也没有听见。“喂？”

“你还在外面吗？”

足智多谋的雷内，精明的雷内。仅仅在不到一年之前，他还去参加了一场注定要演变成大屠杀的战争。他想回答“不”，然后小心翼翼地离开犯罪现场，去往一个安全的隐身之地。然而，处在目前这种混乱状态，他不能不说实话：“是的，不过你想要我离开的话，我可以走。”

“不，你再待一会儿。”

“你睡不着吗？”

“我几乎从来都没有睡着过。刚刚过去的这个秋天，我觉得好像自己也在阿富汗，现在我认为自己只是生活有点不规律。你知道死人的时差吗？”

“不知道。”

“对不起，这个玩笑并不可笑。”

“你没有必要道歉。”

“星期日的比赛你表现很好。”

“谁告诉你的？”

“我当时在那里。你获奖的时候，加布里埃莱用手指着你。我想他是认出了那个除草的人。”

“现在草又该除了。”

弗拉维亚并没有继续这个话题。“有人发现每天早晨人行道上都有一堆烟头。你应该用烟灰缸。”

“好的，我会记得。”

“萨尔沃说，有些日子你衣服上烟味太大，都没有办法接近你。”

“我想他说得对。”

“你还去找那些老处女吗？”

问题来得直截了当。雷内努力克制住他的沮丧，说：“我不知道你想说什么。”

“你看，萨尔沃可是把你的第二职业都讲给我听了。那么，你还去吗？”

“不。无论如何，她们不是老处女，只不过是一些朋友。”

“你收多少钱？”

“我不想说这些。”

“得啦，我很好奇。告诉我你收多少。”

“看情况。”

“看什么情况？”

“看她们的经济情况。”

弗拉维亚笑了起来。雷内把电话从耳边拿开了几厘米。

“你真会替人着想啊！那么要是我雇你呢？”

“不要开玩笑。”

“年轻的母亲，享受死去丈夫的抚恤金。你得慷慨一点。”

“别再说了。”

“五十欧？一百欧？不超过一百欧我还可以接受。”

“我不会和你上床的。”

“为什么不？”弗拉维亚突然改变了腔调，“也就是说我真的应该被扔掉？”

“不是因为这个。”

“不是吗？”

“因为你是……”他找不到合适的措辞把这句话说完。

“萨尔沃的妻子，一个寡妇？真是奇怪的义务论。无论如何，就当我没说。”弗拉维亚突然变得咄咄逼人。她沉默了一会儿，好像在控制自己的情绪，然后说：“我去睡觉了。”

她的想法有可能是认真的吗？她真的想请他到家里去吗？之前，因为雷内大胆地向她提晚餐的事，弗拉维亚就把他赶了出来，而现在却想和他做爱。也许她只是拿他开玩笑？不过，雷内忍不住想试探一下那样做的可能性：“不过，假如你……”

“现在，我所有的钱就只有一百欧元，”弗拉维亚立刻重复说。

“我们不应该谈钱。”

“可是我们要谈。”

雷内有一种晕眩的感觉。他正在和别人的伴侣为了一项服务讨价还价，而那个人正是他眼看着死去的。“三十就可以了，”他不假思索地说。

“我没有请求你的怜悯。”

“那么就五十。”

于是，雷内还在将信将疑，就已经在使用他手下士兵的床了。他们所在的是一个漆黑闷热的房间，雷内从来没有在白天的阳光下见过它。弗拉维亚仰面躺在床上，全身赤裸，两条腿紧紧地夹着，好像在等待一个惩罚。在此之前，雷内从来没有在接近一个女人时如此颤抖过。他害怕再次失败吗？还是如此不同寻常的环境吓到了他？他曾经长时间地幻想这个时刻。但是，它来得如此突然，所以兴奋很难表现出来。

雷内犹豫着。弗拉维亚没有动，也没有鼓励他。她一动不动，假如不是能够明显看出她非常警惕的话，也可以认为她睡着了。当雷内吻她的脖子时，弗拉维亚拼命摇着脑袋，反抗着。于是，雷内沿着弗拉维亚脊柱起伏的曲线轻轻抚摸她的后背，想再争取一些时间，可是，她拒绝了任何形式的开场白。雷内抓住她的手，搂着她的腰，把她向自己这边拉过来。弗拉维亚只希望自己是一副躯体，而不是一个人。她希望自己是雷内从事第二职业时的一个匿名的客人。雷内感到伤心。来吧，准尉，这就是她们希望你做的一切。

然而，她不是她们。她就是她，是弗拉维亚·坎波雷西，是现在他正在向她的身上滑过去的女人。他们的交合一点也不像此前所有那些彼此雷同而又充满警惕的经历。那些女人包括：瓦莱里娅·S、罗萨娜·维塔莱、克里斯蒂娜·M、朵拉、贝亚特丽切，以及另外几十个女人，不过雷内已经把她们的名字忘记了。平生第一次，雷内调动起全身的肌肉做爱，而不只是骨盆。他的脑袋里也没有办法形成连贯的想法。

雷内闭上眼睛，以便恢复对自己的控制。然而，一连串红色耀眼的闪电猛烈袭来，到处都是射击和爆炸。后来，他的思绪回到了房间里，但是一点也没有放慢动作。不是这样做的，客人们要的不是这个，她们不是为了这个付钱的。雷内的高潮已经过分接近了，无法阻止。弗拉维亚的脸抵在床垫上，她在床上颤抖，或许是在哭泣。雷内并不理解，而是继续把她的脑袋向下按，好像可以将她嵌入床单里去。不到一分钟，他就任凭自己进入高潮，而那些爆炸的红色也溢出瞳孔，淹没了这个房间。

只是在后来，当他们仍旧躺在床上，但是彼此的身体不再有任何接触的时候，弗拉维亚才开始说话。她只字不提刚刚发生过的事，无论是这件事可能具有的意义，还是为自己辩解。不过，她想知道发生在沙漠里的事，想知道他们是怎么过日子的，每一个岗哨要多长时间，他们都吃些什么，又是谁轻率地带着他们离开基地的。就好像是在一个普普通通的晚上向萨尔瓦托雷提问一样。她想知道丈夫是不是总把胡子留到一半，还是有时候会把胡子刮掉；想知道丈夫有没有提到她，是在什么时候提到的，当时正在谈论什么话题。

雷内耐心地讲给她听：就在那里，在那个士兵曾经睡过的床上，在按照从前的标准应该认为是非常糟糕的一次表演之后，说到他这位同事的时候，雷内感觉极其尴尬。不过，这个表演使他的每个神经末梢都得到了平复。他感觉自己窃取了萨尔瓦托雷·坎波雷西睡觉的位置。

第二天晚上，在开了冷气的宝马车里，他等待信号的到来。一切都按照昨天的顺序进行：他们先是像陌生人一样做爱，仿佛被催眠，而且大汗淋漓。在宣泄了身体的焦虑之后，他们开始交谈。夏天余下的时光里，两个人都是这样度过的。

八月六日，弗拉维亚拼命逼雷内回忆那次母熊行动。当发现他有所保留时，弗拉维亚突然发起火来，指责他像所有人一样，脑袋里充满了愚蠢的规则。八月九日，弗拉维亚告诉雷内，萨尔沃有很多焦虑埋在心里。他克制着自己，直到晚上睡着之后才得以解脱。雷内没有注意到吗？不，没怎么注意。八月二十八日，弗拉维亚因为一个皮制的手镯而穷追不舍，不过很明显，雷内一点也不记得了。无论如何，他发誓在沙漠中度过的每一天都看见萨尔瓦托雷把它戴在手上。当然，每一天，他从来没有把手镯摘掉过。雷内经常不得不对她说谎，尤其是在她不断地谈起丈夫遗骸状况的时候（八月三十一日，九月七日和九日）。他们没有允许她看遗体，可是雷内又有什么别的可以对她讲呢？难道要说他们根本不能肯定那就是萨尔瓦托雷的遗骸，因为没有找到他的手和眼睛？难道要告诉弗拉维亚她丈夫的遗骸和其他人的混在了一起？九月十三日，弗拉维亚教训他说，我们周围的人对我们每个人的感情都应该承担一定的责任和后果。不论我们是否愿意承认，它们都是存在的。对此，雷内只是装作理解。九月二十六日，弗拉维亚大声喊着叫他走，并且威胁他要报警。她还问雷内到底想拿她怎么样，说这里没有什么好的东西，只有痛苦；她让他调转那辆该死的汽车，去找一个快乐的女孩，远离她这个剩货。雷内忍受她的发泄，内心一片苦涩。不过，他第一次开始思考，他们的这种交往中可能有某种不同于孤单和哀伤的东西。

九月三十日，准尉一直逗留到早上，因为加布里埃莱在发高烧，而弗拉维亚心绪不宁。深夜的时候，孩子的呻吟吵醒了他们。他尿床了。雷内把他抱在怀里，他母亲为他清洗。孩子的身体平滑而柔软，好像完全放松了。十月五日，雷内不得不竭尽全力说服弗拉维亚，让她打消错误完全在赞皮耶里和她的驾驶技术的念头。另外，谁知道她怎么会这样想，也许正是在他以自己的方式向弗拉维亚讲述山谷里的生活时，令她受到了启发。另外一些晚上，弗拉维亚仅仅是听他讲，同时还在哭泣。在这些时候，雷内并没有尝试去阻止她。

十一月十八日，他们仍旧醒着，听着外面一场暴风雨制造的喧嚣。雷内提醒她，有些东西改变了。他已经给她讲了所有的事情，所有他能够讲的事情。基地上没有一个角落是弗拉维亚没有探查过的。他甚至可以吻她一下，然后永远离开。雷内也知道，弗拉维亚不会试图挽留他。不过，他还是鼓起勇气请弗拉维亚吃晚饭。她沉默了很久，然后说："你知道我们会遇到什么问题吗？"

"我想我知道。"

"你不是不知道，我不是一个人，雷内。假如你没有注意到的话，我要对你说，我有一个孩子。"

"我喜欢加布里埃莱。"

"问题不在于你是否喜欢他，而是他喜不喜欢你。看到了？你已经在犯错误。"

"我可以挽回。"

"对此你什么也不知道。"

"我所知道的对我已经足够了。"

"雷内，远远离开这个麻烦。"

一颗冰雹打在窗子上，然后破碎了，没有伤到任何人，也没有打碎玻璃。"要是我不想远远地离开呢？"

弗拉维亚犹豫了。"假如你想进入我的家，首先要离开部队。"

“你知道我不能。”

“那么我也不能，我不想再和战争扯上关系。”

“弗拉维亚……”

“要么你现在向我保证，要么你立刻就走，从明天开始再也不要来。”

雷内准尉想要反驳，军队就是他的整个生命。他牺牲了那么多年才获得现在的一切。他张嘴想要抗议，可是，他所有的抱负好像都不再那么重要。在这个不属于他的女人以及她沉默的孩子所在的房间里，从青年时期起指引他的那些恒星，所有那些星星，现在都黯淡得无法辨认。有片刻工夫，雷内准备放弃那些星星的指引。

你会变回原来的那个男人。那个男人身上发生了什么？他是蒸发了，还是给自己放了一个长长的假？他肯定不在那里，没有和他在一起。准尉看到，他的未来是一片需要填补的空白。

“好吧，”他说，“我会安排一切。”

物种的演变

“因为，你看，你年轻而且在这儿还是个新人，排里的事你还不太清楚而且不仅如此——现在一切在你看来都是无比清晰，你有你的计划，你告诉自己要做这个要做那个然后你期待的目标就会实现，也许你认为自己最终能够成为准尉，或者代理长官，不是这样吗？——在健身房你能举起的重量是多少？——九十公斤只能算是中等，并不是一个很好的成绩，但对于你的体重来说已经相当不错了。射击你能行吗？——我看到你的表现了，是的，你着力的那条腿不稳而且喜欢向后退，你的子弹总是射得太高，不过这个缺点可以克服，只要学会某些技巧——不过，有两三件特别重要的事你还不知道，第一件事是你永远也不会成为你想变成的人，好好记在脑袋里——这种事情太残酷难以接受，不过你早晚得死心，这一点你最好知道，就好像瞄准的目标过于遥远，你听明白我说的话了吗？——那些鸡肉你要是吃不完就给我吧，倒在这儿——听着，每件武器都有它的射程而你应该知道你自己的，你应该瞄准正确的目标，因为那样你至少没有浪费子弹而且你会明白那个想打死你的混蛋已经很近可以开枪——能够把脚站稳就已经占据了很大的优势——你要愿意我可以帮你一把，你看着我怎么做——你有女人吗？这个很重要，她会拴住你，在你之前这里有一个小伙子，我对他还有点儿印象——总之那个家伙和你很像，他也有一个长长的像茄子一样的脑袋和你这样的眼睛——我不知道，你们有些共同的东西，这一点还有待理解，不过关键在于和姑娘在一起时他是一个彻底的失败者。他太腼腆了，腼腆害了他，也就是说他没有品尝过生活中最有滋味的东西，这一点我们都明白，所以你有女人是件好事，这是个开始——假如你需要这方面的建议就找在下吧，切德尔纳窗口，我是说，全天开放——这两天我们可以找个晚上一起去喝杯啤酒，我知道一个不错的地方，他们有五百个不同的品种，系列品牌，也有比利时和德国进口的啤酒——也许你还没有尝试过适合你的那种，在那儿你肯定能找到这样一款，他们还有英国啤酒——无论如何在那里还可以喝点别的，他们可不只提供啤酒，操，这样我们就可以谈谈，我给你点建议——你在拿我开玩笑吗？她是谁？你的事情要她来管吗？你还太年轻不能把自己拴住，给自己一点时间，找找看，相信我，你需要有个人教你如何对待女人，要是你让她们任意妄为的话，那你就完了——劳驾再去给我拿份甜点——对还要一个——我给你讲讲女人，昨天我和我的女人在一起，我们刚刚完事，总之是的，你明白——你管她叫什么呢——阿涅西，她叫阿涅西，满意啦？现在我一说你就知道区别在哪里了——也就是说我们已经做完了而且我不知道自己是怎么回事，你知道会发生什么，在那种时候我们男人不愿意留在那里继续拥抱和各种狗屎玩意儿，你不愿意在那个房间里再多待一分钟因为你恐怕会窒息，你明白吧？——你不明白我在说什么，从你眼睛里能看得出来——不，你不明白，不过在我身上也没有发生过，我一直都是……好吧，算了——不，和达不达到高潮一点关系也没有，你在听我说吗，该死的？这事发生在之后，之后，她等着你去拥抱她，说些甜蜜、温柔的话，总之那个时候你再也忍受不了和另一个身体这么黏在一起，因为她希望你做的事情太过分了。不过会这样的，这是一种自然的发展，一种身体上的需要，你需要安安静静地待着——我走了，就这么简单，我穿上鞋子和衬衣然后就走了，到外面，去透口气，去呼吸一下这个季节里如此美妙的气味，这几天应该找个晚上出去感受一下那种气味，它能够让你恢复精力——前一段时间，我在高处的山谷里租了一间小房子，当时我不想见任何人，即使阿涅西我们也曾经有一段时间没有见面我就一个人住在那里，让自己恢复状态，不过那里没有暖气然后冬天就到了，总之该死的雪下得那么大我甚至不能留在部队里——对，管子都冻上了，一团糟——唉，总之出于自己的原因，我到那里去过夜，今天早上我回家就看见她绷着脸坐在沙发上，那个疯女人这么长时间一直都坐在那儿，你能想象吗？坐在沙发上，等着，眼睛红红的不知道哭了多久——她对我说：'如果再发生这种事走的会是我，你明白吗？'可是我不明白，一点儿也不明白。闭上你的嘴——就应该这样做——明年我们结婚——你这样说是因为你年轻什么也不懂，你说你几岁？——所以嘛，等到了三十岁你看看会变成什么样子，三十岁的年纪会用手枪指着你的额头把你按在墙上一动不能动，就是这样——对不起，我不想弄疼你，当然你很脆弱——我可以这样称呼你，叫你娇嫩，你觉得怎么样，还是叫你茄子脑袋——咱们出去吧，你有零钱喝咖啡吗？我没有钱——三十岁是一生中最糟糕的年纪，因为你有了结婚戒指——责任，就是这个，你不想承担这些责任，但是你又不能摆脱它们，这个时候你要组织一个家庭而且还有一堆随之而来的事，孩子什么的，否则以后就太晚了也就是你没有服从物种的要求——就是人类这个品种，小伙子，到三十岁的时候你应该已经准备就绪，应该——你说对了——现实，你知道什么是现实？意思是我不按照别人的方式去生活，不幻想一切都会美好，看看事情如何发生然后决定自己应该如何生活——说到底就是一个勇气的问题，是演变，达尔文早就说过了——再给我拿一个这样的，要巧克力的，回头我把钱给你——有一大批人在三十岁后失去了理智，就像我们排之前的那个头儿——不，你没有见过他，你来之前他就走了——我说了你不认识他，操，他的名字是雷内，雷内准尉，现在满意了？你还是听听他做了什么吧，他和一个不属于自己的家庭搅在了一起，去照顾一个女人和她的孩子——那个孩子不是他的，茄子脑袋——我觉得这很清楚，因为过了一夜，然后就在一起了，这并不正常——那个大杂种，他占有了另一个家庭，一个死人的家庭，现在却假装那是他的家——因为羞愧他再也没有露过面，这个无耻的机会主义者——他在一家餐馆里做服务员，一个小酒馆，我永远都不会去，我保证——我说到哪儿啦？我刚才在给你讲一件重要的事——给我一支烟——对，三十岁，重要的是这并不简单而且并不像你希望的那样，听懂我的话了吗？假如现在你觉得自己明白一切就好像可以控制所有细节并且能够说：‘嘿，小伙子们，看看这儿，看看我有多能干，’而且说一切都会向正确的方向发展，唉，咱们过十年再看吧，好样的朋友，看看我是不是把这个可恶的事实告诉了你，我们还会在这里相见然后你告诉我：‘你知道发生了什么吗，优秀上等兵切德尔纳？你说的全都对，该死，生活在我的屁股上狠狠踹了一脚，把我推到了一个我从来也没有想到过的地方。’——跟她没有关系，不然我结婚干什么？——无论如何假如你需要建议就来找我吧，我不会退缩的，我可以帮你一把，或许我们可以一起到那个著名的酒吧去——今天晚上，你觉得怎么样？——那明天呢？——总之，等你愿意，我随时都可以——不，因为我晚上没有什么可做的——因为我对很多事情都失去了兴趣，就是因为这个，你对此无能为力，假如从前你愿意出去见到外面一百万个像你一样的脑袋然而每次放假你都只想尽可能喝醉，后来你对那些事情就没有兴趣了——不是你，是你的身体发生了变化，它演变了，操，它命令你不要再做那些蠢事，你知道在你这个年纪我能做多少俯卧撑？猜猜——不对，是每只胳膊六十个，一共一百二十个，十个一组每次做两组，而且我觉得现在我还做得了，不过我不想做，你明白吗？——无论如何，夜晚太多了，一个接一个，一个接一个，连续不断，你却再也不知道该如何把它们填满——你会看到一大堆东西，亲爱的，那些你再也无法从脑袋里抹去的东西。不过你还年轻，一切才刚刚开始。”

别处的山

纪律委员会——正像传唤函上郑重其事地写的那样——由三名成员组成，其中两名是外面请来的，包括一名少校和一名没有军衔的军官，两个人都操南方口音。埃吉托并不认识他们。坐在中间的委员会主席是马泰奥·卡拉乔洛上校，埃吉托与他打交道多年，以至于很容易把这种交情误认为是一种友谊，尽管其中饱含难以逾越的距离。至少在言语上，卡拉乔洛是站在埃吉托一边的。昨天，卡拉乔洛私下里告诉埃吉托，如果中尉听他的话，那么所有的事都会朝正确的方向发展，那场事故很快就会被吸收（他特意用了吸收这个词儿，就像在说一个脑部创伤），但是，他却拒绝明确地告诉埃吉托对于他的指控属于什么性质，好像这会使他难堪。实际上，埃吉托当然可以高枕无忧，因为都是鸡毛蒜皮的事，是军队里那些典型而又常见的小事。

对于委员会另外两名成员，上校始终没有使用尊称，尽管他们对于这种礼节上的缺失表示不满。在听证会开始的时候，上校明确指出，他认为将一年前的事重新翻出来毫无意义，因为此时他率领的那个旅已经在讨论一项新的任务。但是，他们又能做什么呢？政府机关的办事时间不一定能与人类的时间吻合。事实上，二者几乎从未吻合过。

房间里的暖气非常热。这个房间几乎被一张深色的长方形木桌填满，屋顶上还有一个陈旧的烟囱罩。这让埃吉托想要闭上眼睛。因为心里不安，埃吉托整夜失眠，现在他感到精力衰弱、沮丧无力，这种坏情绪就和那次接受治疗以前最糟糕的几天里的心情是一样的。他担心这样一个早上并不适合调查有关他的问题，因为疲惫总会使他不太愿意妥协。此外，如今他已经明白，生命有时候可以在顷刻之间逆转，而这种肆意妄为吸引着他。在谈话尚未完全开始之前，埃吉托确信自己有办法将一切都搅得一团糟。

围绕中尉展开的调查，涉及他在ICE基地逗留的第二阶段的工作，以及他的行为是否可能部分——卡拉乔洛强调只是部分——影响十月份发生的事。说到其他问题的时候，埃吉托心不在焉，只对这个字眼思考了片刻。也就是说，上校决定把这件事与山谷里阵亡的士兵们区分开：十月份发生的事，就好像十二月、四月、六月、八月也有同等重大的事件发生……埃吉托心想，那些事件又会是什么呢？可以肯定的是，它们与眼下的调查毫无关联。

卡拉乔洛上校先是竭力列举埃吉托值得称赞的行为，然后才开始讨论他那些引起争论的做法。在此之前，卡拉乔洛停顿良久，寻找最合适的形容词，然后，他说出了引起争论的这个词，并用眼神请求另外两名成员赞同，却遭到他们的一致反对。上校列举了埃吉托奇迹般地拯救了那个吸食鸦片的小孩的事，以及另外一些并不太典型的例子，并将它们稍加润色。不过，埃吉托并未对他的帮助特别感激，他只是时不时听一听。

负责会议记录的少校的手在纸张上慎重地移动着。他对卡拉乔洛那段赞扬毫无兴趣。他们在这样一个白蒙蒙的上午十点钟开会，可不是为了恭维埃吉托。当卡拉乔洛提到初级上等兵安杰洛·托尔苏在战役中负伤的事情时，少校突然来了精神。在埃吉托看来，很明显他们进入了讨论的中心。

托尔苏的家人——只有他的父亲，以及一群关系并不算近的亲戚——从一代到三代血亲的叔伯和表兄弟等，因为托尔苏夫人前不久刚刚去世——对埃吉托中尉提出了控告。向托尔苏的战友们收集证据时，他们发现从队伍出发时，初级上等兵正处于一场严重的食物中毒的康复期，那次食物中毒是由于食用本地牛肉造成的，这种行为明显违反了卫生规定（对于这种轻率的行为，任职医生被认为应该负责任。不过，卡拉乔洛赶紧明确表示，这项指控并非此次谈话所要讨论的问题：在场的所有人都理解，战场上的紧急情况不能够事后评判，因为他们也经历过这种事。所有人都清楚这一点，不是吗？）。

不过，初级上等兵托尔苏……他却是个很大的问题。尤其是他现在的惨状。现在，他的家人要找到那个犯错误的人，也可以说是替罪羊（少校认为最后一句话带有倾向性，因此并没有记录），这也是可以理解的。

“从中立观察员在涉案前线作战基地进行实地调查后写的报告来看，”卡拉乔洛接着说，“现在的情况比较复杂。”

埃吉托的胳膊不由自主地抖了一下，而在这种情况下，身体反应恰恰应该克制。他用手抓着膝盖，强迫自己保持不动。卡拉乔洛神秘地提到的这位观察员，其实是位女观察员。不过，埃吉托明显感觉自己是整个房间里唯一知道这个真相的人。他决定将这个细节藏在自己心里。

在伊蕾娜·萨马蒂诺的报告中，埃吉托中尉被描述为——在这里，上校一字不差地引用了原文——状态明显慵懒，疲惫，头脑不清醒，这种情况或许可以解释为什么埃吉托对初级上等兵托尔苏的身体状况做出了不谨慎的判断。卡拉乔洛继续说——就像是在发表个人意见——整月整月地在那个地狱里度过，有点疲惫在他看来是最轻微的反应。负责记录的少校再一次停笔，并未记下上校的这些解释。

最后，上校提醒埃吉托，这是一次友好的谈话。他请埃吉托说点儿什么，然而埃吉托仍旧在全神贯注地想象着伊蕾娜坐在书桌前、在一间昏暗的房间里劈劈啪啪迅速敲击着键盘，然后将文件打印出来的画面。伊蕾娜抱怨她的电脑总是被征用，他们应该把电脑送给她。亚历山德罗，我只是一名受雇于人的职员，和所有人一样。

“中尉？”上校追问道。

伊蕾娜为什么要这么做？是因为埃吉托没给她打电话吗？不，这太荒谬了。她这么做只是因为这是她的工作，她无从选择。她奉命要交出一份报告，所以就写了那份报告。伊蕾娜·萨马蒂诺不是逃避责任的雇员。她负责监督军队体制的弊病，那种绝不妥协的作风使她不能对任何人留情。

生活逼迫伊蕾娜陷入孤独，也使得中尉对她产生了一种柔情：从一个基地辗转到另一个基地，置身于陌生人中间，填写那些评分单，并因此引起他人的憎恨——她没有固定去处，因此也就无处可逃。正是因为这个方面的相似性，深夜里他们才会在帐篷里拥抱得如此之紧吗？重新阅读这份报告，埃吉托能够凭借直觉感受到女友当时所承受的痛苦。说不定她甚至走到了厨房，给自己倒上一杯红酒，接着一饮而尽。埃吉托至今仍能清楚地记得伊蕾娜喝酒时头向后仰的那个形式化的动作。不过，这并不意味着他很想念她，并不完全如此。不是所有形式的感情都等于思念。

“您还能认出这些东西吗？”

卡拉乔洛左边的军官直到此刻才开了口，仿佛他一直在等待上场的准确时间。无法想象他魁梧的身体会发出如此尖锐的声音。埃吉托将目光移向他。

军官举起一只透明的小塑料袋：这就是物证。袋子里装着一把黄蓝两色的胶囊：凭肉眼估计是一个月的治疗需要的剂量。这些胶囊堆在塑料袋里，看起来一副无害的样子，甚至使人感到愉快。

“这是您的吗，中尉？”

“是，它们曾经是我的，先生。”

军官得意洋洋地将证据放回桌上。胶囊发出了小雨般窸窸窣窣的声音。少校疯狂地记录着。

此刻，卡拉乔洛用惊惶的表情看着埃吉托。他摇了摇头。“我不得不问你，亚历山德罗。你服用这些精神药物有多久了？”

埃吉托更加用力地抓住膝盖。他微微挺直了后背。“请您，上校，请您不要也这样称呼它们。”

“为什么，那我应该如何称呼？”

“任何别的叫法。抗抑郁药，药物，甚至叫药片也行。不要把它们叫做精神药物。这个称谓是在做一种颇为草率的道德评价。”

“你不觉得道德评价很有必要吗？”

“为什么？”

“因为你服用那些……总之，你服用那些东西。”

“毒品。”他右边的军官建议道。少校写道：毒品。

埃吉托缓慢地回答：“如果在这一点上您觉得有必要给出一个道德评价，您有权利这样做。”

埃吉托突然失去耐心。这种不耐烦并不是由他们逼问的方式引起的，也不是因为他感觉到两名外来的委员会成员对他怀有敌意，尽管他们对这种敌意丝毫不加掩饰；更不是因为他们在他前面挥动那个袋子，而它无可辩驳地证明了中尉的软弱。另有原因。伊蕾娜·萨马蒂诺，纪律委员会，还有初级上等兵托尔苏的那些远亲，他们一半为了寻求公正，另一半是为了要钱……他们所有人都有理由，托尔苏的消息就像给了埃吉托一记响亮的耳光。他本不应该准许托尔苏随军出发的。他让托尔苏自己做决定，确信安杰洛·托尔苏的身体是属于安杰洛·托尔苏的，仅此而已。而实际上，他才是被指定守护托尔苏身体的人。不过，埃吉托发现，这种心不在焉的状态很舒服，于是他完全沉浸在自怨自艾和懒惰之中。状态明显慵懒，疲惫，头脑不清醒。

最终，好像是他那种天生不喜欢干预的性格导致了这样的后果，这个绝对最糟糕的结果。卡拉乔洛之前已经说得很明白了：道德评价是很有必要的，而他们的评价只会对他不利。但是，为什么他突然感到如此警惕，几乎重新恢复了自信，就好像事情终于步入了正轨呢？

埃吉托深深地吸了口气，接着又吸了一口气，然后对上校说："我承担这件事的全部责任。"

卡拉乔洛抓住少校的胳膊："请不要记录！这不是应该报告的情况……很明显我们现在尚在澄清事实。"委员会的另一名成员有些怀疑，不过还是满足了他的要求。"亚历山德罗，我拜托你不要这样草率。我确定你当时是迫于形势才选择了这种处理方式而非另外一种。或许你需要平静地将这些原因重新梳理一下。"

"初级上等兵托尔苏当时的身体状况并不适合去执行那种程度的任务，上校。"

"对，不过这与爆炸以及所有其他事一点儿关系都没有！如果那辆兰斯车上，在那辆车上面的不是托尔苏先生，而是另一名士兵……"上校停了下来，或许是意识到他的推理马上就要变成一种令人无法接受的愤世嫉俗。他试着换一种角度，"如果在战场上我们总是做到最大程度的谨慎……好吧，那将是灾难性的，一眨眼的工夫我们就会被击溃……从前，即使士兵身患肺炎，我们都不会把他们从前线撤下，更何况是一点痢疾！"

上校正在竭尽所能保护埃吉托。事故会很快被吸收，他向埃吉托保证过。不过，对于埃吉托来说，已经太迟了：事情已经无可挽回，就好像流出的血液早已凝固。托尔苏被从兰斯车里甩了出来，昏迷中落在绵羊中间，他的面颊从石子上擦过。

"保护初级上等兵的身体健康是我的义务。"

"二百个人！"卡拉乔洛的声音压过了埃吉托，仿佛根本没有在听他说话，"你们试想一下，日夜照顾二百名士兵，出现疏忽的可能性非常大，而且我们所谈的不是一个普通的职位，我们所说的是……”

埃吉托稍稍提高了声调：“我错了，上校，责任在我。”

他如此坚决地重申这一点，以至于卡拉乔洛无法再阻止少校做记录。卡拉乔洛哑口无言，他盯着埃吉托：为什么他现在要这么做？为什么他要无谓地让自己身陷窘境？是为了当英雄，顽强不屈？这样做他什么都得不到，这一点他还不明白吗？

不过，这并不是他俩之间的问题，也谈不上忠实于某种原则。从埃吉托的角度讲，他的理由再简单不过了，就是要区分什么事与你有关，什么事与你无关。在ICE基地里，士兵们的身体就与他有关。他无声地回复上校：“加油，做你认为应该做的事，这就够了。”

卡拉乔洛叹了口气。然后，他用一种不太友好的口吻说：“谈话最好以后再进行。中尉有权利从容地为自己的辩护做准备。”他把记录谈话的那叠纸要过来，把边缘对齐。

“那这些东西怎么办？”那个没有军衔的军官晃着小袋子里的药片问道。

“噢！拜托！”卡拉乔洛忍不住爆发，“把它们扔掉！”接着，他对埃吉托说，“亚历山德罗，你最好明白，他们正在考虑对你处以二至四个月的停职，接下来就会讨论一笔罚款。在等待审议的过程中，我不得不暂停你的职务。我知道你在军营里住，但你必须暂时另寻住处。我会尽全力让他们在你恢复职务的时候把房间还给你。”

“没有必要，上校。”埃吉托不假思索地说。这将是他翻转人生的新契机。

卡拉乔洛显然很沮丧。“你的意思是？”

“我接受最长时间的停职。您也不用担心房间的事。其实，上校，我有件事想跟您说。”

很少的行李对埃吉托来说已经够了：两只塞得满满的大包，还有一个背包。军营里的生活将他培养成一个极端节俭的人。那些自掏腰包添置的家具，他之后再决定如何处置。现在，它们都将被搁在郊区的一个仓库里。

马里安娜很快就接到了埃吉托将要出发的消息。她穿了一件很长的黑色毛衣，脸上明显化过妆，这使她原本明亮的肤色变得俗气。

“他们不能就这样赶你走，这没有意义。”

“他们不是在赶我走。只是人事调动。这很正常。”

“好吧，真遗憾他们连选择的余地都没给你。这完全是勒索，就这么简单。是为了派你去一个恶心的地方。贝卢诺，这地方谁听说过？直到今天我连它在哪儿都不知道。”

埃吉托并没有完全跟她说实话。事实上，他对姐姐说的是经过改编而且有相当多遗漏的版本。中尉觉得，即使用尽全身的力气，也无法坦白地告诉马里安娜，其实是他自己决定远离这里。用一句她在电话里说过的话：把她丢在那里。“那个地方的马铃薯丸子做得棒极了，”他开玩笑地说，“你知道那是什么吗？”

马里安娜摇了摇头。“没兴趣。”

姐姐坐在没有床单的床上，背靠着墙壁，她没有礼貌地把鞋子放在白色呢绒毯子上。她的下巴抵在胸前，看起来她好像撅着嘴。埃吉托不太知道这是为什么，他姐姐竟然还会像少女那样蜷成一团。或许只是因为，他眼里的马里安娜永远年轻，一直是个小女孩，即使她长了皱纹，有了白发。埃吉托突然想到，这仅仅是她第二次踏入他的房间：她走进这个房间的那一次，以及他准备离开她的这个时刻。

“我是说，假如我们把这件事交给律师的话，肯定……”

“任何律师也不要，别再坚持了。”

马里安娜像是做游戏似的，把手指一个个合在一起。她目光的专注程度超乎自然，在运动方面的协调能力也和从前一样完美。在被迫与马里安娜一起进行了所有那些斗争之后，埃吉托对她的亲情丝毫没有改变。不过，这种亲情好像只属于他自己，就像一个长着翅膀、被判处永远飞行而不能降落的生物。

“无论如何，你现在走这么远是不对的。我不知道你为什么这么着急，因为现在你都被停职了。”

马里安娜从床上跳下来，向没有床单的简易床铺投去冷冷的一瞥。“你知道我不在高速公路上开车。另外，自从后背出了问题，卡尔罗再也不能长途旅行。他做了一个手术，也许你不记得了。”

“确实，我忘了。”

埃吉托只好再一次做出承诺，尽管他后来会因此感到气愤。“那么我会再来，”他说。不过，他立刻又补充道：“一旦我能这样做。”

马里安娜在他的面颊上匆匆吻了一下。在表达强烈的感情时，他们总是感到不自在，尽管在那些特殊的时刻，他们曾经彼此表达过一些短暂而又炙烈的情感，那些经历至今还留在两人的记忆中。马里安娜向门口走去。“我现在必须走了，已经晚了。你能肯定这个收音机还能用吗？我觉得它的状况很糟糕。”她漫不经心地在背包里翻找着，然后又皱着眉望了他一眼，说："亚历山德罗，别忘了，你从来都没有能够照顾好你自己。"

然而，至少从搬家这件事来看，好像并非如此。在贝卢诺，埃吉托很快就找到了一套可以租住的公寓：勉强有四十平方米，不过还算舒适。用他那份被削减的工资，这已经是他能租得起的最好的地方了。

埃吉托的四周摆放着一些家具。他选择这些家具主要是考虑到它们的功能，而不是外观。这些家具不能为他提供任何回忆。或许过些时候，这里的每样东西都会具有一个含义。

在此之前，埃吉托从来没有想过要安顿下来。住在军营里是临时性的，但他认为那是他最好的，也是唯一可能的生存方式。他很难放弃对自己的那种看法，不过，假如仅仅从他目前的感觉来看——情绪稳定、自由，除了某些情绪波动以外相对平静——埃吉托怀疑长时间以来自己都做错了。也许亚历山德罗·埃吉托生来就是要和别人一样，过着舒适而又肤浅的生活。

与此同时，居住在这个街区里的人开始认识埃吉托。他稍稍透露一些自己的情况——向酒吧的服务生、在一家银行的分行里工作的两个孤独的职员，以及洗衣店的那位夫人，她的手腕刚刚做了手术，所以仍然缠着绷带——人家也会用一点点私房话与他交换。这是一个缓慢的过程，一个小心翼翼地消除各种猜忌的行为，就像是建起一个安全区域，而这个区域唯一理论上的界限，就是洁白的环形多洛米蒂山脉。

除了布置新家，埃吉托把剩下的时间都用来到地方义务献血组织作志愿者。这个流动组织每天停留在不同的地方。透过敞开的大门，埃吉托窥视着芸芸众生各不相同的生活方式。这些生活方式远离战争，又或者每种生活方式都以它独特的形式与战争联系在一起。走上几层金属台阶，把自己的胳膊送到埃吉托针头下面的人并不多，而且老年人表现得比他们的孙子更加慷慨。不过，埃吉托认为，这只是认知的问题，因为年轻人还不知道血液是在以怎样的压力在血管里流淌；他们不知道当血管被刺破时，血液会如何喷涌而出。

有两次，埃吉托和一起工作的护士出去吃晚饭。那是些安详的夜晚，至少在酒精使他们放松之前。小伙子们不想知道埃吉托犯了什么错，也不想知道他为什么来到这个地方，却没有一个固定工作。在一段不太长的时间里，埃吉托甚至有过一个女朋友。他去过姑娘的家，姑娘也来参观了他的房子，每个人都在对方那里过了两次夜。不过，她还年轻，刚刚二十一岁。无数的经历如同河流把他们分隔两岸，对于这一点，他们两个都很清楚。随后，他们就不再交往了，连一滴眼泪都没有浪费。

有时候，埃吉托会问自己：假如在山谷深处真实发生过的那件事并没有发生，假如在那个和其他很多夜晚一样普通的夜晚、一个他不认识的男人没有开一辆柴油卡车出走，假如安杰洛·托尔苏没有被从一辆装甲车里抛出来，而伊蕾娜·萨马蒂诺又没有把这一切和他联系起来，那么现在他会在哪里？不过，这都是一些多余的问题，很快，埃吉托就决定和这些想法一刀两断。

从化学的角度讲，埃吉托是干净的。当他气喘吁吁地在深夜醒来，无法再次入睡的时候，他会长时间地在家里踱步，试着控制自己的呼吸。清晨，假如中尉感到无论身体还是精神上都软弱无力，感觉自己并非生活在地球上的任何地方，他就会做一些重复性的动作，直到这种感觉消失。有时候需要几天的时间，不过他总是能够顺利脱身。停药没有演变成一场战斗，也就谈不上胜利。不排除再次服药的可能性，那会意味着将自己的健康交给公正的科学（在某个地方，有一个没有出口的房间永远向他敞开），但不是现在。

三月的一个周末，埃吉托没有通知任何人，就搭乘飞机到了卡利亚里。要到安杰洛·托尔苏住的地方，就得租一辆汽车，然后从这个省会城市往西开。埃吉托把自己的行程延长了一些，以享受海滨公路。他开得很慢，被这里的景致和拍打着礁石的海水吸引着。

从各种各样的康复诊所出来之后，托尔苏就住在市政府付费的房子里。埃吉托见到了在那里作看护的一个男孩。他留着浓密凌乱的头发，睡眼朦胧。“我是教区派来的，”他解释说，“每个星期来两次，周四和周六。反正和安杰洛没有多少事情可以做，我几乎可以把所有时间用来学习。”

埃吉托身着便装出现在他面前，说自己是一个朋友（埃吉托和士兵的家庭之间还有一个官司正处于审理阶段，所以，他怀疑他们不会高兴自己在这附近出现）。也许是因为这个原因，志愿者才敢于加上了一句：“讨厌的战争。很明显，我是和平主义者。”他看了看墙上的钟表。墙壁上的装饰物非常少。“休息的时间还没有结束，不过我可以叫醒他。安杰洛会高兴有人陪他。没有人到这儿来。”

“我不着急，我会等。”埃吉托从桌子下面拿出一个凳子，然后坐了下来。

“这种情况也会发生在老人身上。您知道，我们这些为教区服务的人也会到疗养院去。最开始的几个月过去之后，人们就不再想去了。只有一个女孩始终会来，也就是说来得比较频繁。她叫伊蕾娜。您认识她吗？”

“恐怕不认识。”

“是个可爱的姑娘，有点儿胖。”他看着埃吉托，摇了摇头，然后说：“总之，她坐在安杰洛边上，给他读书，也不管他懂不懂，就是一直读下去。”志愿者伸手抓住耷拉在前额上的一绺头发，把它拉直，然后任凭它在脑袋上直直地立了片刻，“您有多长时间没见他了？”

“一年多。”

确切地说，是从两年前的十月份开始，当时托尔苏的身体被裹在急救毯里面，由一架两侧都架着冲锋枪的“黑鹰”直升机带到天上。不过，埃吉托不愿意把这些坦白地告诉志愿者。

“那么，您会发现他变了很多。先生……先生……”

“亚历山德罗·埃吉托。”

小伙子的面孔阴沉了下来。他审视了埃吉托几秒钟，好像是建立起了某种联系。或许他已经得知了一切。埃吉托等待他的反应。“您也是军人？”

“我是一名医生。”

“那些烧伤呢，您怎么会有那些伤？”

瞧，误会了。埃吉托笑了笑，看得出他会立刻作出解释。中尉的手轻轻在脸上拂过，说：“不，这些伤与此无关。”

很明显，小伙子很好奇，不过他非常有教养，并没有追问下去。“告诉我一件事，医生，”他还是发问了，“安杰洛怎么会就这样离开了呢？”

“离开了？”

“他……走了，就好像之前就决定了一样。至少我是这么想的。他藏在了某个地方，再也不想从那里出来。这怎么可能呢，医生？”

突然，埃吉托感到了旅途的劳累。“我不知道，”他说。

志愿者摇了摇头。人们总希望医生能够提供详尽的答案。“无论如何，主是知道的，主知道他在哪里。”

随后，他们继续在沉默中等待，直到钟表的指针指在了四点整。小伙子打了个响指，说：“到时间了。我去把他叫醒。”

几分钟后，他扶着托尔苏的胳膊回来了，不过更像是在给他引路，而不是搀扶着他。埃吉托心想，托尔苏嘴唇微小的活动是不是试图和他打招呼，还是一个微笑？不过，他发现托尔苏的嘴在不停地蠕动。埃吉托站起身，整理了一下上衣的边缘，然后抓住托尔苏的手，握了握。

“把他扶到窗边，他喜欢向外看。对不对，安杰洛？”

埃吉托没有办法与不回答的人交谈，因为实在太困难了。面对墓碑也一样，尤其是埃内斯托的墓碑；另外也包括新生儿，甚至还有因为打了麻醉药而变得迟钝的病人。现在，在这个空荡荡的起居室里，和托尔苏在一起，没有旁人注视着他（志愿者退到了厨房里，好让他们单独相处），情况也是一样。埃吉托说不出话来。所以，他们沉默着。两个人就这样肩并肩站在窗前。

在托尔苏的睡衣上，别着一枚军队的别针。谁知道这个东西战友已经戴了多久，后来也没有任何人想到把它摘下来。埃吉托心想：他是不是喜欢戴着它呢？不过，托尔苏对此完全不感兴趣的可能性更大。咱们权且这样想吧：一个不用语言表达情感的人会珍视他与往日生活的每一点联系，以及我们的关注。不过，说他愿意靠近窗户，这仅仅是因为我们决定把他带到那里去，而我们并非真的知道他怎么想。说不定托尔苏想一个人安安静静地待在卧室里。

托尔苏能够看得见。或者至少他的眼睛会在光线变强的时候眯起来。他面颊和脖子上过于平滑的皮肤，使面孔显得不够一致。他们从他的臀部撕下了一块皮肤，然后粘在了他的脸上。现代医学的奇迹，同时也是一个耻辱。托尔苏的身体还在运转，不过好像已经缺少了灵魂。他不停地咀嚼，而实际上他的嘴里什么也没有，就好像在嚼一口肉冻，或者是几个月以来都没有说出的那个词。除此以外，托尔苏显得很安静，他注视着外面的马路，而路上很少有车经过。主知道他在哪里。总会有人知道吧。

埃吉托沉默了他认为适合的一段时间，感觉现在自己和托尔苏的呼吸是同步的。他不知道是他们中的一个在追随另外一个，还是他们共同达到了这种一致的节奏。当埃吉托感觉留在那个屋子里实在荒唐到无法容忍的地步时，就从地上捡起他带来的一个小袋子，从里面抽出一个有包装纸的长方形盒子，把它递给士兵。后者并没有接住，所以，埃吉托把盒子放在窗台上，斜靠在那里。“是水果软糖，”他说，“有一段时间，我除了这些东西什么也吃不下。希望你也能喜欢。”埃吉托观察着托尔苏的面孔，希望发现某种表情。士兵的嘴里还在咀嚼着，他心不在焉。也许他应该把纸撕掉，拿出一个果冻，然后让托尔苏尝尝。不过，最好留给志愿者去做吧。

“我陪你回房间，你该累了。”

埃吉托不会再到那里去了。在后来的几年里，他会在圣诞节的时候给初级上等兵寄去一盒与第一次带去的同样的糖果，还有一张写着简单祝福的卡片，直到有一年两样东西都被退了回来，外加邮局的一张“地址有误”的便条。他不会去寻找托尔苏的新地址。这张便条和埃吉托的一部分工资，将成为被埃吉托判处了死刑、又被他救活的那个人之间仅存的联系。中尉将任凭岁月缓慢地消磨这种悔恨。

在被停职四个月之后，到了复职的日子。走在通往阿尔卑斯第七团军营的那条上坡路上，埃吉托有点儿紧张。上高中的第一天，入伍宣誓，本科论文答辩，他现在感到的是和那些时刻一样的紧张，令他思想混乱而又再次充满活力。兴奋这个词应该比紧张更加贴切，不过后者他使用起来仍然有所保留。

刚好在腋下出汗之前，埃吉托停下来休息了片刻。他抬头望着厚重的灰色斯基亚拉山峰。云彩汇集在山顶四周，仿佛是在促膝谈心。假如说山脉在都灵是一道遥远的界限，随着雾气的变化而时隐时现，在古利斯坦是一道无法靠近的墙壁，那么，贝卢诺的山则近得仿佛触手可及。

负责警卫的士兵把手放在额头上，向中尉行礼，然后一动不动地等着中尉从他面前走过。埃吉托在士兵的陪同下向自己的新办公室走去，它位于主楼的二楼。在隔壁的房间里，有人操着明显的特伦蒂诺口音在打电话，还不时发出笑声。埃吉托靠近窗户，它朝向集合用的大广场，广场四周栽着杨树。这是个不错的位置，在这里他的感觉会很好。

“中尉？”

一名士官犹豫着站在门口，摆出正要敲门的姿势。谁知道他为什么没有这样做，而是更愿意叫中尉一声。

“请说。”埃吉托说。

“欢迎您，先生。指挥官请您过去，可以跟我走吗？”

埃吉托拿起放在桌上的帽子，斜着戴在头上。他们上了两层楼，又穿过半个走廊。接着，士官在一扇敞开的房门前停了下来。“在这里，”他说，示意埃吉托进去。

贾科莫·巴莱西奥上校用双手挥舞着面包，然后把它放下，用手背擦了擦嘴。接着，他猛地站起身来，皮带扣撞在了写字台的边缘。一盏台灯摇摇晃晃，一支钢笔也滚落在地。不过，巴莱西奥并不在意这个小事故。他伸出双臂，兴奋地说：“埃吉托中尉，您终于来了！过来，过来，坐这儿。咱们聊聊。”

图书在版编目(CIP)数据

人体 / (意)乔尔达诺(Giordano,P.)著；魏怡译.
—上海：上海译文出版社,2013. 6
ISBN 978-7-5327-6123-4

Ⅰ. 人… Ⅱ. ①乔… ②魏… Ⅲ. 长篇小说—意
大利—现代 Ⅳ. I546. 45

中国版本图书馆 CIP 数据核字(2013)第 039640 号

PAOLO GIORDANO
Il corpo umano

图字：09-2013-30 号

人体
Il corpo umano

PAOLO GIORDANO
保罗·乔尔达诺 著
魏怡 译

出版统筹 赵武平
责任编辑 李月敏
装帧设计 杨林青

上海世纪出版股份有限公司
译文出版社出版
网址：www. yiwen. com. cn
上海世纪出版股份有限公司发行中心发行
200001 上海市福建中路 193 号 www. ewen. cc
上海信老印刷厂印刷

开本 890×1240 1/32 印张 11.5 插页 2 字数 183,000
2013 年 6 月第 1 版 2013 年 6 月第 1 次印刷

ISBN 978-7-5327-6123-4/I·3635
定价：32.00 元